Burak Aksak

Leyla ile Mecnun

ROMAN

küsurat

Burak Aksak
LEYLA İLE MECNUN
Roman

Küsurat Yayınları: 13
ISBN 978-605-67859-5-5
Yayıncı Sertifika No: 35019

Genel Yayın Yönetmeni: Burak Aksak
Editör: Büşra Hacısalihoğlu
Düzelti: İnci Aksak, Mehmet Özer
Son Okuma: Sena Doğaç
Kapak Tasarım ve Mizanpaj: Songül Karakoç

Birinci Baskı: Nisan, 2018
Beşinci Baskı: Nisan, 2018

KÜSURAT YAYINLARI:
Gümüşsuyu Mahallesi, Kutlu Sokak,
No: 4 Göklü Apartmanı Kat: 1 D: 3
34437 Beyoğlu/İstanbul
Tel: 0212 243 30 68
www.kusuratyayinlari.com
E-mail: info@kusuratyayinlari.com

Baskı ve Cilt:
Karist Baskı Çözümleri
Yeşilköy Mahallesi, AHVL Caddesi
EGS Business Park, B2 Blok, No: 8/20
34149 Bakırköy/İstanbul

BURAK AKSAK

LEYLA İLE MECNUN

BURAK AKSAK

Burak Aksak, TCDD'de tren yolu açmak için dağ delen emekli pehlivan Ahmet'in ikinci erkek torunudur. İlk torunu olan Gürbüz Selçuk -ben oluyorum- ile beşik kertiğidir. Ezkaza o doğumhaneden "Müjde bir kızınız oldu!" nidası yükselseydi ülke mizahını çok farklı yerlere götürebilirdik.

Kendisi 12 Eylül 1985 yılında İstanbul'da doğdu. Akrabalarının arasında, ilk olarak zannedildiği gibi "komik çocuk" değil, "pilav ve makarnayı ekmek ile yiyen çocuk" olarak nam saldı. Hamur işine olan ilgisi ancak "aşk" diye tanımlanabilirdi, ekmeğin yanında bile ekmek yerdi. Henüz 9 yaşındayken İkinci Derece Obez teşhisi konulunca spor yapması kararlaştırıldı ve tekvandoya yazıldı. 6 aylık yoğun spor maratonu sonunda göz çukurlarını kapatacak kadar kilo alıp Üçüncü Derece Morbid Obez olmayı başarınca Uzakdoğuluların yüzünü daha fazla kızartmamak için sporu bıraktı. (Hiçbir başarısına şaşırmadım buna şaşırdığım kadar.)

Okulla arası iyi değildi, birçok hocasını "Üniversiteyi kazandı ama bir tek sizin dersinizden kalmış, siz geçirirseniz üniversite okuyacak" yalanı ile kandırdık da mezun olabildi. "Diplomada Açıköğretim yazmıyormuş, Anadolu Üniversitesi yazıyormuş" diye sistemdeki bugı bulduğunu zannederek Açıköğretim'de Kamu Yönetimi okudu. (Özgeçmişini yazarken bunu uluorta haykıracağımı tahmin edememişti.) Sınavlara ehliyet sınavına hazırlanır gibi, çıkmış sorulara bakıp girdiği için -ve tabii gidip hocalarını kandırma imkânımız olmadığı için- biraz geç mezun oldu. Hava attığı tek okul anısı üçüncü sınıftayken kendisine neden verildiğini bilmediği onur belgesidir.

Kalubeladan beri PES oynamaktadır, o PES oynamaya başladığında oyunun adı Winning Eleven'dı hatta ISS idi. BBG Melih hayranlığı nedeniyle bir süre cücük sakal ile gezmişliği vardır. Sinema-televizyon kariyerinde beşik kertiği ile birlikte yol alırken bir arpa boyu mesafe yol kat edemediler. Sefaletten ölmelerine ramak kala Gürbüz Selçuk sinema televizyon işlerini bırakıp mesaili SSK'lı bir işe girince Burak Aksak tek başına yaptığı ilk işi hayata geçirdi ve kitaba da adını veren Leyla ile Mecnun dizisini yazarak büyük beğeni kazandı. Akabinde "Ben de Özledim" dizisini yazdı ve eski işi yönetmenliği de daha fazla ihmal etmeme kararı alıp "Bana Masal Anlatma", "Kara Bela", "Sen Kiminle Dans Ediyorsun" isimli filmleri hem yazdı hem yönetti. Bir ara canı sıkılınca yazlık sinema filmleri bile yaptı. (Bkz: Dede Korkut Hikâyeleri)

Yaşanan onca şeye, pay edilen ekmeğe, ilk defa dinlenen şarkılara, ceptekini üleştirmeye, başlı kıçlı yatmalara, damı akan odalarda kurulan hayallere, kaçak binilen trenlere, şahidim. Evli ve mutludur, nikâh şahidiyim. 2017'de Küsurat Yayınları'nı kurdu, ilk yazarıyım. Kendisinin hayatında bana loca vermişler olan biteni yakından izliyorum.

En çok güldüğüm insanın, en sevdiğim akrabamın, rahmetli Burhan Eniştem'in oğludur. "Çocuk babasının sırrıdır," derler. Yıllar sonra, en çok güldüğüm insan, en sevdiğim akrabam da kendisidir... Hayatın kendisi bizzat değişimdir. Hayatta değişmiyor dediğimiz her şey çok daha ötesine aittir. Kuzenim çok daha ötemiz bile bir olsun. Duamdır, Allah şahidimdir. Anlatılacak çok şey var, bu kitap daha biiiiiiiiir.

Selçuk AYDEMİR

küsurat
yayınları

BAŞLARKEN

Her insanın hayatında ne yapacağını bilemediği, dibi gördüğü, çaresizlikten elinin kolunun bağlandığı bir an vardır. Ve böyle anlarda birinin yardımına yetişmesini, kendisine akıl vermesini ister. İşte tam da böyle bir anda çıktı karşıma Aksakallı Dede. Ve dedi ki; "Yaz evlat! Leyla ile Mecnun'u yaz."

Keşke her şey bu kadar kolay ve mucizevi olsaydı. Ayrıca öyle bir Aksakallı Dede olsa "Tamam yazdım, şimdi n'apcam?" der, rahat vermezdim adama. Her şey için darlardım kendisini. Ama yine de bu şekilde anlatmak daha havalı. Çünkü gerçekler çok sıkıcıdır. Boş sayfalarla cebelleşirken, karşımdaki beyaz plastik sandalyeye dayalı duran vileda sopasını gördüğüm an Aksakallı Dede fikri geldi aklıma. Ve Leyla ile Mecnun serüveni 2009 yılında harita metod defterine alınan bu ilk notla birlikte başladı. İlk bölümün yazımının ardından 2 sene boyunca elden ele dolaşan, eşin dostun okuyup güldüğü bir senaryo olmaktan öteye gidemedi. 9 Şubat 2011'de ilk bölümünün yayınlanmasıyla birlikte hayli zor ve yorucu bir süreç de başlamış oldu. Leyla ile Mecnun bir diziden fazlasıydı benim için. Her bir sayfasına 24 yılın birikimini, acılarımı, üzüntülerimi, sevinçlerimi, hayal kırıklıklarımı, özlemlerimi döktüm. Gündelik hayatın sıkıntılarından Kireçburnu'ndaki o mahalleye kaçarak kurtulur olmuştum. Her bir karakter kapı komşum olmuştu sanki. Bu kitapta da 32 yılın birikimini dökmeye, yarım kalan hikâyeleri tamamlamaya çalıştım. Çünkü yarım kalan her şey tamamlanmaya muhtaçtır. Umarım dizinin izleyicisi olanlar kitaptan da aynı tadı alırlar. Diziden bihaber olanlarsa ilk defa tanışacakları karakterleri benim sevdiğim kadar sevebilirler.

Gelelim teşekkür kısmına.
Her şeyden önce "Kaymakam olcak benim oğlum," diyen annemi hayal kırıklığına uğrattığım için özür dilerim. "Makam araban bile olur," diyordun ama BN1 otobüsü senin kapının önünden geçiyor zaten be anne. Arabaya ne hacet, başka bir yere çıktığım ettiğim yok ki zaten. Tek başına beni ve kardeşimi büyüttüğün, yazmama imkân sağladığın için çok teşekkür ederim. Bu Leyla ile Mecnun'dan bağımsız özel bir teşekkür oldu gerçi ama olsun.

Özel kanalların ciddiye almadığı bir senaryoyu kabul ettiği ve 104 bölüm boyunca arkasında durduğu için TRT'ye çok teşekkür ederim.

Yazdıklarımı birer kâğıt parçası olmaktan çıkarıp, bir nevi hayallerimi gerçeğe döken yapıma, yönetime ve teknik ekibe çok teşekkür ederim.

Kafamdaki karakterleri ete kemiğe büründüren, her zaman yazılandan fazlasını ortaya çıkaran, pazartesi akşamlarımı neşelendiren, beni o mahallenin bir parçası gibi hissettiren oyunculara çok teşekkür ederim.

Eğlendiren, hüzünlendiren, ağlatan, kulağıma yer eden o melodileri ortaya çıkaran müzisyenlere çok teşekkür ederim.

Setteki, ofisteki, bilgisayar başındaki dizinin tüm emekçilerine çok teşekkür ederim.

Dizi bitmesine rağmen hâlâ sevgisini bizden esirgemeyen, benim bile unuttuğum sahneleri bana hatırlatacak kadar dizinin takipçisi olan Leyla ile Mecnun seyircisine çok teşekkür ederim.

Kitapta emeği geçen kardeşim İnci'ye (22 yıl sonra İnci demek de tuhaf oluyormuş ama neyse. Kimseye söylemem 22 yıl boyunca seni Büşra diye çağırdığımızı merak etme), kapağı hazırlayan tasarımcımız Songül'e, kitaptaki şakaları yazım hatası sanıp da düzeltmeye çalışan Mehmet'e, ofiste çayımızı, kahvemizi eksik etmeyip, yaptığı yemeklerle de kilo almama büyük katkısı olan Nebahat Abla'ya çok teşekkürler.

Küsurat Yayınları'nın kurulduğu günden beri bize inanan, her daim yanımızda olan, varlığıyla bize güç veren tüm dostlarımıza teşekkür çok ederim.

Tüm bu işlere beraber başladığım, bana hayatı öğreten (burada çok ayrıntıya girmek istemem tabii), hayatımdaki ateşleyici güç olan kuzenim Selçuk Aydemir'e çok teşekkür ederim.

Ve beni kaybolduğum çölden çekip çıkaran, baktığı yeri deniz, bastığı her yeri yeşil kılan, bu çirkin dünyayı güzelleştiren, hayatıma heyecan katan karıma çok teşekkür ederim. Beraber yürüyecek çok yolumuz, aşacak çok engelimiz var. Elimi bırakma sakın, yoksa düşerim.

Eyvallah!

Tüm kendi çölünde kaybolanlara...

birinci bölüm

"Mecnuuun! Hadi annem kalk sofra hazır!"

Yine aynı ses, yine aynı cümle. İlkokuldan beri hep aynı şekilde uyandırdı annem beni. Önce yumuşak bir tonda alt kattan sesleniş:

"Mecnuuun! Hadi oğlum!"

Yanıt alamayınca sesinin tonunu yükselterek merdivenlerden çıkışı:

"Mecnuuuun!"

Ve iyiden iyiye sinire kesmiş bir halde odaya dalışıyla biten bir süreç:

"Kime diyorum oğlum ben, saat kaç oldu bak geç kalıcaksın."

"Neye geç kalıyorum acaba anne? Gidecek bi' okulum, çalışacak bi' işim mi var sanki? Bırak az daha yatıyım işte."

"A aa! Uyanmışsın işte annecim daha ne yatması, kalk hadi."

"Uykumu alamadım ki anne. Gece boyu hiç uyumamış gibiyim. Rüyamda öyle şeyler gördüm ki, uzun süren bi' kâbus mu yoksa tatlı bi' düş müydü hatırlamıyorum. Sadece aynı rüyaya devam etmek istiyorum. Hiç bitmesin, ömür boyu sürsün dediğim bi' rüya."

"Karabasandır o. Oku üfle yat diyoruz da dinleyen kim? Hadi kalk kahvaltını et, hadi."

"Anne! Bugün hiçbi' güç beni bu yataktan kaldıramaz."

"Pakizeee! Kalkmadı mı o sığır daha?"

Babamın sesleni̇şinden sonra ne ara tuvalete gidip geldim, annem ne ara yatağımı topladı farkında değildim geçen zamanın.

"Oğlum yüzünü yıkamadın mı sen?"

"Yıkadım ya."

"Nereye yıkadın, gözlerin hep çapak içinde. Git doğru düzgün yıka, sabaha kadar şeytan yalıyo o yüzünü."

"Anne şu söylediğini kafamın içinde canlandırmak dahi istemiyorum. Ama engel de olamıyorum. Çocukluktan beri böyle şeyler diye diye psikoloji filan bırakmadın. Manyak gibi bi' şey oldum. Bugün sümüğünü yiyen biri olmamam bile benim için büyük başarıdır."

"Aman yüzünü yıkamamak için bi' torba laf ettin. Yürü baban dellenmesin yürü."

"Nerdesin oğlum sen? Her sabah geç kalıyosun sofraya. Yumurta soğuyo."

"Hangi yumurta baba?"

"Soğumasın diye yedim işte."

"Afiyet olsun babacım."

"Senin yüzünden kolesterolüm yükselcek. Çay dök şurdan... N'oldu nasıl geçti iş görüşmesi?"

"Hangi iş görüşmesi?"

"Görüyosun diyil mi Pakize? Biz o kadar uğraşıp iş ayarlıyoruz, beyefendi görüşmeye bile gitmiyo."

"Yok baba harbiden soruyorum, hangi iş görüşmesi bu? Dediğin yere gittim ama kapı duvar."

"Heh sana da bahane oldu tabii, hemen geri döndün diyil

mi? Bekleseydin oğlum biraz. Öğle arasıdır bi' şeydir, niye çekip gidiyosun hemen?"

"Yok baba gerçekten kapı duvar. Mal sahibi duvar örmüş kapının olduğu yere. Üç sene önce konfeksiyonmuş. Kapandıktan sonra ev yapmış herif orayı."

"Ne diyosun ya? Ulan koskoca tekstil sektörü ölmüş be. Zamanında var ya peheey! Orhan Amca'nın ufak bi' konfeksiyonu vardı, gece ananla yardıma giderdik de yine yetişmezdi işler. Vay be!"

"Sevgili babacım, esas meseleye dönücek olursak, sen iş görüşmesi ayarladım diyip de beni mahalledeki konfeksiyona mı gönderdin?"

"Evet. Ortacı olarak başlardın ufaktan, işi kaptın mı ustabaşılığa kadar yolu var, fena mı?"

"Geçti artık baba, geçti. Zamanında okuldan alıp bi' ustanın yanına çırak vereydin şimdiye çoktan kendi yerimi açmıştım ben."

"Ya Pakize, millet 'Babamız bizi okutmadı,' diye hayıflanır, bizimki okuttuk diye fırça atıyo. Gerçi nasıl okumaksa bu da, senelerdir bitmedi gitti şu okul."

"Aman İskender sen de sabah sabah üstüne gitme bu kadar oğlanın. Okuyo işte çocuk."

"Nereye okuyo Pakize? Tüm gün malak gibi yatıyo evde."

"Bak hele şunun dediği lafa. Açıköğretim okuyo çocuk. Sonunda aynı diplomayı veriyolarmış zaten. Aynı ders, aynı kitap, aynı diploma anacım."

"Ya madem aynı ders, aynı kitap, aynı diploma da bunu niye sokmuyolar okula? Hayır elâlemin okuluna bile sokmadığı adamı biz evimizde yatırıyoruz. Yeri geliyo koynumuza alıyoruz."

"Ya baba iyi ki zamanında aranızda yattım yani, daha ne

kadar söyleyip durcan bunu acaba?"

"Ulan zamanında dediğin iki gün önce. Koca adam utanmıyor da hiç Pakize."

"Kâbus gördüm ne yapabilirim? Dün gece de hiç uyuyamadım. Daha doğrusu öyle bi' rüya gördüm ki, sanki hiç uyumamış gibiyim. Her şey çok gerçekti. Yine böyle bi' kahvaltı masasındayız. Sen yine her zamanki gibi sevgini gösteriyosun bana. Akşam diyosun hazırlan, kız istemeye gidicez. Her şey böyle başladı. Sonrası... Sonrası çok karanlık be baba."

"Kız istemeye gidicez dedim, he mi? Hiç benlik bi' hareket diyil. Elin kızının başını niye yakıyım oğlum ben? Onun da bi' anası babası var, günahtır. Hayır istemeye gideriz gitmesine de, kazara kızı verirlerse n'apıcaz? Bi' daha böyle rüyalar görme sen."

"Anne, babam yine bu sabah pek bi' sevgi dolu? Hayırdır?"

"Komşular gelicek ayak altında dolanma dedim de, ona bozuldu zaar."

"Hee iyi tamam ya benlik bi' durum yok yani, güzel."

"Ya Pakize ben bu evin reisi miyim kedisi miyim belli değil. Ayak altında dolanma nedir ya? Zaten sabaha kadar direksiyon sallamışım. Sen bi' de üstüne evden kovuyosun beni."

"Ne kovcam ayol. Git uyu sen yatak odasında, sana elleşen mi var?"

"Hiç işte."

Evet yaptım. Yine bir tartışmada yanlış tarafı tuttum. Babamın sinirden dudaklarını ısırıp, delici bakışlarla bana baktığını hissedebiliyorum. O bakışlardan kurtulmanın tek yolu sessizce sinirinin geçmesini, daha doğrusu sinirlenecek başka bir şey bulmasını beklemek. Hiç kımıldamadan önümdeki yarısı boş olan çay bardağına bakıyorum. Kimse kusura bakmasın ama böyle bir durumda bardağın dolu tarafına bakacak değilim. Sanki orada değilmişim gibi oturuyorum masanın başında. Yahut masadaki sürahi gibiyim diyelim. Öyle kırmızı kapaklı cam sürahilerden de değil ha. Baya alelade plastik bir sürahi. Hatta çatlamış tuvalet maşrapası. Görenlerin "Ulan bunun ne işi var şimdi burada?" diyeceği bir şekilde masanın ortasında duruyorum. Evet, bu tam olarak benim işte. Ben Mecnun Çınar. Ve sürekli yanlış tercihler yaparım. Sorumluluk sahibi her insanın yapacağı gibi sorunlarla yüzleşip, hatalarından ders alarak durumu düzeltmeye çalışmak bana göre değil. Çünkü düzeltmeye çalışırken iyice bozarım. Bu hayatta bir gerçek var ki, herkes hata yapar. Ama ihale her seferinde bana kalır. İyisi mi sessizce beklemek. Benim de sorunlarla başa çıkma yöntemim bu işte.

"Mecnun!"

Evet, ben Mecnun.

"Mecnuuun!"

Ben de onu diyorum işte, ben Mecnun Çınar…

"Oğlum kime diyorum ben alooo!"

"Pardon baba ya, dalmışım."

"Ohoo! Sen de ayakta uyuyon otele para vermiyon ha."

Bir süre titredim, dişlerim kenetlendi, vücudum kasıldı. Zor olsa da gülmeye çalıştım. Ufak bir klişepsi nöbeti atlattım. Bu süre zarfında babam kendi yaptığı şakaya güldü ve ardından "Ekmeği uzatsana şurdan," diyerek hiçbir şey olmamış gibi devam etti.

"Pakize bu ne? Yine buzluğa mı koydun sen bu ekmeği?"

"Bayatlamasın diye anacım. Isıttım da getirdim ama."

"Ya Pakize gözünü seveyim bırak bayatlasın. Bayatlayan ekmekle tost yap, köfte yap, süte kat kediye, köpeğe mama yap. Ama getirip önümüze koyma şunu ya. Kalk lan git iki ekmek al."

"Yok ya ben yerim bunu sorun yok."

"Arkadaş benim bu evde taze ekmek yemeye de mi hakkım yok? Çok şey mi istiyorum bu hayattan anlamadım ki? Kahvaltıda bi' taze ekmek alt tarafı."

"E bi' ekmeği gömmüşün zaten baba. Bak göbeğin almış başını gidiyo. Dikkat et kendine, yeme bu kadar n'olur lütfen. O damarlar tıkanıcak sonra kalpten gidicen maazallah."

"Ekmek almaya gitmemek için babasını öldürdü görüyon de mi Pakize? Nasıl evlat yetiştirmişiz biz ya?"

"Bırak İskender bırak, gider ben alırım ekmeği. Varsın konu komşu ayıplasın, koca oğlan evde yatarken anası ekmek almaya gidiyo desinler. Hiç utanmamış anasını göndermiş bakkala bu nasıl delikanlı derler ona da. Yapmadığım şey mi sanki? Geçiririm hırkamı sırtıma giderim tın tın diye..."

Annemin söylenerek mutfağa gitmesinin şov olduğunu babam da ben de iyi biliyorduk. Eğer istediği bir şey yapılmazsa hep aynı tavrı takınarak vicdan yaptırmaya çalışırdı. Eskiden işe de yarardı doğrusu. Annemin o laflarını duyunca kendimizi bok gibi hissederdik. "Şu kadına bir gün yüzü göstermedik, bir yüzünü güldürmedik, yazıklar olsun bize be!" diye hayıflanırdık. Ama kendi adıma artık yemiyorum bu numaraları. Bir keresinde sırf ne yapacağını görmek için yarım saat bekledim. O da yarım saat söylendi. Sonra geçti televizyonun karşısına gündüz kuşağında izlediği programlara söylendi. Annemin olayı bu. Söylenmek. Onun bakkala gitmeyeceğini gayet iyi bildiğimden, ayağıma dört numara küçük gelen kapı önü terliğini giydim. Çıkarken yanıma para almadığımı fark ettim ama bunun için geri dönemezdim. Erdal Abi'yle hallederiz nasılsa. İki ekmek alt tarafı ne olacak canım? Sonra veririz. Her ne kadar veresiye lafına uyuz olsa da sever beni. Yani beni değil de babamı sever daha çok. Sever dediğim de lafın gelişi işte. Babamın borcuna sadık bir adam olduğunu bildiğinden dolayı ses etmez. Açıkçası Erdal Abi'nin paradan daha çok sevdiği bir şey olduğunu sanmıyorum. Belki karısı Nurten Abla'yı. O da bir ihtimal yani. Ona karşı hissettiği şey sevgi mi yoksa korku mu emin değilim. Vay arkadaş şu işe bak. Ferdi Tayfur'a "♫♩♪ *Aşkın beni Mecnun ettiği zaman, bütün umutlarım yittiği zaman, kadehim boşalıp bittiği zaman, bir beni bir seni düşünüyorum!* ♫♩♪" diye şarkılar söyleten hayat, benim aklıma Erdal Abi'yi düşürüyor. ♫♩♪ *Güzel gözlerine şarkılar yakıp, saçlarına bahar gülleri takıp, şu yalan dünyanın haline bakıp, bir beni bir seni düşüneceğim* ♫♩♪ yerde, ben Erdal Abi'nin o kara kaşlarını, gür bıyıklarını düşünüyorum. Hayat zor, hayat acımasız. Ben de isterdim geçmişimden koşar adım kaçıp, yepyeni başlangıçlara doğru yelken açmayı. Ama ayağımda annemin terlikleriyle en fazla bakkala kadar gelebildim.

"Mecnun! Mıncırmasana ekmekleri."

"Ekmek mi? Hamur değil mi ya bunlar? Şekil verip fırına atarız diye düşündüydüm Erdal Abi. Bunlar ne böyle ya? Taze ekmek yok mu?"

"Bah hele bah, laflara bah... Beğenmiyosan almazsın Allah Allah!"

"Alıp n'apıyım bunları Erdal Abi? Aynısından evde de var zaten. Annemin buzluktan çıkardığı ekmeklere dönmüş bunlar."

"Buzluktan mı? Ulan benim niye aklıma gelmedi bu ya? Senin o anandan korkulur Mecnun. Geçen de elinde market poşetleriyle geçti bakkalın önünden. Hayır bi' de utanmadan selam veriyo, en çok o ağrıma gidiyo Mecnun."

"E ben ne yapabilirim Erdal Abi?"

"Babana söyle de boşasın o kadını."

"Oha. O kadın dediğin benim annem oluyor farkında mısın acaba Erdal Abi?"

"Evet, farkındayım."

"Ayrıca senden değil de marketten alışveriş yaptı diye niçin yuvamız yıkılıyo ya?"

"Valla bugün bakkaldan alışveriş yapmayı bırakan kadın, yarın çoluk çocuğunu da bırakır. O babanla beraber el elde baş başta kalırsın bak benden söylemesi."

"Erdal Abi sen bu dükkânda biraz sıkılıyo musun acaba?"

"He ya... Ne diycem, Nurten Ablan size geliyomuş bugün."

"Merak etme Erdal Abi altın günü değil, annem konu komşuyu çağırmış öyle."

"Ben de geliyim."

"Nasıl?"

"Ben de geliyim diyorum. Çok sıkılıyorum oğlum ben burda, Kaan gelir birazdan okuldan. Ben de geliyim he?"

"E gelirsen gel bana ne Erdal Abi?"

"Nurten Ablan'la konuşsana o zaman. Gelme dedi çünkü o. Sen şey dersin, Erdal Abi de gelsin ben evde sıkılıyorum, odamda takılırız biz beraber dersin. He?"

"Bana ne sizin aile içi ilişkilerinizden abi. Niçin ben izin istiyorum Nurten Abla'dan? Ayrıca daha şimdi bi' ton laf ettin annem hakkında. O kadar konuşup bi' de kadının gününe mi gideceğin?"

"Evet."

"Bambaşkasın Erdal Abi."

"Şşş hadi lan. Ölümü gör. Allah'ın adını andım bak. Şşş n'olur lan hadi..."

"Erdal Abi n'apıyosun, bırakır mısın belimi Erdal Abi... Erdal Abi amacın nedir senin, şu an içeri biri girse ne düşünür ya, bırak gidiyorum ben."

"Ekmek?"

"Fırından taze ekmek alırım."

"Vay be! Sen de mi Mecnun? Ulan o kadar hukukumuz var. Millet arkadaşı için çiğ tavuk bile yerken sen Erdal Abi'nin bayat ekmeğini yiyemiyon he mi?"

"Ya bana kalsa ben yerim de babam yemiyo Erdal Abi. Siz aranızda halledersiniz artık... He bu arada iki ekmek parası versene ordan ya, para almadan çıkmışım evden."

"Yuh arkadaş! Ekmeği benden almadığın yetmiyomuş gibi bi' de parasını benden mi istiyon utanmadan? Sen anandan da beter çıktın valla Mecnun."

"İki ekmek parası alt tarafı ya."

"Olmaz oğlum öyle şey. Sen git bi' yarım saat sonra gel. Taze ekmek gelir yarım saate."

"Yarım saat n'apıcam ben Erdal Abi?"

"Her zaman yaptığın şeyi yapacağın Mecnun. Aylak aylak dolaşacağın."

Erdal Abi soktuğu lafla pek bir keyiflendi. Bıyık altından başladığı gülmesine kahkahalar eşlik etti. Arada yumruk yaptığı elini ısırdı. Dizlerine vura vura, katıla katıla gülmeye devam etti. O gülerken dükkâna müşteri girdi, onu bile fark etmedi. Ben müşteriyle ilgilenirken o, omzuma vura vura gülmeye devam etti. Bayat ekmeklerden sattım adama. Tam parayı alıp cebime atacakken Erdal Abi kendine geldi. Bir şahinden daha hızlı, bir akbabadan daha güçlü, bir kartaldan daha tüylü olan elleriyle parayı aldı. Kireçburnu'ndaki vahşi doğanın bir kanunu vardır: Erdal Abi'nin canını alabilirsiniz ama parasını asla!

Bakkaldan çıkıp sahile yürüdüm. Yol boyu Erdal Abi'nin sözleri kulaklarımda çınladı.

"Aylak aylak dolaşacağın Mecnun! Aylak aylak dolaşacağın... cağın... cağın..."

"Erdal Abi beni mi takip ediyosun sen?"

"Evet."

"Cağın cağın diye kulağımın dibinde deminden beri, üşenmemiş sahile kadar inmiş adam."

"Yoruldum ama değdi biliyo musun? Neyse ben dükkâna döneyim, işim gücüm var sonuçta. Bakkalım ben. Erdal Bakkal'ım. Senin gibi işsiz güçsüz serseri değilim ki."

Bir de hayat zor derler. Hayat acımasız derler. Kimse hayat kadar sert vuramaz derler. Bunları söyleyenler Erdal Bakkal'ı tanımıyorlar tabii. Şöyle güneşli bir günde, yazdan kalma bir sonbahar sabahında, –yani öğleden sonrasında– durduk yere canımı sıkmıştı Erdal Abi. Oysa ona gerek yoktu. Kendi kendime de halledebiliyordum ben bu işi. Ne zaman hayal kurmaya başlasam sonu felaketle biter. Çocukluğumdan beri böyledir bu. Yatağıma uzanmış futbolcu olduğumu hayal ederdim. Kireçburnu'nun ara sokaklarında başlayan futbol hayatım, Beşiktaş'ın on numarası olarak devam eder, oradan da Real Madrid'e rekor ücretle transfer olurdum. Buraya kadar bir sorun yok, her şey çok güzel, evet. Ama hayallerime müdahale edemem. Birden şampiyonluk maçında bacağım kırılır. Kariyerimin zirvesindeyken futbol hayatım biter. Annem kemiklerim daha çabuk kaynasın diye paça çorbası içirmeye çalışır, babamın levyeyle sahaya girip bacağımı kıran futbolcuyu kovalamasından bahsetmiyorum bile. Hayal kurarken bile canımı sıkabilirim. Mutlu sonla biten hayalim olmadı hiç. Bu dünyada herkesin bir yükü var. Benimki de hayallerim. Herkesin okulunda, işinde gücünde olduğu şu saatte deniz kenarındayım. Burnumda kesik iyot kokusu, yüzüme vuran sonbahar rüzgârı, ayağımda annemin terlikleri, kafamda milyonlarca düşünce varken, cebimde iki ekmek parası bile yok. Benim gibi işsiz güçsüz işe yaramaz biri daha yoktur herhalde bu dünyada.

"Mecnuuuun!"

"Hoooop!"

"Ne yaptın?"

Evet biri daha var sanırım. İsmail Abi.

"Neyi ne yaptım?"

"Genel diyorum yani, ne yaptın?"

"Ne yapayım, aynı."

İsmail Abi biraz tuhaftır. Renkli kıyafetleri, patavatsızlıkları, sorun çözmeye çalışırken daha büyük sorunlara neden olması, konuşması, oturuşu kalkışı yürüyüşü ne bileyim işte farklıdır yani. Dışarıdan baktığınızda yanınızda olmasını istemeyeceğiniz adamlardandır. Onu anlayabilmek için tanımanız, tanımak için de sabretmeniz lazım. Belki de İsmail Abi bu yüzden yalnızdır. Belki de bu yüzden girdiği hiçbir işte tutunamıyordur. Belki de bu yüzden her gün bu sahile inip denize doğru el sallıyordur. Çünkü kimse birbirini tanımak için sabretmiyor artık. Kimsenin kimseye ayıracak vakti yok. Oysa onu bir tanısanız, gözlerindeki hüznü bir görebilseniz. Kalbinde rengarenk çiçekler yetiştirir İsmail Abi. O çiçekler solmasın diye ağlayarak sulamak ister gibidir gözleri. Onun yanınday...

"Mecnuuuuuuuun!"

"Hoooop!"

"Bağırıyorum o kadar duymuyon mu sen beni? Daldın gittin."

"Başka bi' şey düşünüyodum da abi, pardon ya."

"Aman diyim çok düşünme Mecnun. Bizim bi' enişte vardı. Çok düşünmekten gitti rahmetli. Adam düşün de düşün düşün de düşün düşün de düşün düşün de düşün düşün de düşün düşün de düşün düşün de düşün düşün de düşün düşün de düşün düşün de düşü..."

"Abi bırakcan mı artık?"

"Ben bırakırım da enişte bırakmıyo ki Mecnun. Düşün de düşün kafayı sıyırdı sonunda. Gitti kamyonun altında kaldı."

"Kamyonun mu altında kaldı? E ne ilgisi var ki bunun düşünmekle?"

"Artık o sırada ne düşünüyoduysa görmemiş işte koca kamyonu. Neyse, tutma beni daha iş görüşmesine gidicem."

"Nasıl?"

"İş görüşmesine gidicem diyorum, iş."

"Kasiyerlik işi n'oldu?"

"Yalan oldu be Mecnun."

"Sebep?"

"Ya iş görüşmesine gittim. Yol-yemek-sigorta soruyorum bana bin tane şey anlatıyo. Yok efendim kendisi ilgilenmiyomuş da, yok efendim çokuluslu bir şirketin başıymış da, yok efendim Ali Koç'muş da bilmem ne."

"Ali mi Koç? Abi sen Migros'ta kasiyer olmak için Ali Koç'la mı görüşmeye gittin?"

"Heeğ. Ama sen beni tutuyosun Mecnun. Tutma İsmail Abin'i. Bi' bırak sal beni şöyle, sal beni. Hadi çok iyi davran kendine, hiçbir şeyi de kafana takma. Düşünme fazla, yetinmesini bil azla. Hadi eyvallah. Fiççucu fiççucu..."

Kendi içinde ne yaşıyor bilmiyorum ama yaşarken eğlendiği çok belli. Sahil boyu ıslık çalarak yürüdü. Güvercinle selamlaştı, kediyle şakalaştı, martıya sataştı. Ondaki neşenin yarısı herkeste olsa gül gibi yaşar giderdik. Ne kavga ederdi insanlar kendi aralarında ne de savaşlar çıkardı bir hiç uğruna. Silah yerine düdüklü tencere filan üretilirdi fabrikalarda. Gerçi o zaman da olası bir uzaylı istilasına savunmasız yakalanırdık. Of! Yine yaptım. İlkokulda çizdiğim 23 Nisan resimleri gibi tüm insanlık el ele tutuşmuş gülümserken, şimdi düdüklü tencereyle uzaylı kovalıyorlar. İsmail Abi haklı. Daha fazla düşünmemeliyim. Her şey ne kadar güzel. Şu masmavi deniz, bulutların arasından sırıtan güneş, görmese bile bu güzel havanın tadını çıkarmak için her gün gelip de aynı banka oturan Zeynep, onun çantasını çalıp kaçan şu adam. Lan! Adam Zeynep'in çantasını çaldı. Hırsız! Hırsız var! Bağırmaya çalışıyorum ama bağıramıyorum. Elim ayağım birbirine dolandı. Ne yapacağımı bilemedim tuttum denize atladım. Bir de en kötü karar, kararsızlıktan iyidir derler. Beni hiç tanımıyorlar. Güç bela çıktım sudan. Peşinden koşsam yakalar mıyım diye baktım. Adam durdu. Dönüp Zeynep'e doğru baktı. Yanına kadar yanaştı. Banka oturdu. Elini Zeynep'in gözlerinin önünde yukarı aşağı salladı. Zeynep tepki vermeyince görmediğini anladı. Çantasını arandı Zeynep. Adam çantayı ona doğru itti. Zeynep çantasını alıp kalktı banktan, evine doğru yürümeye başladı. Adam peşine düştü. Ben de üzerimde sırılsıklam kıyafetler ve titreyen bir çeneyle takıldım peşlerine. En önde elinde değneğiyle yolunu bulmaya çalışan Zeynep, arkasında şapkasından eldivenlerine kadar simsiyah kıyafetleriyle hırsız, en arkada da sırılsıklam bir şekilde titreye titreye yürüyen ben. Ulan nasıl bir mahalle olmuş burası, bir kişi de çıkıp "Ne yapıyonuz siz ya?" demedi. Sokak sokak yürüdük. Adam, Zeynep'in karşısına çıkan çöp konteynırının yerini değiştirdi. Takılıp düşmesin diye irili ufaklı taşları yoldan temizledi. Zeynep karşıdan karşıya geçerken yoldaki arabaları durdurdu. Evinin önüne kadar geldik bu şekilde. Zeynep evine girdi. Kesin bir numara var bu herifte. Gece gelip soymasın kızın evini diye düşünürken adam arkasını döndü. Ona bakmamaya çalıştıkça daha çok baktım. Adam yaklaştıkça gözlerine kenetlendim. Elimde değil, gözlerimi alamıyordum adamdan. İyice yanaştı. Burnumun dibine kadar girdi.

"Niye ıslaksın sen?"

"Yoooğ!"

"Yoğğ ne lan?"

"Beni mi takip ediyosun diye sorucan zannettim de abi. Cevabı hazırlamıştım önceden."

"Cevabını bildiğim sorular sormam ben. Şimdi söyle bakalım, neden takip ediyodun beni?"

"Mecnun ben abi. Mecnun Çınar. Taksici İskender'in oğlu diye kime sorsan söyler abi."

"Bunu da hazırlamıştın di mi? Kimsin lan sen deyyus diye sorcam sandın tabii."

"Deyyusu beklemiyodum doğrusu. O ne öyle ya, dede küfrü gibi."

"Uzatma da cevap ver. Niye takip ediyodun beni?"

"Valla böyle durumlarda ne yapılır bilemediğim için o heyecanla attım kendimi denize."

"Bak gitti başa döndü. İstediğin sorudan başlayabilirsin dediler de orada takılı mı kaldın sen aslanım?"

"Heyecan yaptım da kusura bakma abi. İlk defa bi' hırsızla karşılaşıyorum."

"Hırsız mı? Yuh! Ayıp ama ya. Aşk olsun. Ben öyle bi' insan mıyım?"

"Diyil misin?"

"Diyilim tabii. Performans sanatçısıyım ben."

"Çok pardon ya. Ben öyle çantayı çaldığını görünce..."

"Çalmak da neymiş ya. Lütfen. Bi' daha duymıyım... Bana bak, sen bu kızı tanıyo musun?"

"Tanıyorum. Zeynep bizim. Rahmetli annesiyle birlikte yaşarlardı burada. O da ölünce bi' başına kaldı gariban."

"Güzeeeeel!"

"Güzel derken? Anası öldü diyorum abi, kimi kimsesi yok diyorum nesi güzel bunun?"

"Kız çok güzel be Mecnun. Seninle iyi anlaşıcaz Mecnun Çınar. Gel kahveye gidelim bi' çay ısmarlıyım sana. Sen de Zeynep hakkında bildiklerini anlatırsın bana."

"Bu mahallede çay içmek için kahveye gidilmez abi. Çünkü çay Erdal Bakkal'da içilir. Erdal Bakkal! Erdal Bakkal! Mahallenin gururu."

"N'apıyon lan?"

"Ürün yerleştirme. Mahallede reklamını yaparsak bedava çay veriyo Erdal Abi..."

Erdal Abi? Ekmek? Kahvaltı sofrası? Babam? Dayak?

"Pişmanlıklarım olmadı hiç..."
Bir ünlü vecizesi

Gönül isterdi ki bir kitaptan alıntı yapayım. Ama ben pek kitap okumam. En son Açıköğretim 1. Sınıf ders kitaplarını aldım bedava veriyorlar diye. Okuduğum son kitapsa Victor Hugo'nun Sefilleri'ydi. O da ortaokulda dönem ödevim olduğu için. Kırtasiyeden 60 sayfalık özetini almıştım. Onun bile özetini çıkaramadım. Aradan seçtiğim 10 sayfayı kâğıda geçtim. Hoca anlamış olacak ki, kitabı anlatmamı istedi. Ne anlatayım dedim hocam, sefillik, garibanlık, yoksulluk, rezalet, ooff off off! *"♫♩♪♪Dert çekmeyen ne bilir, dert çekenin halinden. Ben ne yaptııım söylee sanaaaa tutmuyoorsuuun eeliimdeeeen... ♩♪♪"* diye Ferdi Tayfur şarkısına bağladım. *"♩♪♪ Sen de bir gün anlarsıın hayatıın cilvesinii, zateeen garipler yermiiş feleeğiin darbesinii...♪♫"*

Eli sigarasına gitti, sınıfta olduğumuzu fark edince geri çekti. *"♪♫ Öleesiyee sevenleeer nedense mesut olmaz, senin gibi bir vefasız hiç kimseye yâr olmaz.♩♪♪"* Şarkının bitmesini bekledi. Bitince tüm sınıfa alkışlattı. Sesim güzel, yapacak bir şey yok. Sol elinin tersiyle gözündeki bir damla yaşı sildi. Yerinden kalktı, yanıma geldi. Gözyaşıyla ıslattığı elinin tersiyle vurdu ağzıma. Hocam demeye kalmadan bir tane daha indirdi. Herif resmen gözyaşlarıyla dövdü beni. Adam edebiyatçı tabii, dayağı bile edebi. Hiç değilse matematikçi gibi sırtımda cetvel kırmadı. Ya da tarih hocası gibi uçan tekme atmadı. Yine de hiçbiri bedencinin voleybol topuyla beni kovalamasının yerini tutamaz. Arkadaş okulda dayağını yemediğim hoca kalmamış resmen. Bugün olsa ana haberlere konu olan dayaklar, o günlerde sıradan hadiselerdi. Eve gelip hoca beni dövdü desen, bir de evdekilerden dayak yerdin. Neyse, konumuz bu değil. Konumuz pişmanlık. Bir insanın nasıl hiç pişmanlığı olmaz aklım almıyor. Nasıl yaşıyorlar bu hayatı? Nasıl beceriyorlar böyle kusursuz olmayı? Evden çıktığımdan beri pişmanlıklar silsilesi içindeyim. Keşke eve dönüp yanıma iki ekmek parası alsaydım, keşke sahile inmeseydim, keşke şu kendine performans sanatçısı diyen manyağı takip etmeseydim. Bu düşüncelerle beraber bakkala doğru koşmaya başladım. Adam da yanımda koşuyordu.

"Abi sana n'oluyo ya?"

"Ne biliyim lan birden koşmaya başlayınca biri kovalıyo sandım. Neyden kaçıyon sen?"

"Geçmişimden be abi."

"Yapma ya. Bari doğru düzgün bi' ayakkabı giyeydin önce. Kadın terliği mi o?"

"Aceleyle çıkınca tabii. Acelem var da benim, bakkala gitmem lazım hemen. Sen dur istersen artık."

"Hızımı aldım bi' kere terim soğumasın. Sen o terliklerle çok yavaş koşuyon yalnız ya. Nerde şu Erdal Bakkal tarif et de Yavuz Abin orda bekler seni."

Heh! Hayatımda yeteri kadar manyak yoktu zaten. Buyur sen de gel be. Hoş geldin Yavuz Abi. Hoş geldin.

***

"Anne! Taze ekmek yoktu, çamaşır suyu aldım. Nasıl ikna etti bilmiyorum bir şekilde elime tutuşturup yolladı çamaşır suyunu. Bu Kaan ileride büyük adam olacak bak. Mahallenin bundan çekeceği var söyliyim sana. Babam çok kızdı mı?"

"Çıktı oğlum baban. Götür mutfağa koy onu."

"Ya anne ekmek almaya diye bakkala gidiyorum, saatler sonra elimde çamaşır suyuyla eve dönüyorum. Hadi bunlar şaşırtmıyor seni de sırılsıklamım be anne. Bari buna bi' tepki ver."

"Çıtayı nası yukarı taşıdıysan artık seninle ilgili herhangi bi' şey şaşırtmıyor beni oğlum. Geç de misafirlere 'Hoş geldiniz,' de."

Bir çocukluk travmam daha geri döndü. Misafire 'Hoş geldin' demek. Yakın akraba, uzak akraba, konu komşu fark etmez. Eve kim gelirse gelsin odamdan çıkıp gelenlere hoş geldiniz demek zorundaydım. Demesine deriz hadi mesele değil de el öpmek gerekir mi? Öpmek istersin, "O kadar yaşlı mıyım?" diyen olur, öpmezsin, "Öpsene ulan!" diye elini zorla dudağına yapıştıran olur. Tokalaşmak için elini uzatırsın, sıkmayan olur. Elini verip kolunu kaptırdığın olur. Şapır şupur suratını yalayan olur. Ne kadar büyüdüğüne şaşıran mı istersin yoksa birbirinden gereksiz çocukluk anılarını tekrar tekrar anlatan mı? Hele akranın bir kız varsa tam sıçtın demektir. Göz göze gelmemeye çalış dur işin yoksa. E illa ki okul durumunu soran da çıkar içlerinden. Açıköğretim okuduğunu söylersin, annen gurur yapar. Lafa girmek zorunda hisseder kendini. "Puanı şehirdışını tutuyodu da gitmek istemedi. Kendi kendine okuyor valla. Böyle koca koca kitaplar odasında, ne ders anlatan var ne bi' şey. Odasından çıkmıyo çocuk. Gece-gündüz çalışıyor bi' başına. Normal okuldan daha zor."

Bir şeyi bilmemekle, yanlış bilmek arasında çok fark var be anne. Bırak oynama insanların ayarlarıyla. "Bizim oğlan geri zekâlı da biraz. Kazanamadı üniversiteyi. O yüzden açıköğretime girdi. Ama onu da beceremedi. Üç senedir hâlâ birinci sınıfta. Seneye alırlar bunu askere. O da kurtulur biz de," desen daha az canım yanar valla. Vicdan yaptırarak okutmaya çalışmak neymiş ya? Tüm bu döngünün içinde kaybolmamak adına anneme vereceğim tek bir cevabım vardı.

"Bana ne ya, demiyorum hoş geldin filan odama çıkıyorum ben."

"Oğlum niye böyle yabani oldun sen?"

Ben yabani değilim be anne. İnsanlar çok karmaşık. Onlarla zaman geçirmekten daha önemli işlerim var benim. Mesela... Mesela şey... Ders çalışmak. Evet, ders çalışmam lazım benim. Şunun şurasında sınavlara ne kaldı? Masamın başına oturdum, kitabımı açtım. İlk sayfayı bitirmek üzereydim ki, odamın çok dağınık olduğunu fark ettim. Misafirliğe gelen komşulardan birinin küçük oğlu olabilir ve onu başıma musallat edebilirler. Fazlalıkları dolaba attım, odanın kokusunu kırmak için etrafa deodorant sıktım. Tekrar kitabı açtım. İlk sayfayı okumaya baştan başladım. Odaya gönderdikleri çocuk bilgisayarla oynamak isteyebilirdi. Oyuncak mı lan bu? Hemen kalktım bağlantı kablolarını söktüm. Sorarsa bozuk derim. Bir süre etrafta dolanır, sıkılıp anasının yanına gider sonra. Güzel. Yeniden kitabı aldım elime. Bir süre ayakta okudum. Hiçbir şey anlamadım. Yatağa uzandım, baştan başladım okumaya. Daha ilk sayfa bitmeden uyuyakalmışım. Uyandığımda hava hafiften kararmaya başlamıştı. Fena halde acıkmıştım. Salonda kahkahalar eşliğinde kısırlar, börekler, kekler elden ele dolaşırken ben odamda açlıktan ölmek üzereydim. Varlık içinde yokluk çekiyordum resmen. Kapıya çıkıp bağırsam:

"Pakize Hanım! Yukarı karışık bi' tabak gönderebilir misiniz lütfen? Teşekkürler!" Hayat çok daha kolay olabilirdi. Açlık mesele değil, bir şekilde dayanabilirim. Ama çok fena sıkışmıştım. Hani odada boş bir şişe bulsam onunla bile görebilirim şu an işimi. Hatta bir ara balkondan aşağı fıydırsam mı diye düşünmedim değil. Salondaki misafirlere görünmeden tuvalete gitmeye çalışmak. Yok böyle bir gerilim. Hadi gittin diyelim. Bir de içeridekilere duyurmadan klozetin kenarına kenarına işemeye çalışmak yok mu? Sifon çekme kısmına kadar gelebilsem gerisi kolay aslında. Birden sifona asılıp kaçarım yukarı. Dayanacak gücüm kalmadı. Ne olursa olsun diyerek çıktım odadan. Parmak uçlarıma basarak indim merdivenleri. Tam tuvaletin kapısına geldim ki, o çıktı içeriden. Yemyeşil gözlerinin içinde kayboldum resmen. Evin tüm duvarları yıkıldı, koca koca ağaçlar sardı etrafımı. Bembeyaz teni bulut oldu, üzerime yağmurlar yağdırdı. Allah'ım hayallerime bile sığdıramayacağım böyle bir güzelliğin yeryüzünde işi ne? Belli ki varlığına delil olarak göndermişsin tamam da, bizim evde işi ne? Bir masalın içinden çıkıp gelse bu kadar şaşırmam ama bu kız nasıl olur da bizim tuvaletten çıkar? Hayatımın aşkına bizim evin tuvaletinde rastladım diye anlatsam kim inanır ki bana? İlk görüşte aşk dedikleri böyle bir şey demek ki. Göğsümden bir parça söküldü, karnımda kelebekler uçuştu, içim alev aldı, bacaklarım uyuştu. Hissizleştim. Belden aşağımda bir sıcaklık, tenimde bir ıslaklık. Aşk dedikleri...

"Oğlum, n'aptın sen altına mı işedin?"

Altıma mı işedim? Hasiktir. Ulan aşk maşk derken koyvermişim resmen.

"Yuh! Koskoca adam olacak bi' de ha. Görüyo musun Nurten? Mecnun altına işemiş."

"Erdal Abi, senin ne işin var burada?"

Salonda kim varsa başıma toplandı. Ben hiç bu kadar çaresiz hissetmemiştim kendimi. Az önce kaybolduğum o gözlere bakamaz oldum. Erdal Abi'nin kahkahalarını bile duyamıyorum, kulağımda sadece bir çınlama. Yer yarılsa, içine girsem. Bir daha hiç çıkmasam. Hep orada kalsam.

"Ben biraz fazla kaldım galiba içeride, tutamadı yazık. Kusura bakma ya," dedi ve bana dokundu. Yer yarıldı. İçine girdim. Sonrası, sonsuz karanlık.

ikinci bölüm

Yer yarıldı ve ben içine girdim. Yerin altı hiç de düşündüğüm gibi değilmiş yalnız. Kavurucu bir sıcak, her adımda insanı daha da içine çeken kızgın kumlar ve sonsuzluk. Hiçliğin tam ortasına "şu an buradasınız" yazan bir levha koymuşlar ve beni de o levhaya bir nokta olarak iliştirmişler sanki. Ne tarafa gideceğimi bir türlü kestiremedim. Doğu? Batı? Kuzey? Güney? Bunların hiçbiri yok zaten bende. Sağ sarımsak, sol soğan o kadar. Gerisi çok karışık. "Du biraz da şu tarafa doğru kaybolıyım bari," diye diye saatlerce yürüdüm. Dilim damağım kurudu. Gördüğüm ilk büfeye koştum. Soğuk su istedim, "Yeni koydum dolaba ılıktır," dedi. Almadım. Başka büfe çıkar karşıma nasılsa dedim ama çıkmadı. Ayağıma gelen her fırsatı itinayla teperim. Gelişine vururum ama, öyle böyle değil. Dayanacak mecalim kalmadı, dizlerimin bağı çözüldü. Alev alev yanan kumlara çöktüm. Ellerimi açtım, gökyüzüne doğru haykırdım:

"Allaaah'ıımmm nerdeyim ben?"

"Çöldesin evlat."

"Allah'ım? Bu kadar çabuk dönmeni beklemiyordum doğrusu. Hayır, dönmeni de beklemiyodum da. Öldüm mü şu an ben? Ölü müyüm yani?"

Omzumdan dürtülünce gayriihtiyari sıçradım.

"Heey! Buradayım, burada."

Ak saçı, ak sakalıyla yaşlı tonton bir dede asasıyla beni dürtüyordu. Tonton dede asayla dürter mi hiç ya?

"Sen kimsin ya?"

"Aksakallı Dede."

"Aksak allı mı dede?"

"Aksakallı Dede, Aksakal."

"Hee. Yanaklarını böyle al al görünce allı dede zannettiysem demek? Hafiften aksıyosun da tabii."

"Kim aksıyo? Ne aksaması? Normal yürüyorum ya işte. Aksıyo gibi mi görünüyo ordan?"

"Sol hafif çekiyo sanki. Halı saha maçında mı burktun, n'aptın?"

"Kumdan dolayı öyle görünüyodur ya, aksamıyorum ben. Aksakallı Dede'yim ben. Öyle sağda solda allı dede filan diye konuşma sakın hakkımda."

"Konuşmam konuşmasına da dedem, ne işim var benim burda?"

"Belli ki âşık olmuşsun evlat. Çaresiz âşıkların son durağıdır burası. Sevdiğine kavuşursan meşk, kavuşamazsan aşk olur. Kavuşamayan âşıklar bu çölde ararlar sevdiğini. Kavuşanlarsa emlakçı emlakçı dolanır dururlar artık, 2+1 kombili. Anlat bakalım, sen nasıl kaybettin sevdiğini?"

"Yani kaybetmek diyemeyiz de pek, ben daha yeni buldum sayılır. İlk defa gördüm kendisini. Bi' şey de konuşamadım karşısında. Kurudum kaldım. Dilimle kalbim yer değiştirdi sanki. Ağzımı açsam kalbimin dışarı çıkcağını hissettim. Ben de ağzımı bile açmadan öyle baktım mal gibi kıza. Yerimden de kımıldayamadım. Altıma işedim resmen kızın karşısında ya."

"Aaah evlat! Aşk böyle bir şeydir işte. İnan o kadar duydum ki senin şu anlattıklarını. Altına işediğini hissedeni ilk defa duyuyorum ama."

"Yok ya his filan değil, baya bildiğin işedim altıma."

"N'aptın? Altına mı işedin? Koca adam?"

"E zor tutuyodum zaten, n'apiyim ya?"

"Ah be evlat. Sen daha kafadan kaybetmişin. Başlamadan bitirmişin her şeyi."

"Di mi? Vardır öyle huylarım, evet. N'apcam ben şimdi dede?"

"Yapıcak bi' şey yok. İyisi mi unutmaya bak sen bu kızı."

"Unutmak mı? İnsan nasıl unutur sevdiğini dede? Ben daha Beşiktaş'ın 92-93 sezonu kadrosunu bile unutmamışken, bu kızı nasıl unuturum? Şu kızgın kumlar şahit olsun, şu alev alev yanan güneş şahit olsun, şu kutup ayısı şahit olsun ki ben bu kızın peşini bırakmam dede... Yuh! Kutup ayısı mı var orda?"

"Anlaşıldı. Rahat durmıycaksın sen. Peki madem n'apalım, yardım edicem sana evlat."

"Nasıl etceksen et bi' an evvel yalnız dede. Buraya doğru geliyo ayı."

"Eğil şöyle biraz öne doğru. Uzat kafanı uzat."

"Kafama mı vurcan onla benim? Asayı mı geçircen kafama? Yapma dedecim n'apıyosun sen ya?"

"Acımıycak merak etme. Kendine getirir bu seni."

"Asayla kafaya vurmak nedir ama ya? Bu nasıl bi' yardım eli, bu nasıl bi' unutturma şekli. Yapma diyorum dede... Dede..."

***

"Dedeeeee!"

"Ne bağırıyosun ulan?"

Ben kendime geldim sanırken babamın tokadıyla yığıldım

yatağa. Çölde dedenin asası, burada babamın tokadı. Hiçbir yerde huzur yok bana.

"İskender, niye vuruyosun oğlana?"

"Birden bağırınca korktum ya. Şşş kusura bakma hacı abi, refleks olarak yapıştırdım bi' tane. Hakkını helal et."

"Aşk olsun baboli ya ne demek. Lafı mı olur? Az tokadını yemedik sonuçta da sen demin bana hacı abi mi dedin acaba?"

"Oğlum diyemedim, dilim varmadı. Anan telefonda 'Koş oğlan bayıldı,' diyince müşteriyi bile bırakmadan bastım geldim eve. Bayılmadan evvel altına işediğini söyleyeydi vallahi gelmezdim. 'Ne oğlu hanımefendi, ben kısırım, bir daha beni bu numaradan rahatsız etmeyin,' der kapatırdım telefonu. Hayır, müşteriyi de işinden gücünden ettik senin yüzünden."

"Yok yok sorun değil, ben beklerim. Geçmiş olsun bu arada."

"Sağ olun... Baba elin adamının yanında konuşmasak mı diyorum bu mevzuları? Ayrıca ne işi var bu herifin benim odamda?"

"Arabada mı bekleteydim?"

"Tamam İskender, gitme çocuğun üstüne. Mecnun! İyi misin annecim?"

"İyiyim anne, iyiyim de dedeyi gördünüz mü ya?"

"Ne dedesi?"

"Aksakallı, böyle elinde asası var. Yaşlı bi' insan işte. 'Ben sana yardım edicem,' dedi. Gelmedi mi o daha?"

"İskender, oğlan kafasını nasıl vurduysa, rahmetli dedesini görmüş rüyasında."

"Saçmalama Pakize. Oğlan bi' dedesini hiç görmedi. Daha 40 yaşında rahmetli oldu adam. Diğeri de asker emeklisi adamdı, her sabah kalkar tıraşını olurdu. Ayrıca yardım edicem demiş bak. Hiç senin rahmetli babanın ağzından çıkacak bi' laf değil bu."

"A aa nesini gördün adamın ayol?"

"Hiçbi' şeyini görmedim Pakize. Bi' gün olsun 'N'aber damat?' demedi. Evlendik, iş kurmaya çalıştık, taksi plakası aldık, kredi borçları birikti filan derken çıkıp 'Az ben de yardımcı olayım,' demedi. Koca ömrümde bi' kere borç para istedim. Sırf para vermemek için ertesi gün öldü adam."

"Saçmaladın ama yani şimdi İskender. 'Ölülerinizi hayırla yâd ediniz,' diye hadis var, olmasa ben de senin anan hakkında konuşmaya başlardım da işte içimde kalsın neyse."

"Allah Allah! Dök içini efendim buyur n'aptı kadıncağız sana?"

"Abi ben çıkıyım isterseniz?"

"Yok birader otur, gizlimiz saklımız yok bizim... Anlat bakalım buyur, n'aptı anam sa..."

"Ama siz benim psikolojimi bozuyosunuz şu an. Açın biraz televizyon izleyin de çocuk nasıl yetiştirilir öğrenin ya. Büyüme çağında bir çocuğun yanında kavga etmeyin diye bangır bangır şey yapıyolar sürekli."

"He sen daha büyücen yani. Biz bi' yerde sabit kalırsın artık diye düşünüyoduk ama."

"Babuş Allah aşkına uğraşma benle vallahi çok zor durumdayım ya. Dede de yok ortalıkta."

"Bak hâlâ dede diyo."

"Çok sert düştü oğlan yere İskender."

"İki tane vuram mı kafasına? Vurdurursak düzelir belki."

"Bi' çıkar mısınız dışarı lütfen."

"Ama oğlum..."

"Hadi annecim. Bak lütfen diyorum. Annecim diyorum. Daha ne diyim yani. Vallahi daraldım."

"E iyi madem. Yürü çıkalım da oğlan dinlensin İskender."

"Şşş bana bak, muşamba serelim mi altına? İşemezsin di mi gece?"

"İskender! Hadi!"

"Geldim geldim. Ulan koca adam ya. Sinirlerim bozuldu valla."

"..."

"Arkadaşım! Sen de çıkcan di mi?"

"Kimse gel demeyince kaldım ben burada. Neyse, tekrar geçmiş olsun."

Adam da çıktıktan sonra uzanıp tavanı seyretmeye başladım. Tavanın sıvasındaki izlerden şekiller türetmeye koyuldum. Tıpkı çocukken bulutları bir şeylere benzetmek gibi. Hangi buluta baksam at görürdüm genelde. Artık bulutları değil tavanı izler oldum. Büyüdükçe gökyüzüne bakmayı da bırakıyor insan. Pek bir şey değişmiş değil, tavandaki izlerde de at görüyorum hâlâ. Ama şu iz, diğerlerinden farklı gibi. Eskiden de var mıydı yeni mi oldu? İlk defa görüyorum. Bu? Bu iz değil ki, basbayağı onun sureti. Tavanda durmuş bana bakıyor. Ama... Ama ben yatamam ki şimdi böyle. Kalkıp üstümü mü değiştirsem? Pijamalarla görmesin beni ayıp olur.

"Oh be! Bi' an hiç gitmeyecekler sandım."

"Dede? Sen nerden çıktın?"

"Dolaptan."

"Ne işin var senin dolapta?"

"Sizinkiler birden görmesin beni korkarlar dedim. Sana yardım ediceğimi söylemiştim. Ben kimseyi yarı yolda bırakmam evlat."

"Büyüksün be dede. Eee n'apıyoruz şimdi?"

"Yatıyoruz. Kay şöyle biraz kenara."

"Nası yatıyoruz ya?"

"Başlı kıçlı yatıyoruz. Ver o yastığı ordan. Heh. Hadi Allah rahatlık versin."

"Ama dede sen de sevdalı adama önce unut diyosun, sonra

da uyu diyosun. Nasıl uyurum ben ya? Daha adını bile öğrenemedim kızın. Aklımdan çıkmıyo ki yüzü. Tavanda durmuş bana bakıyo oradan. O şekilde bakarsa nasıl uyuyabilirim acaba? Gözüme uyku girmez ki şimdi sabaha kadar."

***

Tam 15 saat uyudum. Bıraksalar daha da uyurdum ama paketleyip kahvaltı sofrasına oturttular resmen. Hâlâ da uyanabilmiş değilim.

"Oğlum, şuradan ekmeği uzatabilir misin?"

Evet evet, uyanamadım ben daha. Babam bana oğlum diyor, uzatabilir misin diyor. Ne biçim bir konuşma şekli bu böyle. İnsan oğluyla hiç böyle konuşur mu?

"Annecim, portakal suyunu iç hadi, vitamini kaçmasın yeni sıktım."

Hakikaten de masada portakal suyu var. Kahvaltı masasında portakal suyunun işi ne? Bu tabaklar? Annemin vitrinde sakladığı çeyizinden kalma tabakları değil mi bunlar?

"Oğlum, şuradan kaymak al bakıyım biraz. Genç adamsın sen, enerji lazım sana. Götür."

"Baba!"

"Efendim oğlum?"

"İyi misin sen?"

"Hamdolsun be oğlum. Çok şükür ailemin yanındayım, karnımız tok, sırtımız pek. Her şeyin başı şükür evladım. Şükretmesini bilecen. Öyle diyil mi efendim?"

"Efendim?"

Yok bana demiyor, yanıma yanıma bakıyor. Sağıma bir döndüm ki Aksakallı Dedem doldurmuş tabağını, gömülmüş kahvaltısına. Bunca yapmacıklığın sebebi belli oldu. Evde misafir var. Evde misafir olması = istediğimi yapabilirim. Şu an gidip tavana sıçsam bizimkiler dönüp "Aferin be oğlum, nasıl becerdin sen bunu, helal olsun be, ne göt varmış bizim oğlanda," der. Dokunulmazlığım var şu an bu evde. Ama bizimkiler daha tanımıyor bile adamı, nedir bu yaranma çabası onu anlamış değilim. Babam masanın altından ayağıyla dürttü. Dönüp baktım, yaklaşmamı işaret etti. Yanaştım, kulağıma eğildi.

"Sen dede mede diyince ciddiye almadık ama harbiden evin içine girmiş mübarek."

"Mübarek?"

"Zamanında bu evin altında yatır var derlerdi de inanmazdık. Yata yata sıkılmış ayaklanmış hazret... Efendim biz hanımla tuvaletin önüne bi' çift terlikle ibrik bırakacaktık da ibrik yok evde. Akşam gelince alıyım mı yoksa maşrapa görür mü işinizi?"

"Ne ibriği ne maşrapası baba ya? Yatır filan değil, Aksakallı Dede bu. Çölden geldi."

"Çöl mü? Ne çölü?"

"Çöl.. Şey işte ya. Çöl derken... Çöl demedim... Çöpün oradaydı dışarıda kalmış kimi kimsesi yok belli ki diyip eve aldım."

"Pakize! Görüyo musun oğlunun yaptığını? Yatır diyilmiş adam."

"E çeyiz takımımı çıkardım ben o kadar."

"Sen niye tanımadığın etmediğin adamı eve sokuyosun oğlum?"

"Hiç işte! Kendi dedesinin elini öpmeye zorla giderdi, yolda bulduğu elin dedesini koynuna alıyo."

"Koynuna almak ne biçim laf ya? Yatacak yeri yoktu adamın."

"Huzurevi mi oğlum burası? Her yatacak yeri olmayan

yaşlıyı tutup eve mi dolduralım?"

"Ben yardım etmek maksadıyla... Dedecim sen de bir şeyler söylemek istemez misin? Seni savunuyorum burda deminden beri, iki laf etmesen mi acaba durumu kurtarmak için."

"Baban haklı."

"Neemiş?"

"Heh bak, yatır da hak verdi bana. Hâlâ yatır diyorum adama ya. Töbe töbe..."

"Zaman eski zaman değil ki. Hırlısı var hırsızı var. Dolandırıcısı var sahtekârı var. Saçım sakalım ağarmış diye güvenmek zorunda mı bu insanlar bana?"

"Hay sakalın bal yesin e mi dede... Sakalına bal yapışmış yani şurda, şu taraf. Heh tamam geçti."

"Yani demem o ki, siz siz olun bilip bilmediğiniz kimseye güvenmeyin. Herkes benim gibi diyil valla. İstesem siz uyurken bütün evi boşaltır giderdim ruhunuz bile duymazdı. Çok ağır uyuyosunuz çünkü. Kalktım buzdolabına dadandım da haberiniz olmadı yahu. Biraz dikkatli olun. Öyle diyil mi hanım kızım?"

"Valla çok doğru söylüyosunuz efendim."

"Şuradan bi' yumurtalı ekmek daha alabilir miyim? Çok güzel olmuş eline sağlık."

"Afiyet olsun efendim."

"Dede n'apmaya çalışıyosun acaba? Hani yardım edicektin bana?"

"Şşş çaktırma. Sizinkilerle arayı iyi tutmam lazım. Ama güzel insanlar, hemen tav oldular. Yerleşirim valla ben buraya."

"Ben evlendikten sonra odayı da sana verirler artık. Evlilik diyorum, kız diyorum. Yardım etmek diye geldin sofrada ne varsa sildin süpürdün, şu bizim işe dönelim artık he dedecim?"

"Oğlum ne fısır fısır konuşuyosun orda, bi' rahat ver kahvaltısını etsin adam."

Bu aksakalını sıvazladığımın dedesinden de fayda yok

bana belli ki. Adam kendine yatacak yer, karnını doyuracak bir sofra arıyormuş meğerse. Kendi işimizi kendimiz göreceğiz, başka çare yok. Nereden başlamalı? Önce kim olduğunu öğrenmeli, evet.

"Anne! Dün bi' kız vardı ya evde hani kimdi o?"

"Hangi kız?"

"Hangi mi kız? Anne dün evde kaç kız vardı Allah aşkına? Mahallenin kadınları, Erdal Abi ve bi' de güzel kız vardı hani."

"Yuh! Erdal da mı geldi dün?"

"Babacım bi' saniye, annem cevap vermek üzere. Evet anne?"

"Karşısında altına işeyip sonra da bayıldığın kızı mı diyosun?"

"Yuh! Harbiden işedin mi sen altına ya?"

"Dedecim ama bi' araya girmeyin ya. Bi' şey konuşuyoruz annemle. Evet anne, onu diyorum. Kim o?"

"Bizim Sevim Hanım'ın kızı. Tanımadın mı?"

"Yooğ. Ben Sevim Hanım'ı bile tanımıyorum ki. Kızını nasıl tanıyabilirim?"

"Yabanisin oğlum sen. Kaç kere gidip geldiler eve de bi' karşılarına çıkıp hoş geldin demedin tabii. Nasıl tanıyasın?"

"Adı ne peki kızın?"

"Leyla!"

Leyla mı? Şimdi gerçekten Mecnun oldum işte. Meğer ömrüm boyunca eksikliğini hissettiğim şey senmişsin be Leyla. Hoş geldin Leyla. Yüreğim biraz tozludur kusura bakma. Bugüne kadar kimse girmedi içeri ne yapsın garip?

"He Leyla demişken, haftaya Sevim Hanımlar çağırıyor İskender. Evde yapacaklarmış nişanı. Bizi de davet ettiler."

"Ne nişanı?"

"Leyla'nın nişanı."

"♫♪ Baharım solmadan eski ömrüm
Çıkmaz bir sokağa benzedi ömrüm
Leylası olmayan Mecnun'a döndüm
Olsan içmez miydin benim yerimde... ♪♫"

Ne nişanı ya? Nereden çıktı şimdi nişan mişan? Daha küçücük kız o. Zorla evlendirmeye çalışıyordur ailesi. Bir de utanmadan bizi davet ediyorlar o nişana, he mi? Kızınızı evlendireceksiniz madem sağa sola haber yollasanıza, konu komşunun bekâr oğlu varsa önce ona bir gidin bakalım. Gelin anamdan babamdan isteyin beni. Ben yaptığım bol köpüklü kahveleri titrete titrete getireyim. Siz Allah'ın emri peygamberin kavliyle beni istedikten sonra, babam "Bi' de oğlana sormak lazım," diyerek çeksin beni bir köşeye, "gönlün var mı, ne diyosun?" diye sorsun. "Siz nasıl münasip görürseniz babacım," diyeyim ben de. Babamla sarılalım birbirimize. Gözlerimiz dolsun. Sonra karşınıza geçip "Vermiyoruz," desin. Eee kolay mı İskender Çınar'dan oğlunu almak? Çok düşkündür bana, çok. Vay arkadaş. Ben bu hayal kurma meselesini niçin beceremiyorum ya? Hayalimde bile kavuşamıyorsak bu iş zor be Leyla.

"Dede, n'apıcaz şimdi?"

"Yeni çay demliycez."

"Ne çayı ya?"

"Yeniden demlemeye lüzum yok dede. Aşılar gelirim ben hemen."

"Oh! Ellerine sağlık hanım kızım."

"Bırak şimdi çayı dede, Leyla nişanlanıyomuş."

"Allah tamamına erdirsin."

"Kafa mı buluyon sen benle? Sabaha kadar koyun koyuna yattık, o ayağın ağzıma girdi, sesimi çıkarmadım ya. Yaşlı kokusu sindi tüm vücuduma. Efil efil yaşlı kokuyorum ben şu an, protez diş kokuyorum. Bunun için miydi yani hepsi? Hani yardım edicektin bana."

"Hevestir geçer, sabah uyanınca vazgeçersin demiştim ama senin aklın hâlâ bu kızda demek."

"Hangi kızda?"

"Ne kızı ya? Kız mız yok baba. Yaşlı ya tabii kimbilir neden bahsediyo şu an. Sen kahvaltına devam et babacım."

Bizimkilerin yanında Leyla'dan bahsetmek pek de akıllıca değildi. Dedeyle baş başa konuşabileceğimiz, kimsenin uğramadığı, sessiz sakin bir yer lazımdı bize. Erdal Bakkal bu iş için biçilmiş kaftandı. Eskiden, yani kredi kartlarının olmadığı, hesap ekstrelerinin yerine veresiye defterlerinin tutulduğu zamanlar mahallenin gözbebeğiydi Erdal Bakkal. Herkes alışverişini buradan yapardı. Özellikle sabahları çok kalabalık olurdu. Ama kasa kuyruğu göremezdiniz burada. Erdal Abi tek başına değme kasiyerlere taş çıkarırdı. Daha poşetleri doldurmadan ne kadar tuttuğunu söylerdi. Müşterisini tanır, kimin ne alacağını bilirdi. Onlar söylemeden Erdal Abi malları poşetlerdi. Paran mı yok? "Erdal Abi bunlar yazılcak," derdin. Açardı veresiye defterini. İtinayla alırdı notunu. Sendeki kâğıdı da alır, ona da yazardı aynısını ki bir karışıklık olmasın. Böylelikle ay sonu hesap ekstresini eline aldığın zaman "Hasiktir bu ay çok harcamışız ya!" gibi dertlerin olmazdı. Aylık harcamanı günbegün takip edebilirdin. Süpermarketler, alışveriş merkezleri, limiti belli olmayan kredi kartları filan derken kimse uğramaz oldu Erdal Bakkal'a. Birkaç veresiye yazdıran müşterisinden başka kimsesi kalmadı. Öyle olunca Erdal Abi veresiyeyi de kaldırdı. İyiden iyiye tek başına takılır oldu bakkalda. Derken bu yaz bizim Kaan çıraklığa başladı yanında. Daha 9 yaşında ama insanı tedirgin eden bir zekâsı var. Geleceğe yönelik tek yatırımım olur kendisi. Sırf ileride önemli yerlere gelir diye yanında takılıyorum. Riskli bir yatırım gibi görünebilir ama velet öyle böyle değil. İlk iş dükkânın önündeki kola kasalarını kaldırıp, yerine ufak tabureler koydu. Çay-kahve servisi derken nargileye kadar götürdü işi. Yetmedi tavuk döner bile astırdı bakkala. Erdal Bakkal'ı batmaktan kurtardı tek başına. Yaz bittikten sonra da devam etti çıraklığa. Gündüzleri okulda, akşamları Erdal Bakkal'da geçer oldu ömrü. Biliyordu ki Erdal Abi'ye bıraksa iki günde batırırdı işleri. Kaan okuldayken bakkalda kimse olmaz, biz de rahat rahat konuşuruz diyerek Erdal Bakkal'a geldik. Ama bu adamın karnı doymak bilmiyor ki arkadaş. Kahvaltı masasında ne var ne yok silip süpürdüğü halde yarım ekmek tavuk döneri de gömdü.

"Bana ordan bi' yarım daha kesicen mi evladım?"

"Yuh ama artık dede! Nerene yiyosun onca şeyi anlamadım ki. Yemeği bırak da akıl ver bana dede, n'apıcam ben şimdi?"

"Valla yapcak bi' şey yok Mecnun. Kız nişanlıymış sonuçta. Peşini bırak bence sen bu kızın."

"Nişanlı değil daha haftaya nişanlanc... Erdal Abi? Sen ordan gizli gizli laf mı dinliyon?"

"Evet."

"Bak bi' de evet diyo ya. Hadi dinliyosun bari lafa girme. Özel bi' şey konuşuyoruz burda."

"Erdal Abin haklı Mecnun. Yuva yıkanın yuvası olmaz derler. Girme aralarına, günah."

"Yavuz Abi sana n'oluyo? Bari sen karışma. Kendi işinizle ilgilenin, ne konuşup duruyonuz bilip bilmeden."

"Oğlum konuşuyolar da kötülüğüne mi konuşuyolar sanki, senin iyiliğin için diyo adamlar."

"İsmail Abi sen ne ara geldin de konuya dâhil oldun acaba?"

"Başını kaçırdım ya. Mevzu ne?"

"Mecnun bi' kıza âşık olmuş da nişanlısından nasıl ayırırım derdine düşmüş. Onu konuşuyoruz."

"Höh ama artık Erdal Abi. Senin o bıyıkların dökülsün de saç yapayım onlardan kendime e mi! Mecnun hiç yapar mıymış öyle şey?"

"..."

"Hayırdır Mecnun?"

"Hayır abi."

"Hayır abi? Bu kesin bi' işler çeviriyo tamam anlaşıldı. Geldim o kadar laf saydım bi' de adama. Mecnun yapmaz öyle şey dedim. Delikanlı çocuktur dedim. Ne işi var nişanlı kızla dedim. O bıyıklarından çok özür diliyorum Erdal Abi."

"Ya kız nişanlı diyil ki. Bilip bilmeden atlıyosunuz mevzuya. Hem senin işte olman gerekmiyor muydu İsmail Abi?"

"Hee. Kovuldum ya."

"Yine mi len?"

"Yine Erdal Abi. Yine İsmail'e kapının önü gözüktü. Hayvanat bahçesinden de gönderdiler."

"Hayvanat bahçesi mi? Oğlum sen zaten ne anlarsın ki hayvandan?"

"Bak işte. Ettiği lafa bak şunun. O ağzından çıkan lafın kulağının duyduğuyla tuttuğunu ben daha hiç görmedim. Benim dedem Darwin'di be Darwin, Darwin!"

1859/*Birleşik Krallık*

"Göz gibi pek yetkin bir organın doğal seçmeyle oluşabildiği inancı kimilerini sendeletmeye yetmekle birlikte, bir organın yetkinliğe ulaşmasında değişen yaşam koşullarındaki yararlı geçişlerin uzun bir serisini biliyorsak, yetkinliğin düşünülebilen bir aşamasının doğal seçmeyle kazanılmasında mantıksal hiçbir olanaksızlık yokt..."

"Darwin?"

"Hı?"

"Tavuklar dinozorlardan evrimleşerek mi gelmiş? Aynı kemik yapısına sahip diyolar."

"Nerde okudun?"

"Sosyal medyada."

"Nerede?"

"Çarşıda konuşuluyo işte ya."

"Saçma sapan şeylerle bölme beni. Çalışıyoruz burda görmüyo musun? Nerde kalmıştık? Heh! *...mantıksal hiçbir olanaksızlık yo...*"

"Ejderha nasıl evrim geçirmiş peki? Nasıl uçabiliyo ki koca hayvan?"

"Sen ejderhayı nerde gördün de evrimini sorgular oldun be adam? Çalışıyorum dedim, az sessiz ol."

"E timsah? Hiç evrim geçirmemiş gibi aynı hayvan."

"Bak hâlâ ya."

"İnsanın evrimi peki? Ben neyden geldim mesela?"

"Maymundan geldin sen. Heh, oldu mu? Sığırmışın sonra maymun olmuşun ilerde de at olcan sen. Mutlu musun? Bi' kitabı tamamlatmadın şurda ya."

"İsmi ne olacak kitabın?"

"Cinsini Siktiğim Cinsine Çeker."

"Aman Darwin n'aptın? Öyle kitap ismi mi olur?"

"Olmaz mı diyosun? Hımm! Türlerin Kökeni nasıl?"

"Güzel, daha akılda kalıcı."

"Tamam Türlerin Kökeni olsun madem."

21. Yüzyıl Başları/*Kireçburnu*

"Senin anlıycağın bizde hep aileden gelir tarım ve hayvancılık."

"E n'oldu da gönderdiler seni hayvanat bahçesinden İsmail Abi?"

"Böyle kuru kuruya mı anlatıyım yani Mecnun? Erdal Abi! Çay bana?"

"He çay sana çay. Sen anca gel tüm gün bakkalın önünde otur çay iç. Parasını da verme. O yetmiyomuş gibi açıp gasteleri de okuyo. Hadi okudun, bari bulmacalarını çözme. Hadi bulmacaları çözdün, bari iş ilanlarını kesme. Okunmuş, çizilmiş, kesilmiş gasteyi ben nasıl satcam müşteriye? Haksız mıyım hocam?"

"..."

"Hocam? Bana mı diyo hocam diye?"

"Hee sana diyo galiba dede. Abartma sen de Erdal Abi, kimsenin gaste okuduğu yok ki zaten. Geçen haftanın gastesi duruyo orda görüyorum şu an."

"Onun zoru benle Mecnun. İstiyo ki İsmail'in yüzü hiç gülmesin. İsmail gaste okumasın. İsmail bi' demli çay içmesin. Şu çayı bi' kere de sallama getirme, demlersen ölürsün sanki."

"Beğenmiyorsan içme arkadaş. Bakkal oğlum burası, bakkal. Demli çay içmek isteyen gider kahvede içer."

"Bu niye bu kadar gergin ya?"

"Nurten Abla pazara çıkmış. Pazar parası verirken bir damla yaş düşmüş de gözünden daha kurumamış, na bak duruyo yerde. Hâlâ eli ayağı titriyo adamın, görmüyo musun? Para kaybından şoka girmiş resmen. Üstüne varma da olayı anlat. Niye kovuldun sen hayvanat bahçesinden?"

"Çekememezlikten Mecnun. Başarımı kıskandılar."

"İlk günden?"

"Evet. Kovmak için bahane de bulamadılar, iftira attılar. Kafeslerin kapısını açık unutmuşum da hayvanlar kaçmış. Dedim bana bak işveren bey, İsmail hiçbir şeyi unutmaz. At hafızalıyım ben, dedim. O kafesin kapılarını açık unutmadım. Hepsini bile isteye açtım, dedim."

"Sebep?"

"E hayvancıklar çok sıkılıyodu be Mecnun. Hele bi' aslan vardı görmen lazım. Bizim çiçekçi teyzenin oğlu gibi melül melül bakıyodu. Arada yelesini sallıyodu böyle tatlı tatlı. Ben de açtım hepsinin kapılarını, dedim gidin hadi lan serbestsiniz hepiniz."

"Tüm hayvanları mı?"

"Heee."

"Abi n'aptın sen?"

"Hapsetmişler garipleri oraya, n'abayım Mecnun? İçim acıdı yazık günah orda biçare oturuyodu garipler."

"Bah hele bah. Garip dediği de aslan he. Oğlum aslan salınır mı hiç sokağa? Kedi diyil, köpek diyil, at diyil. Aslan bu ya aslan."

"Ya inşallah o aslan buraya gelir de senin o bıyıklarını yalar Erdal Abi... Mecnun?"

"Efendim abi?"

"Kız nişanlı diyolar?"

"Yuh! O konu kapanmadı mı daha ya? Ne güzel geçiş yaptın öyle birden İsmail Abi."

"Eee abim. Kız diyorum?"

"Nişanlı diyil abi kız. En azından şu an için diyil. Ama bi' şeyler yapmazsak haftaya nişanlanıcak. Bu kızda bi' şey var abi. Dün gördüm kızı içim bi' tuhaf oldu. Beynim durdu, ayaklarım uyuştu, bayıldım abi kızın karşısında, daha ilk görüşte çöllere düştüm diyorum abi sana."

"Altına da işemişin?"

"Senin nerden hab... Erdal Abi?"

"Hiç bana bakma. Baban söylemiş."

"Babam mı söylemiş?"

"Gecenin bi' vakti kapıya dayandı anlatmak için. Dedim

İskender ben zaten ordaydım, bana ne anlatıyosun? Sinirlerim çok bozuldu anlatmadan duramam dedi, kahveye gitti. Senin yüzünden kafayı yedi adam sonunda."

"Aman canım hayırlısı olsun n'apalım, babamdır sonuçta. Kafayı yedi diye kapının önüne koyacak diyiliz ya. Onu da böyle kabulleniriz artık."

"Peki kim bu kız, tanıyo muyuz yengeyi?"

"Sevim Teyze'yle Metin Amca'nın kızı, Leyla."

"Sümüklü Leyla?"

"Sümüklü mü Leyla? Abi ben burda seviyorum diyorum, ölüyorum diyorum sen suratıma yapıştırıyosun sümüklü diye."

"E sümüklüydü küçükken n'apıyım."

"Herkesin burnu akabilir canım. Hemen lakap mı takmak lazım? Ne yakışıksız hareketler ya bunlar. Koca mahallede bi' ben mi tanımıyomuşum ayrıca bu kızı?"

"E yabanisin."

"Hee annem de öyle dedi. Ama benim bu kızla tanışmam lazım abi. Şu nişan meselesini bi' de kendi ağzından duymam lazım."

"Senin derdinin tek bi' dermanı var evlat."

"Heh konuş dedem, anlat. Ne yapmam lazım, neymiş benim derdimin dermanı diyiver hele."

"Seviyorsan git konuş bence."

Etraf buz kesti. Kimseden çıt çıkmadı. Dedenin gözlerinin içine baktım. Uzun uzun baktım. Yaklaşık üç dakika geçtikten sonra bıçak gibi kestim sessizliği.

"Gerçekten mi ya? Hiç o ağarmış saçından sakalından mı utanmıyosun acaba? Bilge bi' abiye benziyosun dedim, saygıda kusur etmedim, yedirdim içirdim, koynuma aldım..."

"Koynuna mı aldın?"

"İsmail Abi, bi' şey konuşuyorum kalbini kırarım... Aksakalı olan bi' insansın dedim, bi' bildiğin vardır elbet dedim ve sen vere vere bu aklı mı veriyosun bana? Seviyorsan git konuşmuş. Hay senin vereceğin akla sarılayım ben e mi?"

"Mecnun bırak yüklenme, yaşlı başlı adam. Ne anlar bu işlerden? Burda Yavuz Abin dururken sen niye başkalarına gidiyosun ki bu iş için? Sen bu kızla tanışmak, hatta tanışmak kesmez, aynı zamanda da etkilemek istiyosun di mi?"

"Evet ya, tam olarak istediğim şey bu benim."

"Güzel. Gel bakalım o zaman benimle."

***

Nereye gittiğimizi, ne yapacağımızı bile sormadan takıldım peşine. Kendinden emin bir hali vardı. Lider ruhluydu bir kere. Benimle beraber Aksakallı Dede'yi ve İsmail Abi'yi de takmıştı peşine. Bir bildiği vardı elbet. "Ya beyler ben bi' an gaza geldim takip edin beni dedim ama nerde ki bu kızın evi? Ben öyle aldım başımı gidiyorum," deyince ufak bir güven zedelenmesi oldu tabii. İsmail Abi "Ben götürürüm sizi," dedi, geçti en öne. Bu sefer de onun peşine takıldık. Tam üç kez Erdal Bakkal'ın önünden geçtik. Kendi mahallemizde kaybolduk resmen.

"İsmail Abi?"

"Taam taam şurdan sola döncez."

"Abi sol Erdal Bakkal'a çıkıyo yalnız."

"Hee öbür sola döneriz o zaman gelin ya gelin taam buldum şurası hemen."

Mahallede birkaç tur daha attıktan sonra sonunda Leyla'nın evine ulaştık. Bir köşeye sinip Leyla'nın evden çıkmasını beklemeye başladık.

"Şimdi beni iyi dinleyin. Kız evden çıktıktan sonra ben peşine takılcam. Uygun bi' anını kollayıp çantasını kapıp kaçıcam.

Mecnun, sen hemen peşimden koşmaya başlıycaksın. Sokağın köşesini dönünce ben sana çantayı vercem. Sen de alıp yengeye götürceksin. Kızın gözünde kahraman olup ordan muhabbeti bağlarsın artık sen."

"E bu klişe."

"Klişe iyidir. Her zaman tutar. Çıkıntılık yapıp da düzeni bozmaya çalışma lan. Sana mı kaldı klişeyle uğraşmak. Sen de herkes gibi ekmeğine bak... Plan anlaşıldı di mi? Sorusu olan?"

"Parmak kaldırmana gerek yok İsmail. Nedir sorun?"

"Kadın çorabı mı o kafandaki?"

"Evet."

"Taam başka sorum yok benim."

"Evlat, çok da iyi bi' fikir diyil bence bu. Gel vazgeç istersen he?"

"Daha iyi bi' fikrin vardı da ben mi yok dedim dede?"

"Canım ne gerek var böyle aksiyonlara? Çık karşısına konuş insan gibi."

"Ben bu kızın karşısında insanlığımdan çıkıyorum dede. Konuşmayı nasıl becereyim?"

"Ahan da çıktı işte orada."

"Tamam beyler sakin. Ne olursa olsun plana sadık kalıyoruz. Ben şimdi peşinden gi... A aa Zeynep mi diyil mi o?"

"Yavuz Abi? Abi nereye?"

"A ha yanlış kızın peşinden gidiyo."

"Allah kahretmesin seni. Sırası mıydı şimdi ya? Resmen gitti adam. N'apacağız şimdi?"

"Taam taam ben hallederim. Çorabını ver."

"İsmail Abi bırakır mısın bacağımı? Nasıl geçircen kafana benim çorabımı?"

"He taam taam kapıyorum ben çantayı."

İsmail Abi kendinden beklenmeyen bir çeviklikle koştu,

Leyla'nın çantasını kaptığı gibi kaçmaya başladı.

"N'oluyo be? Heyyy! Dursana. Çantam! Çantamı çaldılar."

Helal olsun be İsmail Abi. İşte beklediğim an. Leyla yardıma muhtaç ve ben ona yardım etmek için hazırım. Hemen koyuldum İsmail Abi'nin peşine. Tek sorun, ayağımda annemin terlikleri vardı. İşlerin bu noktaya geleceğini bilsem hazırlıklı çıkardım evden. En azından kendi ayakkabılarımı giyerdim. Acaba çantayı İsmail Abi'den aldıktan sonra eve uğrayıp ayakkabılarımı mı giysem? Bu terliklerle de çıkılmaz ki şimdi Leyla'nın karşısına. İki gündür ayağımda terliklerle koşturup duruyorum. Bu kadarı benim için fazla. Yalnız iki sokak geçtiğimiz halde hâlâ durmadı İsmail Abi. N'apmaya çalışıyo bu adam?

"İsmail Abi! Abi dursana!"

"Duramam Mecnun. Yüzümü gördüler bi' kere. Yengeye söyle, hakkını helal etsin."

"Çantayı bırak bari. İsmail Abi!"

"İşte orda yakalayın hırsızı."

Tüm mahalle İsmail Abi'nin peşine düştüğü an koşmayı bıraktım. Bir süre sonra daha fazla dayanamayıp çantayı bırakıp kaçmaya devam etti İsmail Abi. Kalabalıktan biri çantayı aldı, gözümün önünde götürdü Leyla'ya verdi. Leyla ona teşekkür etti, bir süre sohbet ettiler. Yine hayallerimi bir başkası yaşıyordu. Bense uzaktan onları izliyordum. Tüm hayaller gerçek olacak diye bir kaide yok elbet. Ama o hayalleri başkasına yaşatıp dışarıdan seyrettirmek nedir? Nasıl bir sınavdır bu?

"Üzülme evlat! Zaten pek parlak bi' fikir değildi, boşver."

"Yapmadığım şey diyil. Alışkınım ben. Sürekli olarak her şeyi boşveriyorum zaten. Ama bi' kere de farklı olsun be dede. Bi' kere de boşveren taraf ben olmıyım istiyorum. Teselli diyil, tebrik edilmek istiyorum ben artık dede."

"Hadi gel eve dönelim, etraflıca bi' oturur düşünürüz ne yapıcamızı he? Gel hadi."

"Mecnun n'aber?"

"İyi be Kamil Abi, deplasmanda alınan 1 puan gibiyim. Küme düştüm düşücem ama hâlâ bi' puan altın değerinde diye kandırıyorum kendimi. Sen hayırdır böyle koştur koştur maça mı?"

"He ya, çok geç kaldım Mecnun. Annemle pazara çıktık da bitmedi ki alışverişi."

"Aman be abi, her maç yedeksin zaten geç gitsen n'olcak?"

"Öyle deme Mecnun. Geçen maç az daha oyuna giriyodum."

"Yapma ya?"

"Vallaha. 89'da oyuna sokuyodu beni hoca. Hakem de 4 dakka uzatma verdi. Oh dedim tamam, 5 dakkada gösteririm kendimi. Ama bu sefer de o canına yandığım topu dışarı çıkmadı be Mecnun. Hakem maçı bitirdi, ben de öyle kenar çizgisinde beklediğimle kaldım. Ama olsun, bugün kesin gircem oyuna. Öyle hissediyorum en azından. Kimse al bu forma senin demez Mecnun, son 5 dakka da olsa sahaya girip o formayı terletmen lazım. Neyse hadi ben kaçtım. Eyvallah!"

Kamil Abi'yi yıllardır tanırım. Tanıdığım günden beri de mahalle takımında oynar. Oynar dediğim de lafın gelişi işte. Daha hiçbir maçta izleyemedik kendisini. Adam yedek kulübesinin vazgeçilmezi. Kendi özel köşesi var kulübede. Bazen maç izlemeye gittiğimizde orada ağırlar bizi sağ olsun. Muhtemelen kendi jübile maçında bile yedek olarak oturacaktır. Ama bir gün olsun antrenman kaçırdığı olmamıştır. Herkesten önce gider, herkesten sonra çıkar sahadan. Adam haklı tabii. Kim niye durduk yere al bu forma senindir desin ki?

"Yürü dede gidiyoruz!"

"Nereye?"

"Forma aşkıyla oynamaya gidiyoruz dede. Ben öyle Kamil Abi gibi her maç kenarda bekleyecek adam değilim. Madem beni oyuna sokmuyolar, o zaman ben de bu oyunu bozarım dede."

"Ne diyosun evladım sen, ne oyunu? Mecnun! Dursana evlat."

Durmadım. Duramazdım. Bunca yıl durdum, elime hiçbir şey geçmedi. Artık durmak yok. Aksakallı Dede'yle birlikte Leyla'yı takip etmeye başladık. Çocukluğumun geçtiği bu sokaklar hiç bu kadar güzel gelmemişti gözüme. Daha dün üstüne basınca paçamı çamur içinde bırakan şu kırık parke taşının altından çiçekler filizlenmiş. Şu kurumuş ağacın dalları ne zaman yeşerdi böyle? Ağaca tünemiş kargalar bülbül gibi şakımaya başlamışlar. Etrafındaki her şeyi güzelleştiriyorsun be Leyla. Bırak ben de biraz güzelleşeyim. Hep yanında olayım demek istedim yani. Anladın onu değil mi? Ulan inşallah kızın karşısına çıkınca da böyle mal mal konuşmam. Sakin olmam lazım. Leyla sokağın köşesini döndü. Şimdi biraz hızlanmalı. Gözden ka...

"Mecnun!"

"Allah! Aklım çıktı Nurten Abla. Niçin birden karşıma çıkıyosun öyle?"

"Sağına soluna bak sen de Mecnun. Aklın bi' karış havada. Neyse iyi oldu seni gördüğüm. Pazardan geliyorum, kollarım koptu valla al bakıyım şu poşetleri."

"Yalnız benim çok önemli bi' işim var da Nurten Abla."

"Gidersin yine işine, ev şurası zaten."

"Ama gidiyo Nurten Abla."

"Kim gidiyo?"

"Neyse, ver sen poşetleri bana... Yuh tüm pazarı yüklenmişin sen de Nurten Abla. Sen eve git ben daha sonra getiririm bunları. Erdal Abi bu kadar poşeti görmesin, kalbine iner adamın."

"Mecnun dur bi' nereye? Mecnun! Yemek yapıcam daha geç kalma getir poşetleri."

Kaldığım yerden devam ediyordum. Tek fark, elimdeki pazar poşetleriydi. Ben ki annemle bile pazara çıkmamak için binbir bahane bulan adamım şimdi elimde poşetlerle Leyla'nın peşinden koşturuyorum. Umarım annem beni böyle görmez. Kaldıramayabilir kadıncağız. Leyla sahile indi. Kafeden içeri girdi, cam kenarında bir masaya oturdu. Öyle alelade oturmak değil bu, sanki dünyanın su terazisi yamuktu da o oturunca dengelendi.

"İşte aradığım fırsat bu dede. Plan yapmakla filan olacak iş değil bu. Çıkcam karşısına insan gibi konuşucam."

"Vay be! Gerçekten mi? Muazzam bir fikir. Neden daha önce aklımıza gelmedi ki bu?"

"Laf mı sokuyon bana şu an? Hiç sırası değil dede. Leyla'yla konuşucam, gerginlikten ölüyorum burada."

"Ne diyiceksin peki?"

"En doğal halimle çıkıcam karşısına ya. Kendim gibi olucam. Rol yapmaya gerek yok. Neysem oyum ben. Gidicem yanına, merhaba diyicem, aşkı arıyodum da gözlerinizde kalmış galiba. Onu alabilir miyim? Bu arada ben Mecnun."

"O kadar şey yapmasan mı evlat? İstersen konuşmanın üzerine çalışalım biraz? Kendini hazır hissettiğinde çıkarsın Leyla'nın karşısına?"

"Ben doğuştan hazırım dede. Yıllardır bu anı bekliyomuşum meğer. Hızımı kesme benim. Gidiyorum ben."

"Ah be evlat! Rezil edicen kendini."

Kafeye doğru emin adımlarla ilerledim. Aksakallı Dede

arkamdan söylenmeye devam etti ama ilgilenmedim onunla. Tamamen konuşmaya odaklanmalıyım şu an. Kafenin kapısında kimse yok. Güzel. Eğer biri olsaydı kesin beni içeri almaz diye düşünür, özgüvenimi yerle bir ederdim. İçeri girdim. Leyla'nın masasına doğru yöneldim. Dur lan ne diyecektim? Heh! "Aşkı arıyodum da gözlerinde çapak kalmış galiba." Lan! Ne çapağı? "Aşkı arıyodum da gözleriniz lens mi acaba yoksa kendi gözleriniz mi? Çok güzel gözleriniz var ya! Nasıl bu kadar güzel gözleriniz olabilir ki? Allah belasını versin o gözlerinizin." Ne saçmalıyorum ben ya? Leyla'ya yaklaştıkça kendimden uzaklaşıyorum. Elimde değil. Kafamın içinde ne kadar süslü cümleler kurarsam kurayım söylerken bok ederim her şeyi. Konuşmayı beceremem ki ben. Keşke gözlerime bakınca her şeyi anlasan Leyla. Leyla! Lan? Kızın yanına gelmişim mal mal bakıyorum. Neyse ki telefonuyla uğraşıyor da fark etmedi beni. Bir şekilde lafa girmeli.

"Merhaba!"

"Merhabalar. Menüye gerek yok, bi' Chai Tea Latte alabilir miyim?"

Ah başını şu telefondan kaldırıp bir bakaydın yüzüme be Leyla. Gözlerin gözlerime değince felaketim olurdu belki ama ağlamazdım. Anlatacağım ne varsa yarım kaldı. Hevesim kursağımda inmiyor da aşağı. Gururu kırılmış, duyguları incinmiş bir adamdım ve yapmam gereken tek bir şey vardı. Ben de onu yaptım.

"Bir Chai Tea Latte çeeeek!"

"Ne bağırıyon arkadaşım?"

"Pardon ya. Şu masaya bi' Chai Tea Latte gidecek de."

"Parmakla göstermesene... Masa 3'e Chai Tea Latte hazırlayın... Geç sen de, o elindekileri mutfağa bırak."

"Yok bunlar Nu..."

"Pardon, bakar mısınız?"

"Ver poşetleri, müşteriyle ilgilen sen... Niye bu kadar sipariş vermişler ya?"

"Ama bi' saniye onlar..."

Daha lafımı tamamlayamadan adam aldı poşetleri, gitti. Ah be Nurten Abla. Niçin bana poşet emanet ediyorsun? Hiç mi tanıyamadın yani beni?

"Pardon!"

"Geliyorum efendim."

Yuh! Bir anda nasıl benimsedim ben bu garsonluğu? Neyse en azından Leyla'ya işim gücüm yok demem. Birkaç masadan sipariş aldım. Hesap istediler, vermedim. Allah'tan başka kimseye verilecek hesabım yok benim. Chai Tea Latte hazır dediler, gittim aldım. Leyla'ya götürürken elim ayağım titredi ama dökmeden masaya ulaşmayı başardım.

"Afiyet olsun. Bu arada ben Me..."

"N'aber Leyla?"

"Sen kimsin lan?"

Leyla ve masadaki kılkuyruk dik dik bana bakınca yanlış bir tepki verdiğimi fark ettim.

"Hoş geldiniz! Ne alırdınız?"

Bu kim lan? Ben burada Leyla'yla konuşmaya çalışırken can vermeyeyim diye içimden Sübhaneke okuyorum, herif gelmiş n'aber diyor. N'aber ne lan? Cümle kurmaya mı üşendin a pezevenk? Bu kız askerlik arkadaşın mı senin? Olabilir mi acaba öyle bir şey? Hayır daha ben bile askerliğimi yapmamışken Leyla askerlik yapmış olabilir mi? Saçma sapan şeyler düşünmemek için diğer masalarla ilgilendim. Bu sefer de ne konuştuklarını duyamıyordum yalnız. Boş masaları silerek götüm götüm masa 3'e yanaştım ve ne konuştuklarını dinlemeye başladım.

"...Şu balonlardan da alalım iki tane. İsim yazmaya gerek

yok. A ve L şeklinde iki balon alsak yeter. Kuzenimin nişanında kullanılan tepsi var zaten, tepsi almayın ona gerek yok."

"Çok güzel anlatıyosun da Leyla, ne balonu ne tepsisi anlamadım hiçbi' şey."

"E nişan tepsisi diyorum."

"Nişan mı? Ne nişanı?"

"Arda, uykusuz musun sen biraz?"

"Sorma ya, gece çok acayip bi' parti vardı. Seni de arıycaktım ama birden gelişti her şey. Fenaydı ama nasıl koptuk var ya. Bir kız vardı hatta... Neyse ya, neyden bahsediyoduk biz?"

"Nişandan."

"Kimin nişanı?"

"Haydaaa! Arda beni delirtmeye mi çalışıyosun sen? Haftaya nişanımız var ya bizim."

"A aa benim niye haberim yok?"

"ARDA BENİ DE... Arda beni delirtme, herkes bize bakıyo şu an."

"E bağırıyosun çünkü."

"Ya Arda, sen haftalarca peşimden koşmadın mı? Nişan yapalım artık diye tutturmadın mı?"

"Yapıyorum bazen öyle çılgın şeyler evet."

"Arda!"

"Ya sen öyle bana soğuk yapınca ortamı ısıtmak için nişanlanalım dedim. Senin ciddiye alacağını nereden bilebilirdim ki?"

"Senin için tüm bunlar gırgır şamatadan ibaret yani öyle mi?"

"Biraz gerginiz galiba?"

"Bırak elimi. Bana bak Arda, doğum günümü unuttun, ses çıkarmadım."

"Nasıl unuttum ya? 12 Ekim değil mi senin doğum günün?"

"Bak hâlâ!"

"10 Ekim miydi? Eylül müydü yoksa? Sonbahar gibi ama

di mi? O kısmı doğru hatırlıyorum."

"Eylül be adam Eylül, Eylül. 12 Eylül!"

"A ha benim de."

Leyla ve o Arda diye seslendiği kılkuyruk bana dönünce yine yersiz bir tepki verdiğimi fark ettim.

"Çok özür dilerim. Masadan da ne kir çıktı arkadaş ya. Sildikçe öbek öbek kir geliyo," diyerek savuşturmaya çalıştım üzerime dikilen meraklı gözleri. Ben tellak misali masayı keselerken Leyla da Arda denen kılkuyruğa döndü ve kaldığı yerden devam etti saydırmaya.

"Beni defalarca aldattın, hepsinde de bi' daha olmıycak diye kapımda yattın, affettim seni."

"Aldatmak ne kadar çirkin bir kelime ama ya. Senin değerini anlamak için başkalarıyla zaman geçirdim sadece bebeğim."

"Bebeğim deme bana. Artık yeter! Benden bu kadar. Bir daha asla karşıma çıkma."

Leyla ayaklandı. İşte bu be. Yürü be Leyla. Arda denen kılkuyruk elinden tuttu, bak zorla masaya oturtmaya çalışıyor kızı. Adi herif.

"Leyla bi' saniye durur musun, n'olur son bi' kez konuşmama izin ver. Leyla!"

"Ne var?"

"Nişanlanalım mı?"

"Gerçekten mi?"

A ha gülümsemeye başladı Leyla. Oturdu tekrar karşısına. Sendeki de ne nişan merakıymış be Leyla! Gollum'da yok yeminle sendeki yüzük sevdası.

"Arda!"

"Söyle bebeğim."

"Sen gerçekten tam bi' hayvansın." deyip de o masadaki çayitilare, çayidilara, çayikibariye... Suyu su, su diyelim biz ona. O masadaki suyu alıp suratına çarpıp nasıl da gitti be. İşte bu be.

"Goool be!"

Nasıl bağırdıysam herkes bir anda dönüp bana baktı.

"Ulan ne goldü be! Sergen getirdi, Tümer'e verdi. Tümer içeri bıraktı, Sergen topu ağlara gönderdi. Sergen attı şampiyonluk geldi. 100. yılda şampiyonluğu getiren gol. Çok şahane goldü. Aklıma geldikçe coşarım kendi kendime. Pardon."

Elimdeki bezi, parlattığım masanın üstüne bırakıp dışarı koştum.

"Dede! Leyla nişanlanmıyo dede! Dede? Nerdesin dede? Allah Allah! Nerde bu adam ya?"

KİREÇBURNU SAHİL

"Pardon! Buraya oturabilir miyim?"

"Nereye?"

"Buraya. Yanınıza yani. Diğer tüm banklar dolu da."

"Buyurun tabii. Kusura bakmayın, görmüyorum da ben."

"Hiç fark etmedim. Asıl siz kusura bakmayın n'olur."

"Baksam da göremem zaten merak etmeyin."

"Efendim?"

"Kötü şakalar peşinde koşuyorum, aldırmayın siz bana. Keyfinize bakın."

"..."

"..."

"Yavuz ben."

"Zeynep ben de."

"Memnun oldum."

"Ben de öyle. Sık gelir misiniz buraya?"

"Evet. Her gün gelirim. Aynı banka oturur, dinlerim."

"Neyi?"

"Bazen kafamı. Bazen denizi, martıları. Bazen de Neşet Ertaş'ı. Siz?"

"Ben pek müzik dinlemem."

"Yok, yani sık gelir misiniz sahile?"

"Fırsat buldukça. Gelir oturur denizi seyrederim, bi' şeyler okurum."

"Aaa ne güzel. Ne okursunuz?"

"Kitap."

"Hayır yani tür olarak?"

"Kalın. 1. Hamur, kuşe, holmen, fark etmez türü benim için."

"Roman gibi mi yani?"

"Yaniiiğ."

"Rica etsem sesli okur musunuz?"

"Şu an mı?"

"Sizi yormıycaksa eğer? Dinlemek isterim ben de."

"Yok canım ne demek. Yorcağından diyil de. Şey… Bir saniye izin verir misiniz bana?"

"Tabii ne demek."

"…"

"Birader az versene şu kitabı bana."

"N'oluyo ya?"

"İki sayfa okuyup vercem geri lan."

"Yürü git manyak mıdır nedir ya?"

"Lan bari bi' sayfasını yırt da ver."

"Bıraksana kardeşim kitabı. Çek şu elini."

"Halden anla kız bekliyo hayvanlık yapmasana olm ver şunu. Çekme bak çekme düşçe…"

"Aaaaaaaah!"

"…"

"Geldim."

"N'oldu, neydi o sesler öyle?"

"Hiç ya. Balık tutarken denize düştü salağın teki."

"Ayy yazık."

"Yardım etmeye koştum ben de ama çok geçti. Neyse, dilerseniz bi' şeyler okıyım ben size."

"Lütfen."

"Anlatacaklarımı gerçekten dinleyecekseniz, herhalde önce nerede doğduğumu, rezil çocukluğumun nasıl geçtiğini, ben doğmadan önce annemle babamın nasıl tanıştıklarını, tüm o David Copperfield zırvalıklarını filan da bilmek istersiniz, ama ben pek anlatmak istemiyorum. Her şeyden önce, ben bu zımbırtılardan sıkılıyorum…"[1]

---

1 Çavdar Tarlasında Çocuklar, J. D. Salinger

üçüncü bölüm

"Kız baya baya nişanlısından ayrıldı yani, öyle mi?"

"Öyle tabii Kaan, ne anlatıyorum ben sabah beri burada? Bas starta bas, çene yapma. Alıyım ifadeni. Winning Eleven Japonca maponcaydı ama iyiydi ya daha bu Pes'e alışamadım ben."

"Nasıl alışamadın abi aynısı işte. Daha yenilmeden bahane hazırlıyon sen de he."

"Kaan bak joystiğimin tersindesin, indiririm o gözlük camlarını."

"Tamam ya bi' şey demedik... Eee bir hafta boyunca karşısına çıkıp konuşmayı denemedin mi peki?"

"Denedim oğlum, denemez olur muyum hiç? Kaç kez okuduğu okula girmeyi denedim ama olmadı."

Okul Önü

"Ne demek içeri alamam? Bi' arkadaşa bakıp çıkıcam."

"Öğrenci değilsen giremezsin kardeşim."

"E öğrenciyim."

"Öğrenci kartın var mı yanında?"

"Al işte, buyur burda."

"Anadolu Üniversitesi diyo bu."

"Evet. Açıköğretim. Açık bi' ilişkimiz var bizim. Başka üniversitelere girip çıkabiliyorum gurur yapmıyo."

"Hadi git işine kardeşim yürü ya."

"Tamam anlıyorum sen de işini yapmaya çalışıyosun ama içeri girmem lazım benim diyorum. Al sen şunu, at cebine. Ne sen beni gördün ne de ben seni. Al al, çekinme."

"Fiş mi bu?"

"Vergi iadesinde kullanırsın."

"Hadi kardeşim hadi, meşgul etme çekil kapının önünden."

"Eğitime aç bu bünye, aç. Alın eğitin beni diyorum, kapıdan kovuyosunuz. Yazıklar olsun be. Hani her şeyin başı eğitimdi? Daha adımımı atmam okulunuza hadi bakalım. Böyle böyle beyin göçü oluyo işte. Taban puanınız kaç sizin ya? Artistlik yapıyonuz ordan? Sizin rektörü tanıyorum ben... Girem mi azcık içeri?"

***

"Yedi mi ya bunu gerçekten?"

"Yok yemedi, sokmadı herif kapıdan."

"Onu demiyorum abi, senin kaleciyi diyorum. Nasıl yedi şu golü ya."

"Lan? Burda bana laf atlattırıyosun ama. Konsantre olamadım ki hiç şu an."

"Okul çıkışında çıksaydın abi sen de karşısına."

"Denedim ama arkadaşlarıyla beraber çıkıyo hep. Tek yakalamak mümkün değil ki kızı. Geçen dolmuşa bindi. Heh dedim en azından orda konuşurum ben bi' şekilde."

Dolmuş

"Teyzecim bana yer verebilmeniz mümkün mü acaba?"

"Cıkcıkcık…"

"Ne oldu da cıkcıklıyonuz hemen ya? Teyzenin yanında oturan, şu kulaklığını takmış müzik dinleyen hanım, arkadaşım benim o yüzden şey yaptım ben."

"Ah ah! Zaman nasıl da değişmiş, gençler yaşlılardan yer ister olmuş."

"Bu serseri sizi rahatsız mı ediyo yoksa hanımefendi?"

"Amcacım sana n'oluyo, teyzeye mi yürüyon sen şu an?"

"Pardon bi' kişi uzatabilir misiniz?"

"Tabii. Kaptan bi' kişi!"

"İki kişi de şurdan uzatabilir misiniz?"

"Bozuk yok mu ablacım? 100 lira bozuğu olan var mı? Amca sende vardır şu parayı bi' parçalıyıver be."

"Pardon!"

"Hemen ilgileniyorum bi' saniye… Kaptan şurdan iki kişi… Sizin bir miydi? Kaptan bir de burdan al…"

"Ücretini göndermeyen var mı?"

"Bu göndermedi!"

***

"Yuh! Parmakla kızı mı gösterdin herkesin içinde?"

"He ya. Çok çabuk gaza geliyorum ben ya. Hemen görev belliyorum. Bana n'oluyosa?"

"Ne yaptın peki sonra?"

"Leyla'yla göz göze gelmemek için 50 ile giden minibüsten atladım."

"Çok yanlış adımlar atmışın be abi."

"Aynen öyle dedim ben de. Oğlum Mecnun dedim, kapıldın duygularının peşine ordan oraya sürükleniyosun. Bi' otur düşün bakalım hele. Mantıklı bi' hamle yap dedim."

"İyi demişin."

"Ve uzun uzun düşündükten sonra benden mantıklı bi' fikrin çıkmıycağına ikna oldum. Gittim bi' bilenden akıl istedim."

"Kime gittin?"

"Yavuz Abi'ye."

"Keşke gitmeseydin be abi. O adam bildiğin hırsız."

Sokak

"Aşk olsun ama ya. Ben öyle bi' insan mıyım?"

"Değilsin tabii abi de, arabanın deposundan benzin hortumluyosun şu an cuk cuk diye. "

"N'apsaydı banka mı hortumlasaydı? Benzinin litresi kaç lira oldu senin haberin var mı?"

"Levent Kırca?"

"Kim?"

"Yok bi' şey Suat Amca, hayırlı geceler... Adam aynı Levent Kırca ya."

"Tamamdır, bidon hazır."

"Yavuz Abi emin misin ya, bi' sakatlık çıkmasın sonra?"

"Alt tarafı sokağa benzinle 'Seni seviyorum' yazıp çakmağı çakıcaz. Ne sakatlığı çıkabilir Mecnun?"

"Yanabiliriz."

"Hiçbir şey olmaz, çekil şu tarafa. Heeeh tamam. Şşş bana bak az benzin arttı altına da Mecnun yazıyım mı?"

"Hiç gerek yok abi. 'Seni seviyorum Mecnun' diye bi' şey olcak, kafa karıştırabilir."

"Doğru diyosun. Çakıyorum o vakit."

"Çak gitsin be."

"Ohhhh. Alevlere bak Mecnun. Kemiklerime kadar ısındım valla. Bak bak şu 'Y'nin güzelliğine bak..."

"Abi çıktı, Leyla cama çıktı."

"Alev bacayı sardı Mecnun."

"Sardı valla. Çok seviyorum be abi."

"Oğlum harbiden sardı, bina yanıyo görmüyo musun, kaçalım."

"Nereye kaçıyoruz ya bi' saniye. Leyla'yla konuşmam lazım. Leyl… Öhööö öhöööö! Bu nasıl bi' dumandır ama ya? Göremiyorum ki şu an Leyla'yı. LEYLAAAA!"

"Mecnun polisler geliyo. Topuk topuk topuk!"

"Ley…. Öhöööö! LEYLAA KÂİNATI YAKARIM SENİİN İÇİN…."

Karakol

"Oğlum niye yakıyosun sokağı hasta mısın sen?"

"Yok Komiserim. Âşığım. Çok seviyorum."

"Madem seviyosun git anasından babasından iste. Sokak yakmak da ne? Biz de sevdik ama orayı burayı yakmadık."

"Haklısınız Komiserim."

"Sokağı yakarak nasıl bi' mesaj vermeye çalışıyodun ki kıza? Yanıyorum, ateşim başıma vurdu, azdım mı demek istiyosun, n'apıyosun?"

"Yok Komiserim benzinle adını yazmıştım aslında, adını görücekti aşağı baktığında ama alevler harlanınca tabii birden…"

"Milletin arabasına koyamadığı benzini bunlar yollara döküyo be."

"Suat Amca? Senin ne işin var burda? O kadar konuşursan alırlar tabii seni de içeri."

"Bilip bilmeden konuşma, kahvede okey oynarken arkadaşının kafasını yarmış. Onun için getirdiler."

"İyi de Suat Amca okey oynamayı bilmez ki."

"Ben de öyle dedim. Çocuklar ben beceremem dedim ama dinletemedim. Nitekim beceremedim de."

"Ya Suat Abi, yalandan taşları dizeydin bari, ıstakayla kafasını yarmışın adamın."

"Kafam almıyo n'apıyım."

"Çocuklar, atın bunları nezarete daha fazla uğraşamicam ben bunlarla."

"Nezaret derken? Ne güzel fırça atıyodunuz Komiserim, nezaret de nerden çıktı şimdi? Fırçayı kayıp eve gönderirsiniz diye umuyodum ben ama? Nası yapalım?"

"Kefaletini ödeyebilecek kimse var mı?"

"Olmaz mı komiserim? Tabii ki var."

***

"İşte o an sen geldin aklıma hemen Kaan. Sağ olasın yetiştin hemen."

"Ne demek abi, aramızda birkaç bin liranın lafı mı olur?"

"Olur. Şahsen benden birkaç bin lira alsan ben bunun lafını ederim sürekli."

"Hiç alınma gücenme ama sen bu işi beceremiyomuşun be abi."

"Öyle valla. Bi' haftadır peşindeyim, daha iki çift laf edemedim Leyla'yla."

"Onu demiyorum abi. Maç bitiyo daha kaleme gelemedin doğru düzgün."

"Yuh! 9 mu 0? Allah belanı vermesin Kaan. Ne ara attın lan o kadar golü?"

"Yıhyıhyıhyıh..."

"Yıhyıhyıh ne lan? İnsan gibi gül, şu kolu sokarım gırtlağına bak."

"Mecnuuun! Akşam gelicek misin oğlum sen de, ona göre gömleğini ütülücem."

"Nereye gelicek miyim?"

"E Leyla'nın nişanına oğlum."

"Nişan mı? Ne nişanı anne, o iş yatt..."

"Gelir tabii Pakize Teyze niye gelmesin, beyaz olan gömleğini ütüle sen. Kravatını da ütüle, takım elbise giysin de öyle gitsin. Serseri gibi sırıtmasın insanların içinde."

"Doğru dedin bak onu Kaan. Ben gömleğinle kravatını ütülüyorum alırsın aşağıdan Mecnun."

"Oğlum niçin lafımı kesiyosun benim? Leyla'nın nişanı yok ki bugün. Bıraktı o oğlanı dedim ya, hiç mi dinlemedin sen beni?"

"Daha iyi ya abi. Şimdi siz hazırlanıp nişana diye gitceksiniz yengenin evine. E nişan yok diye de kapıdan çevircek değiller ya sizi. Mecbur içeri davet edicekler. E hazır içeri girmişken de..."

"Anasından babasından istiycez kızı."

"Ben tanışırsınız diyicektim ama sen bilirsin tabii."

"Aferin lan Kaan. Kırk yılda bi' işe yaradın he, fena fikir değil."

Dâhiyane bir fikirdi. Ama bunu yüzüne söyleyip de şımartamazdım Kaan'ı. Acilen hazırlanmam lazımdı. Haşmet Amca'ya gidip tıraş oldum, evde yıkancam zaten gerek yok dememe rağmen kafamı lavaboya sokup yıkadı. Yetmiyormuş gibi yarım şişe tütün kolonyasını kafamdan aşağı boca etti. Çocukken pazar akşamları yıkanmak zorunda olmak neyse, tıraş olmak da oydu benim için. Tam bir işkence. Çiçekçiden çiçek aldım. Bir demet gül yeterdi aslında ama tezgâhın yarısını tutuşturdu kadın elime. Çelenk kadar büyük bir çiçek buketiyle pastaneye gittim. Tatlı ya da çikolatalara param yetmedi. Boş bir kutu isteyip çıktım. Mahallenin köşesinde duran tatlıcıdan bir kutu halka tatlısı aldım. Sanki başka bir adı daha vardı bunun ama aklıma gelmedi. Önemli de değil zaten, boş kutuya doldurttum tatlıları. Eve döndüm. Ütülenmiş gömleğimi giydim, jilet gibi pantolonumu geçirdim bacağıma. Ceketin yakasındaki okul armasını söktüm, öyle giydim. Güzel, hâlâ üstüme oturuyor. Kravatı bağlamaya çalıştım. Olmadı. Söktüm tekrar denedim. Yine beceremedim. Boynuma takıp öyle denedim, yine olmadı. Dizimin etrafına sarıp o şekilde bağlamaya çalıştım ama yine başaramadım. Zamanın nasıl akıp gittiğini anlamadım, babamın "Ver lan şunu," demesiyle kendime geldiğimde hava kararmış, annem çoktan hazırlanmıştı.

"Koca adam oldu hâlâ kravat bağlamayı beceremiyo Pakize."

"Aman bağlayıver sen de İskender."

"Bağlamasına bağlarım da ben her zaman yanında olamam ki bu oğlanın. Yarın öbür gün ben öldüğümde n'apıcak acaba?"

"Amma abarttın baba ya. Bulurum bağlatıcak birini."

"Hayvan herif! Allah gecinden versin diyeceğine bulurum birini diyo şuna bak Pakize."

"Allah gecinden versin İskender. Oğlum sen de doğru konuş bakıyım babanla. Çıkalım artık hadi, geç kalıcaz."

"Nereye gidiyosunuz siz böyle?"

"Sevim Hanımlara. Leyla'nın nişanı var ya bugün."

"Allah tamamına erdirsin. Tebriklerimi iletirsiniz."

"Baş üstüne Hünkarım. Başka bi' emriniz?"

"Pasta keserlerse bi' dilim de bana getirin kız."

"Ooh siparişini de verdi. Yürü İskender hadi sen de geliyosun bizimle."

"Yapma Pakize daha yeni geldim eve ya. Akşama kadar direksiyon başındayım azcık acıyın bana."

"Bana kim acısın? Biz akşama kadar yatıyoruz sanki evde. Çamaşır yıka, kuruyanı ütüle, ütülediğini katla, katladığını koy dolaba, dolabı dağıtmışlar hadi Pakize topla, karınları acıkmıştır hadi Pakize yemek koy ocağa, yedikleri kabı asla kaldırmazlar masadan hadi onları götür mutfağa, e götürmüşken yıkayıp durula, işin ne başka? Pakize'ye acıyan var mı acaba? Komşunun nişanı var, ona da gelme karını gönder. Neymiş efendim, beyimiz akşama kadar direksiyon sallamış. Aman ne güzel bahane..."

***

"...Ayrıca sen kimsenin davetine gitmezsen yarın da onlar seninkine gelmez. Sonra vay efendim komşuluk öldü. E ölür tabii. Böyle komş..."

"Ya Pakize arabaya bindik işte, hâlâ mı söylencen?"

"He iyi, taktın mı kemerini?"

"Taktım."

"Aman yavaş İskender gözünü seveyim deli gibi kullanma şu arabayı."

"Daha anahtarı yeni taktım kontağa bi' rahat ver be Pakize..."

"Ben diyim de."

"Peki bi' şey sorcam, evleri bir alt sokakta diyil mi ya? Biz niye arabaya bindik ki?"

"Ne bileyim ben, analı oğullu geldiniz üstüme kafa mı bıraktınız adamda?"

"Aman canım bindik artık. Hadi İskender."

"Bismillah!"

"A aa taksimetreyi mi açtın sen İskender?"

"Aman canım kısa mesafe n'olcak atarsınız bi' on lira."

***

"Pakize evde yok bunlar galiba?"

"Nasıl evde olmazlar canım. Nişanları var."

"E açmıyolar kapıyı."

"Bas sen bas, duymuyolardır onlar şimdi kalabaysa tabii içeri."

"Işıklar da yanmıyo ki Paki... Oğlum çek sen de şu çiçeği ağzıma girdi be."

"Ne yapabilirim baboli at kadar çiçek göremiyorum ki ben hiç önümü."

"Ne demeye aldıysan onu. Bi' de çikolata yaptırmış şuna bak. Nişana değil, kız istemeye geldik sanki."

"Kendi elinde araba teybi var gelmiş benim çiçeğime laf söylüyo ya. O araba teybinin elinde işi ne acaba?"

"Oğlum mahalleye hırsız dadanmış. N'apaydım arabada mı bırakaydım?"

"Koltuğun altına saklasaydın."

"İlk oraya bakıyolarmış Mecnun."

"Baba Allah aşkına kim n'apsın o bin yıllık teybi?"

"Öyle deme. Geçen gece arabanın birinden benzin çalmış şerefsizler. Ona bile göz dikmiş namussuz alçaklar. Allah belalarını vers..."

"O kadar da şey yapma ya. Belki ihtiyacı vardır bi' şeydir. Bela okuma döner bizi bulur sonra bak."

"Şşş kapıyı açıyolar sessiz olun..."

"Pakize Hanım?"

"Hayırlı olsun Sevim Hanım, Allah tamamına erdirsin."

"Pakize?"

"Hı?"

"Sabahlık mı onun üstündeki?"

Uyku mahmurluğuyla bir süre bizi anlamaya çalıştı Sevim Teyze. Baktı olacak gibi değil, içeri davet etti bizi. Metin Amca ve Sevim Teyze'nin karşısına dizildik inci gibi. Durumu açıklamaya çalıştılar bir yandan da esneyerek.

"Kusura bakmayın komşum nişan diye geldik akşam vakti ama hiç haberimiz olmadı iptal olduğundan."

"Ne kusuru canım olur mu öyle şey? Nurten'le haber yollatmıştım aslında. Söylemedi demek ki size."

"Demek ki?"

"Mecnun, eğil eğil. Nurten Erdal'a, Erdal da sana söyledi ama sen anana söylemeyi unuttun de mi?"

"Tamamen aklımdan çıkmış babacım."

"Ben malımı biliyorum. Görüyosun di mi yaptığını Pakize?"

"Şşş sessiz olun bize bakıyolar... Tekrar çok geçmiş olsun Sevim Hanım."

"Sağ olun. Anlaşamamış ayrılmışlar, gençlik işte. Akılları bi' karış havada."

"Millete tekmil mi veriyosun Sevim? N'olmuşsa olmuş bırak anlatma her şeyi."

"Sus Metin sus, Leyla yüzünden rezil olduk zaten herkese. Bırak sen de şu kutuyu, yapıştın hemen."

"Tatlı getirmişler, yemeyelim mi Sevim?"

"E bi' çay içeriz he komşum."

"Çay değil de Türk kahvesi içsek?"

"Mecnuuuun! Yok anacım hiç zahmet etme sen."

"Evet Sevim Teyze sen zahmet etme. Leyla yapar kahveleri."

"Leyla evde diyil ki."

"Nasıl diyil ya? Bu saatte ne işi var dışarda?"

"Sana ne be serseri!"

"Hay ağzın bal yesin Metin. Sana ne oğlum ne işi varsa var."

"Hayır başına bi' iş gelmesin diye dedim baba. Merak ettik, ne var ya?"

"Sana mı düştü meraklanması. Anası babası var burda serseri."

"Hay ağzın bi' daha bal yesin Metin. Sana mı düştü oğlum

meraklanması? Anası babası var burda."

"Bunlar Leyla'yı istemeye gelmiş belli Sevim."

"Hay ağzın bal ye... İsteme mi, ne istemesi?"

"Çiçekle tatlı da yaptırmışlar. Yalnız kerhane tatlısıyla kız istemeye geleni de ilk defa görüyorum."

"Tabii yaaa. Kerane tatlısıydı onun adı di mi ya? Neydi diye kafayı yiyodum ben de."

"Şimdi bi' saniye Metin. İsteme filan yok. Nişan var diye geldik biz."

"Hadi efendi hadi. Araba teybini de yüz görümlüğü niyetine mi getirdiniz n'aptınız?"

"Yok ya çalmasınlar diye ben... Pakize ne diyo bu adam? Tutturdu bi' isteme meselesi."

"Bende size verecek kız yok. Babası ne ki oğlu ne olsun? Babadan oğula nesil bunlar Sevim. Hepsi serseri."

"Allaaaaah! Tutma beni Pakize."

"Tutmuyorum İskender."

"Bana mı dedin sen serseri diye?

"Sana dedim, ne var n'olucak?"

Ne olacağı var mı Metin Amca? Babam senin üstüne uçacak. Öyle tekme tokat, kafa atmak filan gibi şeyler düşünme sakın. El ense çekip tartacak önce seni. Ardından yapıştıracak kündeyi. Kurt kapanıyla sıkıştırıp pes dedirtene kadar da bırakmayacak. Allah yardımcın olsun Metin Amca. Babam Metin Amca'ya el ense çekmişken, annem ve Sevim Teyze ise onları ayırmak için uğraşırken, Leyla içeri girdi. Her sabah güneşin doğuşu sıradan görünse de aslında mucizevidir. Senin içeri girişin de öyle Leyla. Sen girince zaman durdu, dünya yörüngesinden şaştı ama kimsenin ruhu duymadı. Tüm sesler kesildi, gökkubbenin altında sadece senin adın duyuldu. Tüm mucizeler zamanla sıradanlaşır, bir sen aynı kalırsın Leyla.

Benim gönlüm çöldü, sen o çölü bile deniz kıldın Leyla.

"Baba? N'oluyor burda? Anneeee! Heeey!"

"Boşuna uğraşma duymazlar seni, biraz kaptırdılar da kendilerini."

"Babamlar kavga mı ediyo?"

"Yok ya güreşiyolar."

"Salonun ortasında?"

"Haylazlar işte, durduramıyosun ki. Sürekli didişip duruyorlar. Kavgalı iki ailenin ortada kalmış çocuklarıyız biz de bi' nevi."

"Montague ve Capuletler gibi yani öyle mi?"

"Kim?"

"Shakespeare karakterleri gibi yani?"

"He yok, bildiğin Cennet Mahallesi ya bunlar."

"Birine bi' şey olacak yalnız, ayırmak lazım bunları."

"Sen o işi bana bırak Leyla."

Gırtlağımı temizledim ve en gür sesimle girdim şarkıya. Masanın üstünde duran antika tepsiyi alıp darbuka yaptım kendime.

"♫♪♩♪♪ Köşe başı meskenim yollarını beklerim, döneceksen dön artık benim şugar esmerim. Güzelim vallaaah severim vallaaah billaaah. Kara gözlü çingenem âşık oldum ben sana, seni çok seviyorum inanmıyorsun banaaa... ♩♪♪♫♫"

Babam bir eliyle Metin Amca'yı paçasından tutup kaldırmış boşta kalan elini de pijamasından içeri sokmaya çalışıyordu. Annem ve Sevim Teyze de onları ayırmayı bırakmış karşılıklı ağız dalaşına girmişlerdi. Bense tüm bu karmaşanın ortasında ceketimi çıkarıp belime takmış, roman havası söylemeye devam ediyordum. Rönesans tablosu gibiydik. Leyla'nın yüzüne iliştirdiğimiz şaşkınlık ifadesi bile bozamıyordu güzelliğini. Ama ben fena halde bozmuştum kendimi. Leyla'nın karşısında diz çökmüş ceketimin kolunu çitileye çitileye "♪♫ *Aman biii recaliim vaaar!* ♩♪" diye bağırıyordum. Babam müstakbel kayınpederimle güreşirken, ben de istemeye geldiğimiz kızın gözlerine bakarak "♫♩♪*İki gemi yan yana haydaya bilir misin yârim benim sevdama dayanabilir misin?* ♩♪♪" diye soruyordum.

"Yok! Bu da işe yaramadı. Kaynar su döksek üstlerine?"

"Ne olur çıkalım şu evden kafayı yiycem yoksa."

Çıkalım tabii Leyla. Bu sözünle ben çoktan bulutların üstüne çıkmışken varsın evden de çıkalım. Hiçbir şey olmamış gibi ceketimi belimden alıp sırtıma geçirdim. Nereye gideceğimize dair hiçbir fikrim yoktu ama neresi olursa olsun fark etmez, burada kalıp babamın "Pes mi laaan pes miii?" diye bağırmasını dinlemekten iyiydi.

***

"Nasıl buldun? Güzel yer di mi?"

"Yaniii! Biraz sıcak gibi."

"Öyledir ya. Bakma sen Erdal Bakkal yazdığına. Konsepti bu, buranın. Ama çok sıcak bi' ortamı vardır."

"Yok hakkaten sıcak Mecnun. Yüzümün sol tarafını hissetmiyorum şu an."

"Ammann diyim. İsmail Abi!"

"Hoop!"

"Yani İsmail Bey, şu ufoyu çevirebilir miyiz biraz? Kızın yüzü Terminatör gibi oldu şu an."

"Yerden veriyim mi Mecnun? Ayaklarınız ısınsın. Ayağı sıcak tutucan Mecnun, ayaktan gelir tüm hastalıklar. İnce giyinmişsin bak sen de hasta olursun, dikkat et yenge."

"Tamam abi, sağ ol çok yardımcı oldun. Birer çay daha alabilir miyiz acaba?"

"Yenge mi dedi o bana?"

"Yenge mi ne yengesi ya? Hiç yemedin Chicken Wrap'inden."

"Chicken Wrap ne ya? Bildiğin tavuk döner bu."

"Başka bi' şey söyleyelim. Çokoprens açtıram mı?"

"Benim bildiğim bi' yer var deyince ben de özel bi' yere götürcen sandım he. Bildiğin bakkala getirdi adam."

"Ama hâlâ bakkal diyorsun, tamamen konsept buranın olayı."

"Mecnun! Ben de bu mahallede oturuyorum hatırladın mı?"

"Heee öyle bir şey vardı di mi? Nasıl olur da bunca zaman hiç karşılaşmadık ya biz?"

"Karşılaştık aslında."

"Vallaha mı?"

"Daha doğrusu bi'kaç kez gördüm ben seni."

"Nerde gördün ya?"

"Bizim sokakta dövmüşlerdi seni. Bi' keresinde de altında baksırla kapıda kalmışsın galiba, koştura koştura bize gelmiştin annenden anahtarı almak için. Ha bi' de top oynarken bizim camı kırıp kaçmıştın. Babanın arabasıyla kaza yapmıştın galiba mahallede seni kovalıyordu. Bir keresinde de..."

"Eeehh tamam yeter ya. Hiç mi normal bir zamanda görmedin sen beni? Okula giderken filan da mı karşılaşmadık biz?"

"Yok. Servisle gidiyodum ben okula."

"Vay beee. Tüm çocukluğum okula servisle gidip gelenlere özenmekle geçti benim... İki adım yer yürü ne servisi dediler her seferinde."

"Ben burda okumadım. Kolejdeydim ben."

"Zengin kızı tabii ya, n'olacağıdı? Bakkaldan da alışveriş yapmıyo zaten bunlar, marketten sipariş veriyolar."

"Erdal Abi? Laf mı dinliyon sen ordan?"

"Evet."

"İsmail Abi orayı kontrol altında tutabilirsek?"

"Taam taam bende... İçeri geçelim hadi Erdal Abi, bi' şey konuşuyo çocuklar."

"Gitsin başka yerde konuşsunlar oğlum. Bakkal burası ya, bakkal."

"Çenen çekilsin Erdal Abi, gelsene şöyle."

"Dükkânı kapatıcam İsmail. Bıraksana ya..."

"Erdal Abi de böyle bi' insan işte n'apıcan?"

Bunca şeyin ardından kalkıp gider diye bekledim. Kalkıp gitmesin diye de dua ettim. Dualarım kabul olmuş olacak ki, gitmedi. Uzun uzun konuştuk. Daha doğrusu o konuştu, ben saçmaladım. İki kelimeyi bir araya getirdim de cümle haline getiremedim bir türlü. Böylesi uzun konuşmalar tehlikelidir. Sen hayran hayran onu dinlerken, o birden tutup da eski sevgilisini anlatmaya başlayabilir. Dur da diyemezsin, sus da diyemezsin. "Ay başını şişirdim senin de," dedikçe "Yoo problem diyil, "dersin," devam et." Zaten gömmüşsün beni mezarıma. İki toprak daha atıver ne çıkar. Ama yapmadı. Adını anmadı o kılkuyruğun. Erdal Abi kalan döneri kedilere verdi, masaları, tabureleri içeri aldı. Üstündeki beyaz gömleğini çıkarıp yeleğini giydi. Öksürdü, aksırdı, tıksırdı. Bir kalkıp gidin yeter evime gideceğim arkadaş demediği kalmıştı ki dayanamadı, onu da dedi. Efendi gibi kalktık. Erdal Bakkal'dan Leyla'nın evine giden en uzun yolu hesapladım. Şu fersiz sokak lambalarının, gökyüzünde tabak gibi asılı kalmış dolunayın bile aydınlatmaya yetmediği uzun ince sokakları sen aydınlattın Leyla. Yanında sessizce yürürken bunları düşündüm. Dile getirmeye çalıştığımda "Ulan nası da karanlık ha, birini kesseler kimsenin ruhu duymaz aga," deyiverdim. Dalga geçme Leyla. Bu da bir tür hastalık. Düşündüğümü dile getiremiyorum, karşında konuşmaya çalışırken sıçıp batırıyorum.

"Demin konuşuyoduk da kaynadı arada. Ne okuyorum demiştin sen?"

Ah be Leyla. Ben o mevzuyu kaynatabilmek için neler yaptım ya?

"Mecnun?"

"Pardon duyamadım, nefes alıyodum o sırada."

"Ne okuyodun sen?"

Konuyu değiştir konuyu değiştir.

"Salep katı mı sıvı mı sence? Bence katı."

Geri zekâlı!

"Ne salebi ya şimdi?"

"Ya şey Leyla. İktisat Fakültesi'nde okuyorum ben. Kamu Yönetimi."

"Nerde?"

"Şeyde… Şey işte… Eskişehir… Anadolu Üniversitesi… Açık ama açıktan yani açıköğretim …"

"Aman canım n'olcak diplomada açıköğretim yazmıyo ya sonuçta."

Bu kadarı da fazla ama. Hani insanın başına olmadık işler gelir de isyana sürüklenir ya, hani dizlerinin üstüne çöküp "Ben bunları hak edecek ne yaptım!" diye bağırır ya. İşte öyle bir şey Leyla. Ben seni hak edecek ne yaptım Leyla? Ben kim köpeğim ki yanında yürüyorum senin? Yıllardır anlatmaya çalıştıkları altın oran senmişsin meğer Leyla. Tüm karmaşık formüllerin kısaltması, tüm işlemlerin sağlaması ve tüm hipotezlerin kanıtısın sen Leyla.

"Mecnun, ağlıyo musun sen?"

"Yooğ..."

Ruhumu teslim ediyordum neredeyse ağlamak ne ki? Ceketimin koluyla sildim dolan gözlerimi.

"Eee sen ne okuyosun peki?"

"Arkeoloji."
"Sebep?"
"Nası sebep?"
"Maaşı mı iyi? Gelecek mühendislikte diyolar ama puanın mı yetmedi senin mühendisliğe?"
"Bazı işler parası için yapılmaz ki. Sen hiç şu ayak bastığın toprağın altındaki tarihi merak etmiyo musun?"
"Şimdi öncelikle belirtmek isterim ki ayak bastığım yer toprak değil, asfalt. Belediye her yaz asfalt döküyo, kışın da şişip patlıyo. Sonra yazın bi' daha döküyo, kışın yine patlıyo, sonra bi' daha dökü..."
"Tamam Mecnun anladım uzatmana gerek yok."
"Kireçburnu'nun tarihinden n'olcak ya? Bi' fırını var işte tarihi, o yani."
"Kleidra tou pontu."
"Nasıl?"
"Bizans döneminde Kleidra tou pontu derlermiş buraya. Karadeniz'in anahtarı. Osmanlı Dönemi'nde de buradaki kireç ocaklarından dolayı Kireçburnu demişler. Hiç mi merak etmedin bunları?"
"Valla bizim tarih hocası sınıfa girer, açın kitaplarınızı okuyun derdi. Kendi de uyurdu ders boyu. Arada uyanırsa gaste filan okurdu. Yalnız uykusunu alamayınca çok aksi oluyodu, az uçan tekmesini yemedim."
"Okul insana hayatı öğretmez. Bi' başkasına gidip hadi bana hayatı öğret de diyemezsin. Öğrenmek için merak etmek gerekir. Benim arkeoloji sevdam da tamamen meraktan yani. Binlerce yıldır yeryüzünden türlü türlü insan gelip geçmiş. Onların yaşamları, kültürleri, aşkları. Çok tuhaf diyil mi? Uygarlığın beşiğini düşün mesela?"
"Sivas'ı mı?"

"Mezopotamya."

"He biliyorum orayı ya, şey değil mi o, Niğde'nin başkenti?"

"Yuh, başkenti mi?"

"Kazası?"

"Anlaşıldı sen bu konularda pek iyi diyilsin. Yarın saha çalışmamız olacak, arkeolojik kazıya gidiyoruz. Sen de gelmek ister misin?"

Önce darbuka girdi, ardından ona kemanlar eşlik etti, sonra sokaktaki evlerin camlarından çıkan insanlar hep bir ağızdan söyledi:

♫ *Bir bakış baktın, kalbimi yaktın, aşkın kemendini boynuma taktın.*
Bahçende gülün kapında kulun olmaya razıyım sevgilim senin... ♪♪

Leyla'nın etrafında döndüm. Camlara çıkan mahalleli başımızdan aşağı çiçekler döktüler. Onlar sustu ben devam ettim şarkıya.

♫ *Canım fedadır senin yoluna günahların da benim boynuma*
Çıkalım seninle Bağdat yoluna
Sen bir şahinsin ben garip serçe attın kalbime demirden pençe ♪♪

Yağmur çiselemeye başladı. Konu komşu şarkıyı bırakıp çamaşırları toplamaya koyuldu. Elinde şemsiyeyle takım elbiseli bir adam sokak lambasının direğine tutunup dönmeye başladı.

"♫ *Sing in the rain...* ♪♪"

"Siktir lan... Geldin sıçtın konseptin içine. Bırak ayrıca oğlum o direği, kablolar sarkıyo her yanından görmüyo musun?"

"Mecnun... Mecnuuuun! İyi misin?"
"...Hayır çarpılcak başımıza kalcak sonra."
"Kim çarpılcak n'oluyo Mecnun ne diyosun sen?"
"Yok bi' şey Leyla. Dalmışım da. Ne diyoduk? Heh! Arkeolojik kazıya çağırıyodun beni, gelirim tabii. Niye gelmiyim?"
"İyi o zaman, yarın görüşürüz."
Gözlerimizin ayrılamadığı bir veda anıydı bu. Uzun uzun, renkli renkli baktı gözlerime. Telefonda olsak hadi önce sen kapat derdim ama bu gözlere bakarken nasıl bırakır da giderim? Elini mi sıkmalı? Yanağından mı öpmeli? Sarılmalı belki de? En azından elini tutmalı. Leyla'ya doğru eğilebildim sadece. Onu da istemsiz yaptım zaten. Yerçekimi gibi. Kendine mecbur bıraktı beni. Soluğunu yüzümde hissetmeye başlayınca bacaklarım titredi, nefesim kesildi. "Leyla" diyebildim sadece. O da "Mecnun" dedi. Ses uzaktan geldi gibi sanki. Dudakları da oynamadı. "Mecnuuun!" dedi yeniden giderek yaklaşan bir ses. Leyla'nın sesi değil bu. Leyla ile aynı anda bize doğru koşarak gelen kara gölgeye baktık. Yüzünde kadın çorabı, kucağında kocaman bir televizyon. E Yavuz Abi bu.
"Mecnun, tut bakayım şunu?"
"N'apıyım ben bunu ya?"
"Çeyizine koyarsın... Şunları da sana veriyim yenge. Hayırlı olsun gençler... Topuk topuk topuk..."
Geldiği gibi hızla uzaklaştı yanımızdan Yavuz Abi. Benim kucağımda koca bi' televizyon, Leyla'nın elinde...
"Araba teybi mi o?"
"Yenge mi dedi o?"
"Alın bunları al al al al..."
"Neyi alıyonuz lan siz..."

***

"...olduğunuzu nereden bilebilirdim ki ama Komiserim."
"Polis memuruna mukavemetten atayım mı şimdi seni içeri?"
"Vallahi görmedim diyorum Komiserim. Memur arkadaşlar birden al bunları diye gelince mahallenin serserileri sandım. Kucağımda at kadar televizyon vardı, göremiyodum ki önümü."
"Mahallede senden başka serseri mi var oğlum? Devletin polisine kafa atmaya çalışmışsın. Allah'tan geri zekâlısın da kucağındaki televizyona atmışın kafayı. O kafa polise geleydi vay ki ne vay! Nasıl kafan, iyi mi bari?"
"Bi' ufak sızlıyor ama telaş edecek bi' durum yok Komiserim."
"Oğlum sen niye rahat durmuyon ya? Dün sokak yakarsın, bugün hırsızlık yaparsın?"
"Sokak yakmak derken? Hangi sokak bu?"
"Yok öyle bi' şey Leyla ya. Ona bakarsan hırsızlık da dedi. Bi' şey mi çaldık biz?"
"Evet. Bir plazma televizyon, iki araba teybi."
"Komiserim vallahi biz çalmadık diyorum ya."
"Sokağı da yakmadığını söylüyon ama daha sabah itiraf ettin, niye inanayım sana?"
"Komiserim şu sokak yakma mevzunu kapasak mı acaba diyorum hanımefendinin yanında. Ihmm öhmmm."
"Ne kaş göz yapı... Heee. Bu mu kız? Güzel de kızmış maşallah. Allah sevdiğine bağışlasın diycem ama bu kız sana bakmaz."
"Komiserim! Parası neyse ödeyelim de gidelim artık biz ya."
"Para mı? Rüşvet mi teklif ediyon lan sen?"
"Yok Komiserim kefalet olarak hani dün ded..."
"Atın oğlum bunları içeri. Geceyi burada geçirsinler de akılları başlarına gelsin."

"Komiserim.. Bi' saniye... Memur Bey bi' şey istirham edebilir miyim?"

Edemedim. Ettirmediler. Oysa hayatımda ilk defa istirham edecektim. Tuttukları gibi nezarete götürdüler. Oğlun artık eskisi kadar masum değil anne. Demir parmaklıklar ardında geçen bir ömür. Şimdi içeride ayyaşı, kapkaççısı, gaspçısı, hırsızı, uğursuzu, kumarbazıyla yan yana olacağım. İçlerinden biri beni şişler mi lan acaba diye korku dolu gözlerle nezarethanenin açılan kapısına doğru bakarken gönlüme serin sular serpildi. Tanıdık bir yüz vardı karşımda.

"Dede? Senin ne işin var burda?"

"Şükür aklına gelebildik. Almaya gelmiyceksiniz sandım. Yürü hadi çıkalım."

"Çıkalım çıkmasına tabii de beni de aldılar içeri."

"Neden?"

"Bi' yanlış anlaşılma oldu. Masumum ben."

"Bi' haftadır her gelen de aynı şeyi söylüyo, maşallah herkes masum."

"Beni bırak da asıl sen niye burdasın dede?"

"O gün sen kafeye girdin, çıkmak bilmedin. Dışarda seni beklerken genç bi' oğlanla annesi yanaştı. Hocam bizim çocuk sınava girecek yardımcı olur musunuz dedi."

"Olsaydın bari, sevaptır."

"Yahu ben nasıl yardımcı olayım? Anlamam ben o işlerden diye durumu açıklamaya çalışırken başkaları da geldi. İş isteyen, çocuk isteyen, koca isteyen kim varsa doluştu etrafıma. Hocam da hocam diye başladılar kovalamaya. Sakalıma çaput bağlamaya çalışan bile oldu."

"Eee bu millet her sakallıyı hoca zanneder tabii. Başımıza ne geliyosa müstahak bize be."

"Suat Amca? Hâlâ çıkarmamışlar seni."

"Çıkardılar aslında. Şikâyetinden vazgeçsin diye kahveye gittim, özür bile diledim. 'Yok dedi, vazgeçmem şikâyetimden.' Geçersin geçmezsin derken yine indirmiş bulundum ıstakayı kafasına."

"Valla böyle devam edersen senin yatarın çok Suat Amca, diyim ben sana."

"Özür dilemeyi de beceremiyomuşum ben ya."

"Allah kurtarsın Suat Amca... Neyse, dede ya sen o asayla benim kafama vurup da çıkaramaz mısın bizi buradan?"

"İyi fikir aslında. Ben bu asayla senin kafanı yarıyım, alıp hastaneye götürürlerken de kaçarız. Eğ bakayim kafayı az öne."

"Dur be dede. Çölde nasıl vurdun da evde uyandım, o şekil bi' şey olur mu diye dedim ben, yarma kafamı filan."

"Ben yarıyım?"

"Suat Amca gözünü seviyim az öte git şuradan ya."

Ah be Yavuz Abi. Bizi düşürdüğün hale bak. Hayır komiser konuşturmadı bile. İki laf etmeme izin verse hemen satardım seni. "Gelin komiserim götüriyim sizi," deyip de ellerimle teslim ederdim seni. Beni geçtim Leyla'nın da başını yaktın. Ne yapıyordur acaba şimdi kızcağız nezarette? Ömrümün en güzel gecesi kâbusa döndü. Bu kâbus çabucak bitsin diye uyumaya çalıştım. Çünkü uyku çözer tüm sorunları. Sonra bir koku geldi burnuma. Çocukluğum koktu her yer. Babam geceleri taksiye çıkardı. Annem de erkenden yatırırdı beni zorla. Bazen uyumamış olurdum, babamın arabasının sesini tanırdım. Sokağa girdiğinde içim ferahlardı. Babam usulca odama girerdi. Uyuyormuş gibi yapardım o yanıma geldiğinde. Yastığımın altına para koyardı. Uyandırmaya kıyamaz, sessizce saçlarımı okşardı. Sonra da geldiği gibi usulca çıkardı odadan. Beni severken yüzünün aldığı şekli hiç görmedim. Bir tek o kokusu kaldı aklımda, şu an burnuma gelen koku. Gözlerimi açtığımda babam nezaretin kapısındaydı.

"Baba?"

Ama yüzü hiç de beklediğim gibi değildi. Saçlarımı okşamaya gelmiş olamazdı.

"Yazıklar olsun."

"Dede sana diyo."

"Bugünleri de mi görücektim be?"

"O kadar da gitme ya üstüne yaşlı başlı adam şimdi n'olur n'olmaz."

"Oğlumuzu nezarethanelerden toplar olduk."

"Bana mı döndü olay, o niye öyle oldu ki ya?"

"İnsan utancından susar da kafasını yerden kaldıramaz, sen hâlâ car car konuşuyosun be oğlum. Senin ne işin var karakol köşelerinde? Karakollara da mı düşecektin Mecnun? Hiç mi utanmıyosun burda olmaktan? Karakol lan burası? Ne işin olur senin böyle bi' yerde?"

"Alınıyorum ama İskender. Neyimizi gördün de böyle konuşuyosun? 14 yıldır bu karakoldayım, ölelim o zaman biz."

"Estağfurullah Komiserim, sizi tenzih ederim. Bi' baba-oğul konuşması olarak şey yaptım da."

"Neyse hadi neyse geç bakalım içeri."

"Tabii komiserim."

Babam da nezarete girdikten sonra demir parmaklıklı kapıyı kapadı komiser ve odasına döndü. Sessizlik beklediğimden uzun sürdü. Babam nezarethanenin sıvası dökülmüş tavanını seyre doyamadı.

"Baba?"

"Hı?"

"Seni de mi aldılar içeri?"

"Hıı!"

"Sebep?"

"Ahhh! Kader kurbanıyım oğlum ben. Tutanaklara geçmiş adım, neymiş efendim yarınlardan bir avuç umut çalmışım."

"Neemiş?"

"Ya işte ben bu Metin'i tuş edince ağrına gitti zaar, tuttu polis çağırdı. Komisere durumu anlatmaya çalıştım ama dinlemedi bile."

"Var öyle bi' tarafı ya, evet."

"Bu Metin yaramaz adam ya. Kaybedince hemen mızıklamaya başlıyo."

"Çok mu eski tanışıyonuz siz Metin Amca'yla?"

"Sen doğduğun gün tanıştık. Eve bi' geldim, komşular 'Pakize doğuruyo!' dedi. Hastaneye götürmek için apar topar çıktım yola. Yolda bu el etti. 'Duramam,' dedim, 'hastaneye yetişcem karım doğuruyo.' 'Benim karım da doğuruyo,' dedi atladı arabaya. Koştur koştur hastaneye girdik. Hemşire Metin'in kucağına kız çocuğunu verdi, benim kucağıma da vere vere seni verdi işte."

"Aşk olsun ama baba ya. Eee sonra?"

"Sonra işte bu Metin'le sohbet muhabbet derken arkadaş olduk. Hastaneden çıktıklarında aldım evlerine bıraktım. Ev dediğim de bildiğin harabe. Acıdım hallerine. Bunlara mahalleden güzel bir ev ayarladım. Üstüne başına giyecek doğru düzgün kıyafeti yoktu, benimkilerden verdim. Esasında konuşulmaz böyle şeyler de işte, şimdi eli biraz para gördü ya bizi beğenmiyo. İnsanın ağrına gidiyo be Mecnun."

"Vay be! Duydun mu dede? Aynı gün aynı hastanede doğmuşuz Leyla'yla."

"Duydum duydum. İzin verirseniz uyumaya çalışıyorum burada. Sen de boş yere umutlandırma kendini. Ne olmuş aynı gün doğduysanız? Küçük tesadüflerden büyük anlamlar çıkarmaya çalışma. Hadi Allah rahatlık versin."

Arkadaş Aksakallı Dede dediğin umut verir, bizimkisi umutlanma diye akıl veriyor. Önce Aksakallı Dede uyudu, ardından da babam. Biri sağ omzuma koydu başını, öbürü sol omzuma. Suat Amca da bir köşede "Uyutuyolar bu milleti uyutuyolar!" diye rüyasında sayıkladı durdu. Babamın ve dedenin horultularını dinledim sabaha kadar. Gözümü saatin yelkovanına iliştirdim. Saniye takip edilemeyecek kadar hızlı, akrep de bir o kadar yavaş. Ama yelkovan öyle mi ya? Efendi gibi ilerliyor kendi halinde. Saniyeler dakikaları, dakikalar saatleri, saatler geceyi devirdi. Nezaretin kapısı açılır açılmaz fırladım yerimden. Özgürlüğüme doğru koşmaya başladım. Ama memur arkadaş durdurdu. İfademi aldılar. Güvenlik kamerası görüntülerini izlemişler, aradıkları adam ben değilmişim. Günahımı aldılar. Leyla'yı sordum. "O çıktı," dediler. Canımı aldılar. Hemen toparlandım. Kravatımı düzelttim, ceketimi giydim. Nezarethaneye geri döndüm.

"Baba..."

"Mecnun. Gitmeye gönlün el vermedi di mi? Boşver sen beni, perişan oldun tüm gece oğlum. Sen eve git dinlen. Annene de söyle merak etmesin. Ben dedeyi alır gelirim daha sonra."

"Gideceğim gitmesine tabii de arabanın anahtarları lazım. Alabilir miyim anahtarları?"

Biraz küfür ettikten sonra çıkardı anahtarları verdi. Taksiyi aldım, birkaç kişi el etti yolda ama durmadım. Muhtemelen onlar da küfür ettiler. Umursamadım. Leyla'nın arkeolojik kazı çalışmasına doğru yol aldım. Kaç kişi çalışıyolar acaba? Eli boş gitmek ayıp olur mu? Hayatımda ilk defa arkeolojik kazı diye bir şey duyuyorum, nereden bilebilirim ki bunları? Keşke biraz daha detaylı bilgi alsaydım.

Temeli yeni atılmış inşaat alanı gibi bir yere geldim. Şantiyeden tek farkı iş makinaları yerine mala ve spatulayla çalışıyordu buradaki insanlar. Kalabalığın içinde Leyla'yı buldum.

"Leyla!"

"Mecnun? Gelmişsin."

"Gelmem mi hiç? Sen çağırdın sonuçta. Yani davete icabet etmek sünnettendir hem, o yüzden."

"O kadar da şey yapmasaydın ya. Malum zor bir gece geçirdik, gelmesen de olurdu."

"Sorma ya. Neler geldi başımıza öyle?"

"Sen tanıyo muydun o adamı?"

"Hangi adamı?"

"Elimize televizyonla araba teyplerini verip kaçan adamı."

"Yok canım nereden tanıycam?"

"O seni tanıyo gibiydi de."

"E var bi' ismimiz tabii mahallede. Popüler bi' adamım Leyla, yapcak bi' şey yok."

"Neyse. Kıyafetin de pek uygun sayılmaz ama yardım etmek ister misin?"deyip tutuşturdu elime spatulayı.

"Bu nedir ya?"

"Spatula. Şu şekil kazıycaksın toprağı."

"Böyle olmaz ki ama Leyla. Spatulayla olacak iş değil bu. Du ben bi' kazma-kürek kapıp geliyim hemen."

"Saçmalama Mecnun. Bu toprağın altında Antik Roma dönemine ait lahitler var. Hiçbir şeye zarar vermememiz lazım."

"Antik mi lahit? Mezarlıkta mıyız şu an biz? Üç kulfallah bi' elham okuyacağınıza mezar mı kazıyonuz? Vallahi çarpılıcaz."

"Çok konuşma da işe koyul bakalım."

Bir de benim okuluma laf ederler. Bunlar daha fenaymış.

Okutuyoruz ayağına bildiğin ırgat gibi çalıştırıyorlar milleti. Bu iş için okula ne hacet? İstanbul dediğin koca bir şantiye alanı zaten. Git bir inşaata çalış. Üstümde takım elbise, bir elimde spatula bir elimde fırça giriştim işe. Annem şu halimi görse kahrından ölür yeminle.

"Bi' şey buldum!" diye bağırdı ekibin en gözlüklüsü. Hepimiz etrafına toplandık.

"Altın galiba. Kolye gibi bi' şey."

"Üstünde ne yazıyo öyle?"

"Parce mihi. Latince. Affet beni anlamına geliyo. Altında bi' şey daha yazıyo."

"Muhtemelen milattan öncesine ait bir kolye olmalı."

"Leyla, siz burada tarihi eser kaçakçılığı mı yapıyonuz? Görüyoruz haberlerde filan, cezası çok büyük bak yapmayın"

"Bi' dur Mecnun ya."

Elindeki fırçayla tozları temizlemeye devam etti Leyla. Kolye tamamen çıktı ortaya. Üstündeki yazıyı okudu sonra.

"Affet beni Leyla."

Birden herkes alkışlamaya başladı. Bana doğru döndüler. Beni niye alkışlıyor ki bunlar demeye kalmadan Arda kifayetsizi omzuma çarpıp yanımdan geçti, Leyla'nın karşısında durup diz çöktü.

"Affet beni Leyla."

Evlenme teklifi mi lan bu?

"Gece gelip onu ben yerleştirdim buraya. Karşında dizlerimin üstündeyim ama sanma ki bu bir evlilik teklifi Leyla."

Oh iyi bari.

"Kafam karışık, ruhum serseri olabilir ama bil ki bu gönlümde bir tek senin adın yazılı Leyla. İstersen yatayım şuraya da o ellerinizdekilerle kazıyın bedenimi. Göğüs kafesimin içine zarar vermeyin ama. Çünkü orada senin adın yazılı Leyla."

Kalabalık yine coştu, bastı alkışı. Ben de dayanamadım "Bravo beee!" deyip de alkışlamaya başladım. Kitle psikolojisi dedikleri böyle bir şeymiş demek. Katiyen kendin karar veremiyorsun yaptıklarına. Bir rüzgâra kapıldım gidiyorum şu an.

"Tek isteğim var, o da beni affetmen. Affet ki yeniden tutunabileyim hayata. Affet ki bir umudum olsun şu yalan dünyada. Affet beni Leyla."

Kalabalık hep bir ağızdan "Affet!" diye bağırmaya başladı. Bu kadarı da şov ama. Leyla yer mi lan bu şovları? Yakasına yapıştı, ayağa kaldırdı Arda'yı. "A ha kafa atacak," dedim yanımda duran adama. Leyla, Arda'ya sarıldı. Kalabalık alkışlamaya başladı. Zaman durdu. Durmakla kalmayıp geriye doğru sarmaya başladı. Antik Roma dönemine kadar gitti zaman. Toprak kaydı, antik mezar ortaya çıktı. Bıraktım kendimi mezarın içine. Kalabalık alkışlamayı kesip üzerime toprak atmaya başladı. Varsın kürek kürek atsınlar üstüme toprağı. Sonuçta bu mezarı Leyla kazmıştı.

dördüncü bölüm

"Abi nasıl olabilir böyle bi' şey aklım almıyo ya. Niye yaparsın yani? Hayır eline ne geçti yaptın da, hiç mi beni düşünmüyosun acaba?"

"Şşş tamam oğlum bağırma milleti uyandırıcaksın. Yapmışsa yapmış n'olmuş yani, alt tarafı affetmiş oğlanı büyütme bu kadar."

"Onu demiyorum İsmail Abi. Yavuz Abi'ye saydırıyorum ben burada. En güzel gecemin içine etti. Onun yüzünden karakollara düştüm Leyla'yla."

"Ohooo kapanmadı mı o konu hâlâ?"

"Büyütüyo, çok büyütüyo her şeyi. Üzümden herhalde Yavuz, gitme üstüne bırak."

"Yaramıyosa yeme sen Mecnun bırak. İki salkım üzümle kafayı buldu adam."

"He bi' de suçlu ben oldum yani? Adam yaptığı hırsızlığı bizim üstümüze atmaya çalıştı diyorum ya."

"Aşk olsun Mecnun, Yavuz öyle bi' insan mı?"

"Eyvallah İsmail."

"Madem öyle bi' insan değil, gecenin bi' vakti kucağında televizyonla nereye koşturuyomuş acaba?"

"Vay be. Helal olsun lan Mecnun."

"Şşş tamam Yavuz... N'apıyosun oğlum ağlattın koca adamı?"

"Bırak İsmail bırak. Mecnun haklı. Atomu parçalayabilirim, ağzını yüzünü kırarım o atomun. Bi' vururum bi' hafta bulanık sıçar. Ama önyargılara bi' bok yapamam demiş enişten."

"Hangi enişten?"

"♩♪♪♪♫ Senin topal enişten yalelli ya Allah..."

"Beni beni pavyona alıştıran senin pezevenk enişten yalelli ya Allah ♪♫♩♪♪"

"Neyse, ben alıştım artık. İnsanlar hep hor gördüler, dışladılar beni. Kimseyi inandıramadım masum olduğuma. Ama madem bilmek istiyosun o televizyonu Zeynep için almıştım."

"Zeynep için mi? Gözleri görmeyen kıza kocaman plazma mı aldın abi?"

"İzlemesi için değil. Ameliyatı için para lazım. Elde avuçta ne varsa boşaltayım dedim ben de. Üç-beş birikir belki diyerekten yani."

"Ne ameliyatı abi?"

"Bademcik."

"Of benim de küçükken hep şişerdi. Azcık bi' soğuk su içsem bile hop bi' bakmışın kocaman olmuş. Kolay ama ya onun ameliyatı. Dondurma da veriyolar ameliyattan sonra."

"Kaput olmuş bu İsmail."

"Yok yok normali o bunun. Var biraz kıtlık. Mecnun, anlasana oğlum gözlerini açtırmak için diyo Yavuz."

"Heeğ. E ne kadar lazım peki abi?"

"Çok be Mecnun, epey bi' para lazım."

"Buluruz be abi n'olcak sanki? Aramızda denkleştiririz o parayı. Hem mahalleliden de isteriz. Hayır işi sonuçta, herkes yardım eder. Ne kadar lazım tam olarak?"

"Bir milyon lira."

"Allah elden ayaktan düşürmesin be abi. Görmeden de yaşayabiliyo insan sonuçta. Allah can sağlığı versin, gerisi hikâye."

"Tamam ya boşverin. Ben bi' şekilde halledicem o işi takmayın kafanıza. Vurun bakalım."

"Yarasın..."

"Eee Leyla diyodun sen. Arda'yı affettikten sonra görüşebildiniz mi hiç?"

"Görüşmesine görüştük de herifçioğlu sürekli Leyla'nın peşinde. Geçen okula bırakmak için gittim evine. Baktım benden önce gelmiş bu. Çekmiş üstü açık arabasını da evin önüne. Zaten zar zor ikna etmişim de taksiyi almışım babamdan. Dayanamadım indim aşağı. Gittim lavuğun yanına. Sen bi' bana baksana arkadaşım dedim..."

Sokak

"...Kapısını açmadan atlayarak binem mi bi' kere ya?"

"Becerebilir misin ki?"

"Metrobüs turnikesinin üstünden atladım bi'kaç kez. Çok güzel araba ya. Üstünü açık bırakmıyon di mi sürekli? Teybi çalmasınlar sonra."

"Teyp mi? Araba teybi mi kaldı ya?"

"Bizim takside ekolayzır bile var."

"Mecnun? Arda? Ne işiniz var sizin burda?"

"Seni okula kadar bırakayım diyicektim de Leyla."

"Yok canım ne gerek var aynı yere gidiyoruz zaten. Binme hiç taksiye. Gece tarifesi açar şimdi bu."

"Kalktı oğlum o, yok artık öyle bi' şey."

"A aa gerçekten mi?"

"Tabii canım. Gece-gündüz farkı var, her saat aynı tarife."

"Ne mutlu sana. Garibim ya nasıl da hevesli hevesli anlatıyo. Fakir ama hevesi var. Takdir ettim doğrusu."

"Lan bana bak..."

"Tamam münakaşa etmeyin sokak ortasında. Ben yürüyerek giderim okula."

"Olur mu hiç öyle şey Leyla? Hava kapalı, yolda yağmura yakalanırsın maazallah. Gel ben bırakıyım işte. Bunun arabasında ıslanırsın hep üstü aadiii bee. Yuh! Kumandası mı var onun ya? Ulan tek tuşla kapandı arabanın üstü be."

"Taksiii!"

"Heh bak müşteri de buldun. Git biraz para kazan fakir fakir dolanma ortalıkta. Hadi gidelim biz de Leyla, geç kalmayalım derse."

"İyi bakalım. Görüşürüz Mecnun, hayırlı işler."

"Sağ ol... Dikkatli gid... Yuh uçtu lan resmen. Lan ne araba be?"

"Taksiii!"

"Geldim teyze geldim."

"Şu adresi biliyor musun oğlum?"

"Bakıyım... Biliyorum teyze, atla götüriyim."

"Yok yok sen bi' tarif ediver otobüsle nasıl giderim buraya?"

"Ohooo taksiciye adres mi sorulur teyze ya?"

Bakkal Önü

"Tarif etseydin be Mecnun. Günah. İhtiyar kartı vardır ücretsiz biniyodur otobüse teyze."

"Abi niçin teyzeye takılıyosun ki bambaşka bi' şey anlatmaya çalışıyorum ben burda."

"Doğru düzgün anlat sen de. Ne diye detaylarla boğuyosun hikâyeyi. Arda Leyla'yı götürdü de."

"İsmail Abi, ayıp oluyo ama."

"Taam taam demedim."

"Kızın peşinde koşturmakla olmaz. Kaleyi içten fethetmen lazım senin."

"O kalenin kapıları bana kapanalı çok oldu be abi. İstemeye diye gittik babam babasıyla güreşti."

"Ailesini kast etmiyorum be oğlum. Arkadaşlarına yanaş, onlara sevdir kendini. Eğer sevdiğin kızın en yakın arkadaşı seni sevmezse sıçtın demektir. Ağzınla at tutsan, sütçü beygiri bu der aranızı bozacak bi' şey bulur. O yüzden arkadaş çevresi önemli."

"O fırsatı kaçırmış olabilirim abi ben yalnız. Leyla'nın arkadaşları pek hoşlanmadı galiba benden."

Kafe

"Adım ne demiştin?"

"Mecnun."

"Hangi okulda okuyosun?"

"Eskişehir Anadolu."

"Açıköğretim mi?"

"Evet. Ama diplomada y..."

"Liseyi nerde okudun?"

"Kireçburnu Lisesi"

"Niye orayı tercih ettin?"

"Eve yakındı."

"Boş zamanlarını nasıl değerlendirirsin?"

"Uyurum."

"Tatillerini nerde geçirirsin?"

"Küçükken Kuran'a giderdim."

"Şimdi?"

"Sıcak oluyo diye çıkmıyorum evden."

"En son okuduğun kitap?"

"Kitap?"

"Kitap."
"…"
"!"
"Okuduğun herhangi bir kitap?"
"…"
"Tamam geçelim bunu, en sevdiğin yemek?"
"Musakka-pilav-cacık."
"E üç oldu."
"Üç değil ya, iki. Cacık yemek sayılmaz neticede. Tabldot diyelim biz ona."
"Tabldot? Çikolata değil miydi o?"
"Bi' saniye Semacım… Ne tür müzikler dinlersin?"
"Arabesk."
"En sevdiğin şarkıcı?"
"Ferdi Tayfur."
"Burcun?"
"Başak."
"Iyyyyğğğ!"
"Iyyğ mı? O niye öyle oldu ki şimdi ya?"
"Yükselenin?"
"Neye yükselenim?"
"Yükselen burcun ne?"
"Hiç bilemiyorum onu."
"Kaçta doğdun?"
"Bokunu mu çıkardınız acaba biraz? Nerden biliyim kaçta doğdum ya?"
"Eee n'aptınız bakalım, bi' şey kaçırdım mı?"
"Yok canım biz de laflıyoduk öyle Mecnun'la."
"Laflıyo muyduk?"
"Kızlar sıkıştırdı seni galiba biraz?"
"Ağzıma sıçtılar Leyla. Sen işemeye gittiğinden beri aldılar

karşılarına sorguya çekiyolar. Münker ile Nekir sanki başıma. Allah Allah ya. Anama babama bu kadar hesap vermedim ben ya."

Bakkal Önü

"İşemeye gittiğinden beri demeyeydin iyiydi be Mecnun."

"Adam ağzıma sıçtılar demiş İsmail, daha ne desin? Çok yanlış yapmışın Mecnun, çok. İyi geçinmen lazımdı arkadaşlarıyla."

"Yok abi çekilcek dert diyil o kızlar. Benim daha Leyla'ya yönelik adımlar atmam lazım. Önce bi' kızı etkileyebiliyim de hele, arkadaşlarına sonra bakarız."

"E kitap oku sen de Leyla'ya."

"N'abayım?"

"Biz her gün Zeynep'le sahile iniyoruz. Ben okuyorum, o dinliyo. Kitap heyecanlıysa bazen elimi tutuyo, bazen de kafasını böyle omzuma koyuyo. Yüreğim ısınıyo yanında. İşe yarıyo yani. Dene sen de."

"Abi Zeynep görmüyo hadi normal senin kitap okuman. Ben niçin kitap okuyorum Leyla'ya? Gitsin kendi kitabını kendi okusun. Ben daha kendim için kitap okumamışım Leyla için niçin okuyomuşum acaba?"

"Lan tamam iki sayfa okumamak için ne ağladın be. Leyla'nın ilgi duyduğu şeylere yönel madem."

"Abi bu kız kazıyo. Mezarcı gibi kaz Allah kaz. Arkeoloji, tarih diye diye elleri nasır bağlıycak hep kızın. O güzelim eller babamın ellerinden beter hale gelicek ona yanıyorum ben."

"Mecnun! Benim bi' fikrim var."

"İsmail Abi?"

Gözler kısıldı, ses inceldi.

"Aynı şeyi mi düşünüyoruz acaba şu an?"

"Sen ne düşünüyosun?"

"Krem."

"Krem mi? Ne kremi?"

"El kremi. El kremi alıyım da Leyla'ya nasır tutmasın o güzelim eller, yazık günah."

"Bırak şimdi kremi. Alıyosun Leyla'yı, ikinizi İstanbul turuna çıkarıyorum. Ne kadar tarihi yer varsa gezdiriyorum sizi. Madem yenge tarihle ilgileniyo, ona şu ana kadar hiç görmediği yerleri gezdirelim bakalım."

"Vaay. Süper fikir İsmail."

"Eee ben de az anasının gözü diyilim tabii."

"Yanlış anlamazsan bi' şey sorucam abi, sen Kireçburnu'ndan çıkmayan adamsın. İstanbul'un hangi tarihi yerlerini biliyosun da bizi gezdiriceksin acaba?"

"Al işte. Senin o ağzından çıkan lafa kulağın hiç mi hayret etmiyo? Ben kulak olsam utanırım açıkçası. Benim dedem İstanbul'u fetheden..."

"Yuh! Fatih Sultan Mehmet mi senin deden İsmail?"

"Yok. Ama İstanbul'u fetheden ekipte yer almış bi' insan kendisi. Sayılır yani."

Yıl 1453 Nisan'ın 5'i.

Fatih Sultan Mehmet Han atının üzerindeydi, arkasında bir cihana hükmedebilecek kadar büyük bir ordusu vardı. Surlarla çevrili İstanbul'a uzun uzun baktı ve şöyle dedi:

"Ya İstanbul beni alır ya da ben İstanbul'u."

Tabii ki İsmail Abi'nin dedesi dayanamadı.

"İstanbul alır Hünkarım. Koca şehir yutar adamı. Gürültüsü, karmaşası, gece hayatı bitirir insanı. Hiç uğraşmayalım bence geri dönelim biz. Yemin ediyom çok yoruldum ha. Donanma da kaldı denizde zaten her tarafı zincirlemişler, karadan yürütcek halimiz yok ya gemileri. Dönelim şöyle güzel bi' mantı açtırayım ben size Hünkarım. Karnımızı doyuralım da etraflıca konuşuruz sonra bu meseleyi. Gönderiyom ben yeniçerileri?"

21. Yüzyıl Başları/*Bakkal Önü*

"Vay be. Padişaha akıl verir gibi konuşmuş herkesin içinde he mi?"

"Eee kelle koltukta dolaşmış rahmetli."

"Kimse bi' şey yapmamış mı peki dedene?"

"Kelle koltukta dolaşmış diyorum işte Mecnun, daha n'apacaklar. Vermişler kellesini koltuğunun altına yollamışlar geri. Anlayacağınız bizde hep aileden gelir, genlerim surlarla çevrili benim. Yapıyoz mu yarın bi' İstanbul turu?"

"Yapalım hadi be. Yarın taksiyi de alırım babamdan."

"Ben de Zeynep'i alıp geliyim mi ya?"

"A ha taksi şişti."

"Ben de geliyim."

"Erdal Abi? Sen n'apıyosun camda?"

"Uyutmadınız ki oğlum. Gecenin bi' yarısı ne işiniz var sizin burda? Gidin başka yerde ziftlenin. Bakkal oğlum burası, bakkal. Aman, ev burası ev. Hadi kendi kapınızın önüne hadi… Şşş lunaparka da gitceğniz mi?"

"Senin o çeneni ayağımda sallıyım de öyle uyutıyım Erdal Abi. Bi' rahat ver artık. Sokaktayız ya sokak burası, sokak. Sokağı da mı sahiplendin?"

"Benim bakkalımın önünde çilingir sofrası kurmuşsunuz İsmail. Bak hep sakızları da çiğneyip çiğneyip atmışlar yere. Ben de seni babana söylemezsem Mecnun, hadi bakalım."

Dediğini de yaptı. Sırf bunu söylemek için babamı aradı. Neyse ki babam uykusu ağır bir insan olduğundan telefonu duymadı. Biz de toparlandık. Yolluk üzümlerimizi attık ağzımıza ve evlere dağıldık. Bakkaldan eve doğru yürürken kendimi çok iyi hissettim. Hani olur ya, kendini gereksiz bir şekilde güvende hissedersin. Gecenin bir vakti hiç ihtiyacın yokken gelir zaten böylesi. Evden çıkmadığın gün aynaya baktığında gelen "ulan baya bi yakışıklıyım aslında" duygusu gibi. O andan sonra evde geçirdiğin her dakika ziyan. Ah şu yersiz gelen "her şeyi başarabilirim" hissi. Şu özgüvenin yarısı günlük hayatıma sirayet etse bambaşka bir yerde olurdum yeminle. Ama orada bu kadar mutlu olur muydum bilemem? Yarına dair planım var. O planın içinde Leyla da var. Ve Leyla'nın olduğu yerde mutluluk var.

Ertesi sabah güç bela babamı ikna ettim. Taksiye çıkacağım diye zorla anahtarı aldım. Ama Leyla'nın sınavı olduğu için plan yattı. Bir plan yaparken karşıdakinin durumunu da düşünmek lazım tabii. Annem akrabalarına gideceği zaman bile bir hafta önceden "Müsaitseniz haftaya size gelicez," diye telefon açıyor. Keşke biraz olsun ona benzeseydim. Akşama kadar direksiyon salladım. Gece kurduğum hayalin şimdi paramparça oluşunu izliyorum dikiz aynasından. Taksiye binen herkesin yüzüne uzun uzun baktım. Herkeste Leyla'nın suretinden bir parça aradım. "Karşıya geççez ama köprü ücreti almasanız," dediler, almadım. "Radyoyu kısabilir misiniz," dediler, kıstım. "Sesi açsana az kaptan," dediler, açtım. "Camı kapatabilir misiniz," dediler, kapattım. Kim ne dediyse onu yaptım. Trafik çilesi de olmasa güzel meslek aslında. Akşam babam hasılatı görünce sevincinden ağladı. Para destesinin içinden çıkardığı 5 lirayı dedemin fotoğrafının olduğu çerçeveye iliştirdi.

"Aaa oldu mu ama şimdi o para babamın fotoğrafının üstünde?"

"Oldu oldu Pakize rahmetli de pek severdi parayı, çok güzel oldu."

Babam hazır bu kadar neşeliyken yarın da taksiye çıkmak istediğimi söyledim. Olduğu yere yığılıp kahkahasına gözyaşını iliştirdi. "Pakize," dedi, "bu oğlan niye böyle davranıyo? Bi' şey mi olacak bana? Bi' haber mi aldınız n'oldu? Sayılı günlerim mi kalmış, hı?"

Annem ne kadar dil döktüyse de babamı inandıramadı. Banyoya girdim. Sıcak bir duş alarak günün yorgunluğunu atmak isterdim ama duşumuz olmadığı için önce şofbeni yaktım. Suyu bir türlü istediğim kıvamda ılıtamayınca bir süre sıcak suyla ardından da soğuk suyla doldurdum kovayı. Yıkanırken bir yandan da sırtıma yapışıp duran soğuk duş perdesiyle mücadele ettim. Duş yok ama perdesi var. Ben hareket bile edemiyorken bizimkiler nasıl yıkanıyor burada? Elâlem stres atmak için duşa girer, biz yıkanmak için girdiğimiz banyodan psikopat olarak çıkıyoruz. Ne kadar yorulduğumu yatağa girdiğimde anladım. En azından Aksakallı Dede yok ortalıkta, tek başıma rahat rahat uyurum diye düşündüm. Ama insanın aklına da takılıyor bir yandan, nereye kayboldu yine bu adam?

***

Güneşli bir güne uyanmak gibisi yok. Hele bir de mevsimlerden yaz değilse. Bulmacalarda bile yeri var. Kışın açan güneş, soldan sağa, beş harfli. Cevap tabii ki Leyla. Bu sabah Leyla'ya uyandım. Kalan tüm sabahlar Leyla'yla uyanırım umarım. Önce İsmail Abi'yi aldım sahilden. Ardından Yavuz ve Zeynep'i. Son olarak da Leyla'yı aldık evinden ve yola koyulduk. Leyla yanıma oturdu. Yavuz ve Zeynep arka koltukta, nedense İsmail Abi "Ben ortada otururum yeağ," deyip girdi aralarına. Ah be İsmail Abi. Ortada oturmak işkencedir, zulümdür, çaresizliktir ama inan iyilik yaptım derken kötülük ettin Yavuz'a. Adam, Zeynep'in yanına oturayım da her kaviste bir punduna getirip elini tutayım derdindeydi. Arkadaş arkadaşa bunu yapar mı ya?

"Gece senin eline televizyonu tutuşturan arkadaşın diyil mi bu arkadaki?"

"Kim ya? Hangisi? Kel olan mı?"

"Kel mi?"

"Çok özür dilerim İsmail Abi. Hazırlıksız yakalandım soruya."

"Ne televizyonu bu?"

"137 ekran plazma, pixel plus 2 HD. Ama konunun bizimle hiç ilgisi yok Zeynepcim."

Neyse ki Leyla daha fazla irdelemedi de mevzu kapandı. Kireçburnu'ndan çıktık. İsmail Abi navigasyon görevi görüyordu ama çalışma sistemi biraz farklıydı. "100 metre ileriden sağa dönün," gibi bir şey duyamazdınız ondan. Son ana kadar bekler, birden atılırdı öne. "Sağdan gir Mecnun sağ sağ!" diye telaş yaptırır, elini ayağına dolaştırırdı insanın. Bazen de konuşmaya dalar, iş işten geçtikten sonra "Oğlum sapaktan döncektin ya, niye dönmedin ki?" diye terslerdi. O an direksiyonu çıkarıp eline vermek gelirdi içimden. "Al abi madem öyle devam et sen sağdan," deyip arabadan atlamayı düşünürdüm çoğu zaman. Bu sefer her şeye hazırlıklıydım. Hem yanımda Leyla vardı. Nasılsa tüm yollar Leyla'ya çıkıyor, nereden gittiğimizin ne önemi var? Sonunda "Ahanda geldik işte orada!" diyerek Yavuz'un üstünden atlayıp dışarı attı kendini İsmail Abi. Biz de arabadan inip bizi getirdiği yere uzun uzun baktık. Zeynep bambaşka yerlere bakıyordu.

"Zeynep... Bu tarafta."

"Pardon tamam."

"İsmail Abi?"

"Abim!"

"Abi sen bu tarihi yer meselesini biraz yanlış anlamış olabilir misin acaba?"

"Niden?"

"E alışveriş merkezine getirmişin bizi."

"Oğlum bu öyle sıradan alışveriş merkezi mi? Galleria oğlum, Galleria. Koskoca bi' tarih yatıyo burda be."

"Biz de okuldan kaçıp buz pateni yapmaya gelirdik bazen. Gelmeyeli nerden baksan 10 yıl oluyodur. Özlemişim be."

"Bak işte Leyla da özlemiş. Hadi girip buz pateni yapalım. İsmail Abinizin yeteneklerini görün bakalım."

"Aaa sen buz pateni yapabiliy…"

"Aman Leyla. Gözünü seviyim sorma sakın. Buz devrinde yaşamış bi' dede dinlemeyelim hiç durduk yere. İçeri geçelim he? Hadi bakalım."

İsmail Abi hepimizden önce koştura koştura girdi içeri. Koca adam çocuk gibi dolanıyordu etrafımızda.

"Hamburger de yeriz di mi Mecnun?"

"Yeriz tabii abi, niye yemeyelim?"

Ah be İsmail Abi. Ne vardı çocuk gibi sevinecek? Bu dünyada en çok çocukları üzerler be abi. Buz pistinin kaldırıldığını görünce yıkıldı koca adam. Utanmasa oturup herkesin içinde çocuk gibi ağlayacaktı.

"E buz pisti yok Mecnun."

"Erimiştir abi. Güneşli ya tabii şimdi hava haliyle. Kışın yine geliriz, o zaman kayarız."

"Trenle gelelim mi kışın?"

"Gelelim tabii abi."

"Eskiden yaptığımız gibi kapılardan da sarkarız. Kaçak bineriz yine di mi Mecnun?"

"Ah be abi, kızın yanında girmeseydin keşke o kadar detaya."

"E tren istasyonu yakın buraya. Trenle geçelim mi gidiceğimiz yere, ne dersiniz?"

"Manyak mısın ya, altımızda araba varken trene niye biniyoruz?" derdim şunu başkası teklif etse ama sen daha cümleni tamamlamadan ben o trene bindim bile Leyla. Hep beraber Bakırköy Tren İstasyonu'na gittik. Gittik gitmesine de istasyon yok yerinde.

"N'olmuş ya buraya rayları mayları hep sökmüşler."

"Çalmışlar mı acaba?"

"Yavuz Abi?"

"Bana ne bakıyosunuz oğlum, ne biliyim. Ben öyle bi' insan mıyım?"

İsmail Abi bir kez daha yıkıldı. Sakinleştirmek için su içirmek istedik. Tarihi çeşmeye gittik ama koca çeşmeden kala kala sadece bir taş yığını kalmış geriye. Eminönü'ne gidip kuşlara yem atmak istedik, kaldırım çalışması varmış. Mısır Çarşısı'na girdik, nasıl bir kalabalığın içine düştüysek çıkana kadar birbirimizi kaybettik. Ben Japon turist kafilesinin ortasında kalıp Tahtakale'ye kadar çıktım.

"Arkadaş bi' saniye izin verin ama ya. Şöyle geçebilir miyim ablacım? Pardon... Şuradan ge... Siz Serdar Ortaç mısınız acaba?"

"スルタンアフメットに行くにはどうすればいいですか?"

"Ben ama hiç anlamıyorum ki sizi? Leylaaaa? Neredesin Leylaaa? Ah be İsmail Abi bizi soktuğun şu duruma bak. Ne işim var arkadaş benim Tahtakale'de... Bu telefonlar ne kadar dayı? Kaçak diyil di mi?"

Sirkeci'den Eminönü'ne kadar her yere baktım. Altgeçitlerden geçtim, iskeleye baktım ama yoklardı hiçbir yerde. Gözleri görmeyen bir kız, siyahlar giyinmiş kasketli bir adam, pullu ceketi ve renkli kravatıyla illa ki gözünüze çarpacak bir adam ve görmemenizin imkânı olmayan dünyalar güzeli bir kız.

Kime sorsam yok. Böyle birilerini görmediklerini söylüyorlar. Arkadaş böyle birilerini görmemek için parke taşlarını sayarak yürümen lazım.

"İnsanlık bitmiş bitmiş. Üstüne çıkacak gibi yürüyo herif de çarptıktan sonra bırak özrü dönüp yüzüne bile bakmıyo. Herkesin aklı bi' karış havada. Gözlerini alamıyolar ki o telefonlarından. Telefonlar akıllandıkça insanlar alıklaştı."

"Suat Amca?"

"Suat Amca ya. Çarpıyosun da niye özür dilemiyosun it?"

"Kusura bakma Suat Amca ya. Bizimkileri kaybettim de bulamıyorum. Senin ne işin var burda?"

"Mısır Çarşısı'na geldim, hurma neyim almaya. Malum önümüz Ramazan."

"Suat Amca daha 8 ay var Ramazan'a."

"Önümüz işte. Ramazan yaklaştıkça çakıyolar zammı Mecnun. Uyutuyolar bu milleti uyutuyolar."

"Anladım Suat Amca."

"Arabayla geldiysen beni de atsana ya mahalleye."

Tabii ya, araba! Suat Amca'yı orada bırakıp hemen otoparka koştum. Bizimkileri taksinin yanında görünce rahatladım.

"Mecnun nerdesin sen kaç saattir?"

"Nası ya bi' ben mi kayboldum? Siz kaybetmediniz mi birbirinizi?"

"Yooğ."

"Burdan var ya Sarayburnu'na kadar gittik. Gülhane'ye gittik ama hayvanat bahçesi yokmuş artık diye üzüldü Leyla. Ben daha önce çalıştığım için tabii, hep anlattım tecrübelerimi. Aslan bile saldım kafesinden dedim ama inandıramadım bi' türlü."

"He baya baya gezdiniz yani siz."

"Balık ekmek de yedik."

"Ohh afiyet olsun yemek de yenmiş."
"Sana da yaptırdık ama bir yarım ekmek merak etme."
"Peki İsmail Abi bi' şey sorucam o elindeki nedir?"
"Akvaryum."
"Niçin elinde peki?"
"E balık aldım. Baksana Japon balığı. Ağzına bak şunun ağzına. Allah aşkına bak bi' şuna yakından Mecnun."
"Abi çek şunu ağzıma soktun akvaryumu... Arkadaş ben saatlerdir sizi arıyorum meraktan kafayı yedim. Sizse hiçbir şey olmamış gibi gezip tozmuş yemek yemiş bi' de üstüne balık almışsınız ya."
"Biz de fidan aldık. Bahçeye ekicez. Sana da verelim mi? Bir fidan da sen dik."
"O kadar çok isterim ki Zeynepcim. Şu an hayatta tek istediğim şey bu olabilir, biliyo musun? Kendimi yeşile vermek istiyorum şu an. Aşırı derecede istiyorum bunu."
"Mecnun, sen gergin misin biraz?"
"Bi' de soruyo musun Leyla? Anlatıyorum burda, kayboldum diyorum, merak ettim diyorum siz hâlâ onu yaptık bunu yaptık bilmem ne."
"Ohooo koskoca adamsın, elinden tutup öyle mi gezdircez seni?"
"Hiç. Çok da üstüne gitme ama Yavuz, yabani ya o biraz şimdi kalabalığın içinde huysuzlandı. Mahalleye dönünce rahatlar o."
"Dönüyo muyuz şimdi mahalleye?"
"Gidecemiz son bi' yer daha var."
"Neresiymiş orası?"

***

"İşte burası."
"Ne ki burası?"

"Yedikule Bostanları."

"Bostanları derken?"

"Eskiden daha büyüktü ya sanki burası. Her yer bostandı diye hatırlıyorum ama şu marullara baksana ya. Taze taze oh alıyorum şurdan bi' demet."

"Abi bırak dalma elâlemin bostanına."

"Parasını bırakıyorum ya."

"Helal et yaz üstüne İsmail."

"Lan? Marul mu çalıyonuz siz orda?"

"O kim ya? Niçin marul çalalım ya? Salata bile yemeyen insanım n'abayım ben marulu? Koyduk parasını oraya."

"Hee. Sizden bi' kıllandım da ben? Bostana da girince dedim bunlar bi' iş çeviriyo galiba."

"Allah Allah neyimizi gördün de kıllandın acaba?"

"Çektiniz taksiyi durağa gittiniz. Dolmuş durağına taksi mi park edilir ya?"

"Çok özür dileriz gerçekten. Yabancısıyız biz buraların. Bi'kaç tarihi yer gezelim dedik de."

"Estağfurullah hanımefendi, ne demek? Surlara çıktınız mı? Dilerseniz yardımcı olayım. Kapıdaki görevli tanıdık, içeri aldırabilirim sizi."

Herifteki hallere bak ya. Almış levyeyi gelmişin. Belli ki kavgaya geliyorsun. Kızı görünce nasıl da hemen yalandan kibarlaşmalar, bir hareketler, yeleğin önünü iliklemeler filan. Biz de bok vardı sanki atladık hemen teklifine. Nasıl da gidiyor bak önden önden. Sanırsın mahallenin ağası. Ne konuşuyor ki orada Leyla'yla? Leyla'ya mı yazıyor lan bu herif? Ben buna dalarım. Adamın mahallesi filan ama olsun. Üç kişiyiz biz de. Dayak yesek bile arada bir-iki tane koyarım suratının ortasına o beni rahatlatır. Uzun da biraz ama. Görevliyle konuşurkenki havalarına bak şunun. Sanırsın Meksika sınırından Amerika'ya kaçak işçi sokuyor. Kapıda "Ticket 2 $" yazıyor zaten. Veririz, -2 4 6 8 İsmail Abi de var 10- veririz 10 dolarımızı gireriz içeri. Dolar yok gerçi üstümüzde ama n'apıyo o Türk parası? 3,80 desen iki kişi 6 yok 7,6 mı? 3,8 daha? 10,4! Yok 10,8. 11 desek ona...

"Şşş arkadaşların girdi, girmiyon mu sen?"

"Hı? He dalmışım da."

"E normal tabii. İlk mi?"

"Nasıl?"

"Kızla diyorum, ilk defa mı çıkıyosunuz dışarı?"

"Yaniii! İlk sayılır aslında."

"Ve ilk buluşmada kızı alıp Yedikule'ye mi getirdin?"

"Yok, ilk buluşmada nezarete düşmüştük. Mahalleden ilk çıkışımız beraber."

"Sen de pek beceremiyon galiba bu işleri. Bana bak, surların tepesine çıktığınızda şöyle uzun uzun uzaklara bakıp 'Gökdelenler şehrin mezar taşıdır,' de."

"Neemiş?"

"Sen bana güven. İşe yarıyo merak etme. Unutma, 'Gökdelenler şehrin mezar taşıdır.' Hadi sana kolay gelsin."

"Rızaaa! Nafi'ye söyle de oğlanı gönderip şu boşları aldırsın, kaldı bardaklar burda."

"Tamamdır abi gönderiyorum hemen. Eyvallah!"

Giderken arkasından el salladım. El sallama kısmı biraz fazla oldu, evet. Tüm surları baştan aşağı gezdik. Dar ve yüksek basamakları çıkarken üç kez mola vermek zorunda kaldım. İsmail Abi "Ben Cüneyt Arkın gibi atlarım burdan," dedi. Dediğini de yapmaya çalıştı, zor engel olduk. Yavuz bir köşede Zeynep'e gördüğü manzarayı anlatmaya koyuldu. İsmail Abi ayakkabılarını yastık yapıp çimenlerin üzerinde uyudu. Biz de Leyla ile beraber günbatımını izliyorduk. Daha doğrusu o günbatımını izlerken ben onu izliyordum. Birden dönüp bana bakınca gayriihtiyari bir konu açmak zorunda hissettim kendimi.

"Arabalarda cam filmi yasak mı yoksa serbest mi? Nedir onda son durum?"

Geri zekâlı!

"Serbest diye biliyorum ama taksinin camlarına film çekmek pek de akıllıca olmaz herhalde."

Ulan beni insan yerine koyup şuna bile cevap veriyor kız.

"Şuna baksana Mecnun. Taşların arasından çiçekler yeşermiş. Şu aynı hayalet orkide gibi di mi?"

"Hayalet orkide derken?"

"Tükenme tehlikesiyle karşı karşıya olan bi' orkide türü. Yapraksız olduğu için fotosentez yapamaz. O yüzden bi' mantarın yanında yaşayıp onun köklerinden beslenir."

Aynı kökten beslenmelerine rağmen biri orkide biri mantar he mi? Leyla ve ben gibi.

"Ne yaparsan yap, doğanın önünde duramazsın. O bi' şekilde gösterir kendini, yaşamaya ve yaşatmaya devam eder. Bi' de şu binalara bak."

"Ne güzel di mi ya? Kaç kattır şu binalar, nasıl dikmişler onları öyle ya? Hey maşallah!"

"Nesi güzel Mecnun? Binaların ışıkları yüzünden yıldızlar bile kayboldu gökyüzünden. Yetmiyormuş gibi bi' de gökdelenler yükselmeye başladı güzelim şehirde."

"Doğru tabii."

Gökdelenler? Galiba şu an tam zamanı.

"Gökdelenler şehrin mezar taşıdır Leyla."

"Ne kadar da doğru. Çok güzel söz."

Vallahi işe yarıyormuş.

"Eğer şu an tüm insanlar birdenbire kaybolsa gökdelenlerin

camları genleşme baskısına dayanamayıp kırılmaya başlar ve birer harabeye dönen gökdelenler de devasa kuş yuvalarına dönermiş."

Arkadaş adamlar uğraşmış 75 kat çıkmış oraya. Emeğe de mi saygın yok? Bu nasıl bir doğayı sevmekmiş. Kız bina sevmiyorsa demek ki. Oradan yürürüm ben de, ne yapayım yani. Müteahhiti ben miyim sanki? Yere batsın binası.

"Ben de bu antenlere uyuz oluyorum. Şu çatılara baksana anten mezarlığı. Yetmemiş camların önüne de takmışlar. Her daire için ayrı çanak, tek çanakla yetinmeyip çift çanak takan var. Her yer çanak. Ağzını kırdığımın çanağı ya."

"Tamam Mecnun sakin ol," dedi ve elimi tuttu Leyla.

Leyla elimi tuttu ve benden sakin olmamı bekliyor. Normalde bir kuleden diğerine sıçramaya çalışmam gerekirken tuhaf bir şekilde sakinim. Leyla elimi tuttu. Sıcaktı. Tüm vücudum birden ısındı. Kışın dışarıdan gelince götünü sobaya dayarsın da oradan başlayan sıcaklık tüm vücuduna yayılır hani, öyle bir şeyden bahsetmiyorum. Sanki içimde kötü huylu tümörler huysuzluk yapıyormuş da Leyla elimi tutunca hepsinin huyu suyu düzelmiş, kendilerini ilim irfana vermişler gibi bir his. Gözlerim gözlerine sarıldı da kendine doğru çekmeye başladı sanki. Leyla'ya doğru yanaşıyordum gitgide. Nefesini yüzümde hissedebiliyordum. Balığın yanında soğan yememiş belli. Bok vardı benimkine soğan koydurdun İsmail Abi. Ölene kadar tutabilirdim nefesimi. Leyla'nın nefesi dudaklarıma değmeye başlamıştı. Büyülü bir andı bu. Asla bitmesini istemeyeceğiniz büyülü bir an.

"Mecnuuuuun!"

"Hoooooop!"

Allah belanı vermesin İsmail Abi. Güç bela tuttuğum nefesimi Leyla'nın suratına patlattım. Nasıl kesik bir soğan kokusu çıktıysa ortaya kızın gözleri yaşardı. İsmail Abi aşağıdan bağırmaya devam ediyordu.

"Ne yaptın?"

"Sayende sıçtım batırdım abi. Sen ne yaptın?"

"Oğlum çok güzel uyumuşum ya. Geç oldu hadi gitmiyoz mu mahalleye..."

"Nasıl?"

"Geç oldu diyorum, geç oldu. Dönelim artık."

"İsmail haklı, geç oldu. Bizimkiler de merak eder."

Leyla arkasına bile bakmadan basamakları indi. Ve böylece hayatımın en büyük fırsatını Yedikule Zindanları'na kapatmış oldular.

Mahalleye döndük ve İsmail Abi sahilde indi. Kucağında akvaryumuyla deniz kenarına koşturdu hemen.

"İsmail niye denize doğru el sallıyo?"

"Uzun hikâye. Belki bi' gün kendisi anlatır."

Ardından Zeynep'i bıraktık evine.

"Çok güzel bi' gün geçirdim. Her şey için teşekkürler. Seninle tanıştığıma da çok memnun oldum Leyla. Bana da beklerim mutlu kekle hüzünlü poğaça yaparız."

"Gelirim tabii. Uykusunu alamamış fırında sütlaç tarifi vercektin?"

"Hee o şöyle..."

Arabadan inmiş, Leyla ve Zeynep'in kapı önü sohbetini dinlemeye koyulmuştuk. Akşama kadar beraber olsan da o kapının önünde en az yarım saat daha konuşulur. Tüm gün boyunca konuşmadığınız ne kalmış olabilir arkadaş? Madem ayrılamayacak kadar önemli bir konu niçin bu saate kadar beklediniz? Hadi son anda aklınıza geldi diyelim, e içeri girin de öyle konuşun. Nedir bu kapı önü ısrarı?

"Mutlu kekle hüzünlü mü poğaça dedi o?"

"Kabaran kekle çörek otlu poğaça."

"O neymiş ya? Mutluluktan mı kabarmış yani? O kadar mutluyum ki şöyle bi' kabarayım mı diyo kek? Hadi kek mutluluktan kabarıyo da poğaçaya n'oluyo? O niçin hüzünlü?"

"Ne biliyim oğlum ben, sabah dinleyici olarak kaldım aralarında. Leyla'ya sor. Tuzu kuru kurabiye neymiş onu da sorarsın."

Tarifler alındı, sevdikleri dizinin son bölümü irdelendi, birkaç komşu gömüldü, modanın nabzı tutuldu, "Size ne kadar su faturası geldi?" sorusu artık son nokta oldu. Müdahale etmezsem sabaha kadar sürecekti bu konuşma.

"E hadi iyi akşamlar Zeynep, yarın filan görüşürüz artık. Olduuu evet..."

Leyla'nın bi' saniye mânâsında kaldırdığı eliyle başarısız bir girişimde bulunduğumun farkına vardım. Takribi 15 dakika daha konuştular, sarıldılar, vedalaştılar. Tekrar taksiye bindik. Yavuz Abi de arka koltuktaki yerini aldı. Dikiz aynasından ona baktım. İstifini bozmadı.

"Seni nereye bırakalım abi?"

"Ben böyle iyiyim ya sen Leyla'yı bırak önce."

Arkadaş bir halden anlayın. Şurada kızı evine bırakıyorum. Belki evin önüne geldiğimizde duygusal bir an yaşayacağız. Belki özel bir şeyler geçecek aramızda. Bu sırada senin ne işin var arka koltukta? Evin sokağına girdiğimizde içimi tarif edilemez bir huzur kapladı. Rahatladığımı hissettim. Sanki gurbetten memleketine dönmüşsün gibi. İnsanın evi her şeyi.

"İnsanın evi her şeyi ya. Sokağa girince sanki annem saçlarımı okşuyomuş gibi huzurlu hissettim kendimi."

Oha! Aynı şeyi düşünüyoruz şu an Leyla. Nasıl bir huzur olduğunu tarif edememiştim sadece. Annem saçımı okşamadıysa demek? Aynı anda aynı şeyi düşünmek hatta aynı şeyi hissetmek. Hayalet orkide ve mantar gibi aynı kökü paylaşıyoruz seninle Leyla. Evet, bunu söylemem lazım Leyla'ya. Gözlerinin içine baktım, daha ağzımı açamadan Yavuz Abi atladı.

"Kiralar ne kadar burda ya?"

Ah be Leyla. Ben iyiyim de çevrem kötü. Elden ne gelir. İnsan ailesini seçemez derler ama ben arkadaşlarımı bile seçemiyorum. Evinin önüne geldik. Leyla arabadan indi. Yavuz Abi inmeye yeltendi, kapısını kapayıp Leyla'nın yanına gittim.

"Her şey için teşekkürler Mecnun. Hem çok güzel bir gün geçirdim hem de daha önce görmediğim yerleri gördüm."

"Ben de öyle. İsmail Abi'nin fikriydi, sağ olsun. Doğru düzgün mahalleden bile çıkmam ben. Ama geri dönünce içimi bi' huzur kaplar. Ev insanın her şeyi ya."

"Evet, az önce arabada söylemiştim zaten bunu."

"Heh işte ben de o an aynı şeyi düşünüyodum da söyleyemedim, dillendireyim dedim yeri gelmişken."

"İlkokula başladığım zaman babam burdan taşınalım demişti de üç gün ağlamıştım. Annem sürekli beni ikna etmeye çalışıyodu. Baktılar benim vazgeçiceğim yok, onlar vazgeçti taşınmaktan. Bi' türlü kopamadım burdan. Sanki beni buraya bağlayan bi' şeyler var gibi. İstesem de gitmeme izin vermiycekmiş gibi. Aynı şeyleri daha önce de yaşa... Aman neyse canım kafanı şişirdim senin de."

"Olsun canım şişir n'olcak... Yani şişirmedin de şişirsen de niye şişirdin demem. Dinlerim ben seni hep."

"Sağ ol... Hadi iyi geceler."

"Leyla!"

"Efendim?"

"Gökdelenler şehrin..."

"...mezar taşıdır Mecnun tamam anladım. Hadi iyi geceler."

"Leyla!"

"Yine n'oldu?"

"Yarın beraber gider miyiz okula? Yani okula bırakıyım mı seni sabah?"

"Olur tabii."

"Leyla!"

"Ne var Mecnun?"

"İyi geceler."

"Sana da."

Leyla dedim içimden, tamam daha yeter artık dercesine dönüp baktı arkasına. Sonra gülümsedi. O gülümseyince gün yağmaya başladı geceye, yıldızlar kayboldu, güneş vakitsiz gösterdi yüzünü. Neyse ki eve girdi de her şey normale döndü. Dünyanın düzenini bozmaya hakkın yok Leyla. Arabaya bindiğimde Yavuz Abi gitmişti. Teyp de öyle. Huylu huyundan vazgeçemiyorsa demek.

Eve girdiğimde odama bile çıkmadan salondaki koltuğa yığıldım. Bir an önce uyumak istiyorum. Sadece yorgunluktan değil, gördüğüm son yüz Leyla'nın yüzü, duyduğum son ses Leyla'nın sesiydi, onun hayaliyle uykuya dalarsam rüyamda da Leyla'yı görürüm umuduyla kapadım gözlerimi. Tam uykuya dalacakken Aksakallı Dede asasıyla dürtmeye başladı.

"Evlat! Hey evlat, nerdeydin bu saate kadar? Niye yoktun ortalıkta?"

"Asıl sen nerdesin dede ya? İyice otele çevirdin evi. Kafana göre gelip gidiyorsun? Hayır başına bi' iş gelcek diye de korkuyorum. Ne yapıyon sen bi' başına dışarlarda?"

"Şey.. Kem küm... Mırın kırın... N'apıcam evlat, sana yardım etmek için uğraşıyorum ben burda."

"Ya bırak Allah aşkına dede. Geldiğinden beri bi' hayrın dokunmadı. Hem merak etme yardımına ihtiyacım kalmadı. Her şey yolunda."

"Ne demek her şey yolunda? Heeyy! Bak duyuyo mu hiç döndü götünü yatıyo? Sana diyorum evlat!"

"N'olur bi' rahat ver dede. Uyumak istiyorum ya. He, hayalet orkide bulabilir miyiz ya?"

"Hayalet orkide mi? O nerden çıktı şimdi?"

"Mantarla aynı kökü paylaşan bi' çiçek. Leyla'yla ben gibi. Hayalet orkide bulmam lazmLyllll..."

"Evlat ne diyosun anlamıyorum. Heeey! Ah be evlat. Her şeyi mahvetmesen bari."

***

Sabah sucuklu yumurta kokusuna uyandım. Yine muazzam bir kahvaltı sofrası hazırlanmış. Ve babam masadaki yerini almamış. Kesin bir pislik var bu işte.

"Aaaa uyandın mı sen? Pakize, o kadar sessiz ol dedim sana bak uyanmış çocuk."

"Baba?"

"Söyle yavrum."

"Yavrum he mi? Baba iyi misin sen?"

"İyiyim oğlum, n'oldu ki?"

"Elinde demlikle masaya geliyosun baba daha n'olsun?"

"Bugün de çayı ben demliyim dedim be oğlum. Yazık anana, kadıncağız akşama kadar tüm evin işleriyle uğraşıp duruyo. Ona da günah."

"Anne, babamın nesi var?"

"Vize'de arsası var."

"Neemiş?"

"Yüzünü yıka da gel otur sofraya kahvaltını et anlatır baban."

"Aman Pakize sen de her gün her gün darlamasana şu oğlanı. Bi' gün de yüzünü yıkamayıversin n'olur yani? Gel oğlum gel, soğutma yumurtanı. Taze ekmek de aldım. Al sen seversin içini. Kazı kazı ye."

"Bu arsa meselesi nedir baba?"

"Aman canım büyütülecek bi' mesele değil. Üç-beş dönüm yer alt tarafı. Sebze-meyve ekerim, bi'kaç da koyundu, tavuktu, horozdu filan mis gibi doğal hayat işte. Hafta sonları siz de gelirsiniz hem."

"He bi' de orda kalıyon yani. Anne, boşanıyonuz mu siz babamla?"

"Ne alakası var lan... Yani ne alakası var oğlum, niye boşanalım? Annen orda yaşamak istemiyo diye dedim. Hatta bu hafta sonu kaplıcalara gidelim dedik annenle."

"Ne zaman dedik onu İskender?"

"Şu an dedik işte Pakize. Hadi bu hafta sonu kaplıcalara gidelim."

Vay arkadaş. İki gün taksiye çıkmayınca ne hale geldi adam. "Çalışcan oğlum, çalışmayana ekmek yok. Beni koy eve duramam mesela. Alışmışım çalışmaya bi' kere," diyen adam elinde telefonla eşten dosttan kaplıca tavsiyesi alıyor. "İstanbul'un o keşmekeşinde huzur buluyorum ben," diyen adam bağa bahçeye hayvancılığa vermek ister oldu kendini. Adam resmen emekli ikramiyesi olarak bakıyormuş bana. Harçlık diye elime verdiği para sigorta primiymiş meğer. İyi güzel de bunca yıllık oğlunu hiç mi tanıyamadın be baba? Bana güvenip de hareket edilemeyeceğini öğrenemedin mi daha?

"Neyse, size afiyet olsun benim çıkmam lazım."

"Görüyosun oğlumu di mi Pakize, aynı ben. Yerinde duramıyo maşallah. Çalışmak yaradı valla. Çıkmadan dünün hasılatını da bırak bari."

"Bırakıyım bırakmasına da dün pek iş çıkmadı baba."

"Yapma ya. Ne kadar kazandın?"

"Hiç."

"Ne demek hiç? Kimse mi binmedi lan taksiye?"
"Toplu taşımayı tercih ettilerse demek."
"Al işte. Görüyosun oğlunu di mi Pakize? Çalışmak da gözü yok ki eşşeoleşeğin."
"Bu biraz ağır olmadı mı baba ya?"
"Oldu. Çok ağır oldu hem de Mecnun. Anan dedi ama. Mecnun'un ipiyle kuyuya inme, sonra benim ne işim var burda dersin dedi de, ben dinledim. Ben eşeğim ki sana güvendim. 30 yıllık karıma değil de sana inanmanın bedeli çok ağır oldu Mecnun. Ver şu anahtarları."
"Baba ya bugün de ben çıks..."
"Ver lan şunu."
"Buyur babacım."
"Kalk git şimdi nereye gidiyosan. Ekmeğin de içini oymuş hep, ne hale getirmiş nimeti."
"He baba, bi' de şey var..."
"Ne var?"
"Arabanın teybi vardı ya hani, heh işte o artık yok."
"..."
"Çalmışlar mı artık n'apmışlarsa."
"..."
"Ekolayzır duruyo ama yerinde merak etme."
"..."
"Babacım?"
"..."
"Gözün mü seğiriyo senin?"
Bu sabah iki şey öğrendim. Bir, babam düşündüğümden daha hızlı koşabiliyormuş. İki, eli gerçekten de çok ağırmış. Bugünlük bu kadar bilgi yeter bana. Zaten günde en fazla üç bilgi alıyor kafam. Gerisi fazlalık. Ama sağ olsun döve döve Leyla'nın kapısına kadar bıraktı beni. Nasıl geldiğimi an-

lamadım bile. Yerden kalkıp üstümü silkeledim ve Leyla'nın kapısını çaldım.

"Metin Amca?"

"Serseri?"

"Varsa bi' fincan buz alabilir miyim ya bizde kalmamış da."

"Dövdüler mi seni?"

"Hiç öyle çoğul konuşup da başarıyı başkalarına pay etmeyelim. Tek kişilik bi' çalışmanın eseri bu. Babam biraz ters bi' günündeydi de."

"İskender mi yaptı bunu sana? Öz oğluna bunu yapan başkasına neler yapmaz? Ben yine iyi kurtulmuşum elinden. Al bakalım sen şu parayı da git doğru düzgün bi' tedavi ol."

"Tedaviye lüzum yok ya, buz yeterdi aslında... Leyla yok mu?"

"Oğlum ben evimden buz bile vermiyorum sana, sen kalkmış kızımı soruyorsun hâlâ. Arda'yla beraber gitti onlar okula."

"Nasıl ya? Ama biz dün konuşmuştuk. Ben bırakcaktım onu okula."

"Merak etme. Akşam geldiğinde konuşurum ben Leyla'yla. Niye böyle yapıyosun kızım derim? Şu serseriyle konuşmayı kes. Onla arkadaşlık etmeyeceksin bundan sonra derim. Hâlâ anlamadın mı serseri? Benim sana verecek kızım yok. Leyla'nın peşinde dolaşmayı bırak artık."

Suratıma evin kapısını değil de tabutumun kapağını kapattı sanki Metin Amca. Dünya yıkıldı da bir ben kaldım sanki altı...

"Sen hâlâ burda mısın serseri?"

"Yooğ."

"Bi' an artistlik yapıp havalı bi' şekilde kapattım kapıyı ama işe gitmem gerekiyodu. Müsaade edersen şöyle geçiyim bi'."

"Tabii Metin Amca ne demek, estağfurullah."

"Ağlıyo musun sen?"

"Dayağın acısı yeni geliyo da."

"Ulan çok kötü dövmüş be. Sana zahmet şunu çöpe atar mısın, konteynıra kadar yürümiyim hiç."

"Atarım tabii canım, elime mi yapışcak?"

"Sağ ol."

"Kapının önünde de çok oyalanma."

"Yok yok iki buhran yaşayıp gitcem hemen."

Ne diyodum? Sanki dünya yıkıldı da bir ben kaldım altı... Amaaan! Ulan şurada ağız tadıyla acımızı bile yaşayamadık. Ona bile izin vermediler arkadaş. Adam çöp poşeti tutuşturdu elime ya. Ama ne babandan yediğim fırça ne de babamdan yediğim dayak, senin yaptığın şey kadar koymadı be Leyla. Şu elimdeki çöp torbası kadar değersiz, şu elimdeki çöp torbası kadar fazlalık, şu elimdeki çöp torbası kadar yalnız, şu elimdeki çöp torbasının Allah belasını vermesin, bu nasıl bir kokudur ama ya? Ne yiyip içiyonuz siz? At mı kestiniz acaba evde? Nükleer atık taşıyorum şu an.

"Mecnun Çınar sen misin?"

"Yooğ."

"Bizimle geliyosun."

"Diyilim diyorum arkadaşım, bıraksana kolumu."

"Zorluk çıkarma da bin şu arabaya."

"Yok ya. Bana bakın zaten canım sıkkın tüm hıncımı sizden çıkarırım ha. Kimin mahallesinde kimse artistlik yapıyonuz lan? Kimsiniz oğlum siz, kimsiniz lan..."

***

"Kimdi lan onlar, kimdi o bi' tanesi arkamdan vurdu, o çok ayıp etti. Hangisiydi o?"

"Sakin ol delikanlı, buyur otur şöyle."

"N'oluyo ya, nerdeyim ben?"

"Ofisimdesin. Kusura bakma bizim çocuklara seni davet etmelerini söyledim. Gelmezse n'apalım dediler, güzellikle getirin dedim. Ama işte herkesin güzellik algısı aynı olmuyo."

"Valla haklarını yemiyim şimdi çok güzel getirdiler. Hiç hissetmedim n'olup bittiğini. Temiz çalıştılar Allah için, de sen kimsin?"

"Arda'nın babasıyım."

"Benden ne istiyosun peki?"

"Oğlum Leyla diye bi' kıza âşık olmuş. Duydum ki sen de o kızın peşinde koşturuyomuşsun."

"Allah belasını vermesin ya, koca adam babasına şikâyet etmiş beni. Kendi çıkamamış mı karşıma?"

"Sakin ol da beni dinle delikanlı."

"Asıl sen beni dinle beybaba. Biz öyle üç kuruşa sevdamızdan vazgeçecek adamlardan diyiliz. Yüreğimizde öyle bi' yangın var ki, denizler bile yetmez söndürmeye. Dikkat edersen biz diyorum çünkü bu aralar ben çok kalabalığım. İçimde milyonlarca Mecnun var, her Mecnun'un gönlünde tek bi' Leyla var. Şunu bil ki, senin paran yetmez bizi satın almaya."

"Ben niye para vereyim ki sana ya?"

"İşte Leyla'dan vazgeçmem için."

"Oğlumun karşısında zaten hiçbir şansın yok ki senin. Hayır Arda olmasa, başka biri gelir alır kızı. Senin bu hikâyede hiç yerin yok ki. O kadar kötü durumdasın sen şu an."

"Harbi mi ya?"

"Evet. Hiç mi eşin dostun yok senin? Kimse mi uyarmadı seni o kız sana bakmaz diye?"

"Erdal Abi dedi aslında ama. Bunu söylemek için mi getirttin sen buraya beni?"

"Sana yardım etmek istiyorum delikanlı?"

"Sebep?"

"Ne yaptıysam Arda'yı bu kızdan vazgeçiremedim. Sonra sen çıktın ortaya. Benim için bulunmaz bir fırsatsın. Ne kadar umutsuz, çaresiz ve kaybeden biri olsan da Leyla ve seni bir araya getiricem delikanlı."

"O kadar da gömmeyeydin iyiydi. Çok da öyle kötü bi' halde diyilim diye düşünüyorum şahsen."

"Öyle mi? Madem o kadar kötü bir halde diyilsin, bu görüntülere ne diyiceksin?"

"...Seda Abla bu adam beni komşumla aldattı. Yetmedi yengemle aldattı. Hızını alamadı dayıma da yürüdü. Allah belasını versin bu adamın. Yeni taliplerimi aramaya geldim. Otuz iki yaşımdayım, bir erkekten beklentilerim..."

"Pardon, yanlış kanal. Şu muydu?"

"-Hadımköy'de silahlı çatışma...

-Tamam Aylin olay yerine yakınız, bas Ali bas.

-Abi Hadımköy diyorum ya, nasıl yakın olabilirsiniz Hadımköy'e? Adamlar kolpa çıktı Rıza Baba. Mesai saatinde gezip tozuyolar diyim bak. Hadımköy diyorum yakınız diyo. Kesin Selimpaşa'ya yüzmeğe gitti bunlar."

"Kim oynadı lan bu televizyonun ayarıyla?"

"Ben bi' alabilir miyim kumandayı?"

"Bozmayasın?"

"Kumandayla televizyonu nasıl bozabilirim acaba? Gelmişin 100 yaşında adam sen bozmuyosun da ben mi bozucam... Ne diyo burda, kanal arama... Bu diyil... 35 tane tuş var hangisi ne anlamıyorum ki? Sonradan kumanda taktırılmış tüplü televizyon neyine yetmiyo acaba senin? Heh bak eyçdiemay 2 diyo, onu eyçdiemay 1'e getirsek?"

"Heh oldu, süper. Nasıl yaptın?"

"Şu ya, şunu gondikliyosun, burdan da şunu cıfcıfladın mı tamamdır."

"Sağ ol, karıştırmış hergeleler."

"Yalnız bi' şey sorcam o ekrandaki Leyla mı?"

"Leyla ya. Yanındaki de Arda."

"Yuh arkadaş. İnsan kendi öz oğlunu takip ettirir mi ya? Adam kamera takmış resmen oğlunun peşine."

"Big brother is watching you!"

"Nasıl?"

"Sen burda o kadar da kötü durumda diyilim derken, elin oğlu yani benim oğlum Leyla'yı götürüyo haberin yok diyorum."

"Bu acıttı yalnız."

"Gerçekler acıtır, kanatır, öldürmeden mezara sokar adamı. Gerçeklerle yetinme delikanlı, hep daha fazlasını iste. Unutma, ben sana yardım etmek için burdayım. Çok kısa bi' zaman içinde Leyla'nın senden etkilenmesini sağlıycaz."

"İyi de nasıl? Ben her şeyi yaptım. Sırf tarihe meraklı diye nerdeyse İstanbul'un tüm tarihi yerlerini dolaştık beraber. Surların tepesinde elimi bile tuttu bu kız benim."

"Bravo delikanlı. Bir kızın en iyi arkadaşı olma yolunda epey yol kat etmişsin. Pek çok genç düşer bu hataya. Sevdiği kıza yakın olursa işlerin kolaylaşacağını düşünür. Cesaretini toplayıp hayatının konuşmasını yaptığındaysa iş işten geçmiştir. 'Ama ben seni arkadaşım olarak görüyorum' lafıyla başlamadan biten nice ilişkiler vardır delikanlı."

"Orda kadın sesi çıkarmaya çalışmayaydın iyiydi biliyo musun? Çok güzel gidiyodu ama hiç ciddiye alamadım ki ben şu an. Ne yapmam gerekiyo peki?"

"Öncelikle şu kokudan kurtarmak lazım seni. Ne biçim

kokuyosun sen böyle ya? Burnumdan nefes almamaya çalışıyorum geldiğinden beri."

"Piiiğ! E çöp poşetini de getirmiş bunlar. Getirmiş bi' de baş köşeye koymuşlar. Çöp poşetiyle adam mı kaçırılırmış? Kapının önüne bırakalım şöyle de alırlar herhalde. Kapıcın vardır de mi?"

"Neyse gel bakalım delikanlı gel. Otur da planımı anlatıyım."

Denize düşen yılana sarılırmış ya hani. Öyle sarıldım ben de Arda'nın babasına. Sarıldım ve beni Leyla'ya götürmesini bekledim. Ona güvenmekten başka çarem yoktu. Babana bile güvenmeyeceksin dedikleri bu devirde ben tuttum başkasının babasına güvendim. Zaten insan dediğin yediği her kazıktan sonra "Yok abi bundan sonra kimseye güvenmem ben," deyip de her seferinde kazık yemeye devam eden bir canlı türüdür. Anayasada yeri yok mu bunun?

"Güven, herkesin hakkı ve ödevidir.
Kimse, insanların güvenini suistimal edemez.
Güveni suistimal edilen herkes, yetkili makama geciktirilmeden başvurma imkânının sağlanmasını isteme hakkına sahiptir."

"Dediklerimi anladın mı?"

"Pardon ya, dinleyemedim. Anayasa yazıyodum da o sırada."

"Senle işimiz epey zor be delikanlı... Dış görünüş diyorum, önemlidir. Kılığına kıyafetine çekidüzen vermemiz gerek," dedi ve kendimi koca bir mağazanın soyunma kabininde buldum.

Hayatımda ilk defa soyunma kabinine de girmiş oldum böylece. Bizde kıyafet alışverişini annem halleder. Gömlek üstümüze olmazsa gidip değiştirilir, pantolon uzun gelirse götürüp terzide paçaları yaptırılır. Ben daha üstüme tam olan pantolon görmedim zaten. İlla bir terzinin elinden geçecek.

Çok tuhaf paçalı pantolonlar giydim ama şu an üstümdeki bir başka. Paça yok resmen. Sadece pantolon da değil, üstümdekilerde komple bir yanlışlık var. Kabinden dışarı attım hemen kendimi.

"Biraz şey oldu bunlar sanki..."

"Muhteşem. Tam istediğim gibi."

"İstediğin mi gibi? Arkadaş altımdaki pantolonun paçası yok. Şort mu pantolon mu belli değil. Yere batsın böyle moda. Ceketin kolları katlanmış, içimdeki tişört defolu galiba yırtık her yanı. Bağrım açıkta kaldı. Göbeğim görüncek nerdeyse. Annem bunla sokağa salmaz ki beni. Atlet giymeyince bi' dünya laf ediyo kadın. Ayrıca bileğimde niçin boncuk var benim? Araba vitesine sarılı tespih gibi. Ayakkabıların rengine hiç girmiyorum bile, çünkü ne renk olduğunu da bilmiyorum bunun."

"Vişne çürüğü."

"Al işte. Götünden renk uydurdu adam."

Ne kadar dil döktüysem dinletemedim. Stilist dediği sakallıya bir tomar para verip çıktık mağazadan. O paraya tüm mahalleye bayramlık takım elbise diktirirdik diyecek oldum da diyemedim.

"Ben şimdi bu kılıkta Leyla'nın karşısına mı çıkıcam?"

"Şimdi Leyla'nın okuluna gidicez. Okul çıkışı sanki o an ordan geçiyomuşsun gibi davranıcaksın. Umursamaz bi' tavır takıncaksın. Bırak o senin peşinden koşsun. Unutma delikanlı, kaçan kovalanır."

Okulun önünde Leyla'nın çıkmasını bekledim. Gelen geçen herkes bana bakıyormuş gibi hissettim. Göğsüme göğsüme yedim rüzgârı. Hasta olmasak bari. Leyla çıktı. En umursamaz, en havalı tavrımı takındım ve ona doğru yürümeye başladım. Yanımdan geçti ama beni fark etmedi. Yan sokaktan dolaşıp tekrar önüne çıktım. Yine görmedi. Böyle bir şey nasıl fark edilmez ya? Ben şahsen bu kılıkta birini görsem "Bu ne lan böyle?" diye döner bakarım.

"Mecnun?"

"Leyla?"

Ohh sonunda fark etti.

"N'apıyosun sen burda?"

"Hiç ya bi' işim vardı da bu tarafta. Ne iyi oldu karşılaşmamız, ne tesadüf böyle?"

"E ikidir önümden geçiyosun?"

Haydaaa!

"Fark ettin mi sen beni ya?"

"Fark edilmiycek gibi diyilsin ki be Mecnun. Bu ne kılık böyle?"

"Hiç mi olmamış ya? Üşüyo da insan biliyo musun?"

"Onu bunu bırak da söyle bakalım, niye geldin ve niye görmezden geliyosun beni?"

Bu kız bana fazla ya. Resmen oynuyor benimle.

"Hakkaten işim vardı ya görmedim seni. 17 numarayı arıyorum bulamadım bi' türlü. Ne tarafta kalıyo biliyo musun sen?"

"Şurası işte."

"Ohh be! Var ya sabahtan beri kaçıncı geçişim şurdan. Yana yakıla burayı arıyodum ben de."

"Erotic Shop'u?"

Allah belanı versin 17 numara. Sokak arasına erotic shop açmak nedir ya? Salyangoz sataydın daha iyiydi.

"Erotic shop mu olmuş ya burası? Nalbur diyil miydi burası eskiden? Perdeleri taktıktan sonra bi' şey geçirirsin ya hani çıkmasın diye. Brit miydi stop muydu neydi o? Annem gaste kâğıdı sıkıştırmayalım git al şundan dedi de o sebepten nalbur arıyodum."

Güzel toparladım bence. Neyse plana sadık kalıyoruz. Ne demişti ihtiyar, "Unutma, kaçan kovalanır."

"İyi bakalım. Şey, sabah için kusura bakma. Bekledim aslında seni ama Arda okula gitmeden önce konuşabilir miyiz dedi. Çok önemli olduğunu söyleyince hayır diyemed... Mecnun? Mecnun nereye?"

Ciğerlerimi parçalarcasına koşmaya başladım. Son yüzlüğe girmiş safkan Arap atı gibi koşmaya başladım. 90'ların Mirkelam'ı gibi koşuyordum. Arda'nın babasının yanına geldiğimde soluk soluğa olan biteni anlattım.

"...Sonra işte kaçmaya başladım ben. Kovalayıp kovalamadığını göremedim bile. Tur bindirdim resmen. Nasıl hızlı kaçtıysam artık. Huuuhhh! Dalağım şişti ha..."

"Geri zekâlı! Sen bu yaşa kadar nasıl gelebildin ya?"

"Babam da hep aynı şeyi merak eder biliyo musun? Bi' türlü bulamadı o da cevabını."

"Seninle ucu açık konuşmalar yapmamak gerek anlaşıldı. Bak delikanlı, Leyla'yla dışarı çıktığın zaman onun ağzının içine düşme. Çok konuşma. Bırak o anlatsın. İyi bi' dinleyici ol. Sakın ha dinlerken de başka bi' şeyle uğraşma. Telefonunla filan oynama yani kızın karşısında."

"Bu telefonun neyiyle oynıycam ya? Yılan var bi' tek içinde. Leyla'nın yanında da yılan oynıycak diyilim herhalde. Konsantre olamam ki oyuna."

"Mesajlarına filan da bakma."

"Kimse mesaj atmaz ki bana. Bi' durum olursa ararlar. Aloalo, başka bi' şey için kullanmam ben telefonu."

"Neyse ne işte tamam anladık uzatma. Telefonunla ilgilenme o kadar."

Kafe

Bu Chai Tea Latte denen şey şahaneymiş yalnız. Ne var ki bunun içinde acaba? Tarçın tadı alıyorum hafiften ama? Ben hep içerim ki bundan. Dur bir Leyla konuşuyor, ona odaklanmam lazım. Konuş Leyla.

"..."

Konuşmuyor. Niye susuyor ki bu şimdi? Meraklı gözlerle baktığına göre kesin bir şey sordu. Al işte yine kaçırdık. Zamanlı zamansız dalıp gitmelerim ne olacak benim böyle ya? Bir şey söylemem lazım. Kız cevap bekliyor belli ki. Bir şey söyle, bir şey söyle.

"Yooğ."

"Mecnun, sen pek iyi diyilsin galiba?"

"İyiyim ya sen devam et. Dinliyorum ben."

"Peki. Sabah diyorum, eğer gitmes..."

♬♫♩♪♪ *Hadi gel köyümüze geri dönelim, Fadime'nin düğününde halay çekelim.* ♬♫♩♪♪

"Mecnun?"

"Efendim?"

"Telefonun çalıyo?"

"Bırak ya çalsın, çalar çalar durur o."

♬♫♩♪♪ *Ne ümitle geldik koca şehire, Allah sonumuzu hayır getire, alacakları haciz koymuş Bekir'e aboooo! Hadi gel köyümüze...* ♬♫

"Önemli galiba bak istersen?"

"Şu andan daha önemli ne olabilir ya boşver anın tadını çıkaralım biz."

♬♫♩♪♪ *Buralarda ağaçları kesmişler, yerlerine taş duvarlar dikmişler, sevdiğimi başkasına vermişleeer aboooo! Hadi gel kö...* ♬♫♩♪♪

"Ben şuna bakiyim en iyisi... Efendim anne? N'olsun anne oturuyoruz öyle... Arkadaşımla anne, sana ne ya? Sayende bütün kafe bana bakıyo şu an, söyle ne söyleyeceksen... Pazar mı? Ne pazarı ya... Sırası mı şimdi gözünü seviyim anne... Tamam ne lazımsa söyle alırım ben gelirken... Evet... Çiftlikte gezen tavuk yumurtası... Yaylada otlamış manda yoğurdu... Keçi peyniri... Keçi normal keçi herhalde... N'apıyon anne sen ölümsüzlüğün peşinde misin amacın nedir? Kapat tamam gelirken alırım ben kapat..."

***

"Annem ısrarla çaldırınca kapatamadım da tabii."

"Sen de telefona başka melodi mi bulamadın be delikanlı?"

"Polifonikti eskiden. Yılan Hikâyesi'nin müziği çalıyodu ama bunda şarkıyı melodi olarak kullanabilme özelliğini görünce yapıştırdım ben de n'apıyım? Tahtakale'den aldım. 75 lira. Kaçak da diyil ha."

"Ne anlatıyosun sen ya? Bırak şimdi bunları. Leyla'nın yanına git ve eğlenceli biri gibi davran. Kadınlar kendilerini güldürebilen erkeklerden hoşlanırlar. Çünkü onları zeki bulurlar. Şimdi git ve Leyla'yı güldür. Ufak bi' zekâ pırıltısı gösterebilsen bile yeter."

***

"Mecnun? Telefonla konuşmak için kalktın yoksun yarım saattir ortalıkta. N'oluyo neye gülüyosun sen?"

"Ayh ya. Aklıma bi' fıkra geldi de."

"Ne fıkrası?"

"Hoca bi' gün oturuyo evde. Hanım geliyo yanına. Diyo ki 'Hoca hoca akşama misafir var.' Hoca da diyo 'Ne misafiri ya pazar pazar,' diyo, 'nerden çıktı şimdi' gibisine söyleniyo böyle. Karısı da diyo 'Hoca yemek yapıcam tencere yok, kalk git tencere al,' diyo. Neyse... Gidiyo tabii hoca çaresiz ama her yer kapalı. Eli boş dönmek de olmaz eve. Komşusuna gidiyo. Çalıyo kapıyı. Adam açıyo oo hoca n'aber filan iyidir sende ne var ne yok bro filan konuşuyolar böyle. Diyo ki akşama diyo misafir gelcekmiş bize, tencere lazım diyo. Komşu diyo kim geliyo hayırdır diyo. Sana ne diyo hoca atarlanıyo bi' inceden ama muhtaç da tabii komşuya. Tencere lazım sonuçta. Hanımın akrabaları ya diyo ama diyo tencere yok diyo evde, sen bi' tencere versene diyo. Komşu başta bi' mırın kırın ediyo vermek istemiyo sonra çaresiz içerden eski bi' kazan getiriyo hocaya. Hoca diyo bu ne diyo ya, ayıp lan diyo bunu mu layık gördün diyo. Lan demiyo da tabii. Hoca adam lanlı lunlu konuşmaz. Onu ben ekledim. Yok mu bi' düdüklü, teflon tava filan da olur. Yok diyo komşusu. Allah senin belanı vermesin pis cimri herif diyo ama içinden söylüyo tabii. Neyse, alıyo kazanı gidiyo eve. Hanım kazanı görünce aman hoca bu ne diyo. Kazan diyo. Karısı diyo ben bunda ne yemeği yapıcam. Hoca diyo yahni yap. Net adam çünkü hoca. Ne istediğini biliyo sonuçta. Neyse efenime söyliyim akşam oluyo misafirler geliyooo. Yemekler yeniyo filan kahvelere geçiliyo. Arsa mevzuu açılıyo. Hanımın babasından bi' arsa kalmış zamanında. Onun peşine düşmüş meğer akrabaları. Kimi diyo satalım kimi diyo yok değerlenir oralar bekleyelim filan. Bi' kargaşa hır gür derken kavga çıkıyo. Hoca komşunun kazanıyla dalıyo bunlara. Ertesi gün kazanı götürüyo komşusuna. Yamulmuş tabii kazan. Komşu diyo hoca n'aptın içine sıçmışın bunun diyo. Hoca diyo vay efendim sen benimle ne biçim konuşuyosun, nimet pişiyo onun içinde deyyus deyip kazanı bunun kafasına geçirmesiyle beraber her taraf kan revan tabii. Kafası yarılıyo adamın. Hoca diyo dur ben bi' bakıyım şu yaraya diyo. Bırak diyo komşusu. Yok diyo bakıcam. Bakma diyo bakcam diyo..."

***

"Yoo yoo diye diye rep yaptım kızın karşısında resmen. Hiç beceremedim ki ben bu güldürme işini. İyi girdim aslında ama unuttum fıkranın sonunu."

"Ah be delikanlı uzatmış da uzatmışsın. Daha kısa bi' fıkra

bulamadın mı?"

"Buldum da kızın suratına baka baka 'Reisin takası gelmiş,' dedim ya. Zaten bu fıkra meselesinden oldum olası hiç haz etmem. Anlatmayı bırak, dinlerken bile nerde gülceğimi şaşırmıyım diye geriliyorum ben."

"Aşk bi' dengesizlik işi. Dengede olma, inişlerin çıkışların olsun desek kızla konuşurken bi' yandan da kafenin ortasına sıçcaktın herhalde. Anlaşıldı. Bu böyle olmıycak. Seninle bu şekilde ilerlemeye çalışmak vakit kaybı. En son söylememiz gerekeni en başta söyliycez."

"N'apıcaz yani?"

Kasasından bir kutu çıkardı. Kutuyu açtığında gözlerim kamaştı içindeki yüzüğün ışıltısından.

"Bu tek taş yüzüğü Leyla'ya vericeksin. Ancak 'Uzat bakıyım parmağını, hoop hadi iyisin çakal kaptın yüzüğü,' demenden korktuğum için benim direktiflerimi takip edicek-sin. Akşam için Leyla'yı yemeğe davet et. İstanbul'un en güzel restoranından yer ayarlıycam sizin için. Ve neler yapman gerektiğini yazıp vercem sana. Bu akşam bu iş bitecek. Unutma, yazdıklarıma harfiyen uyacaksın."

Yüzük kutusunu ve üzerine bir şeyler yazdığı kâğıdı verdi bana. Doktorun hastasına davrandığı gibi sabırlı ve özenli davrandı. Reçetemi elime verip yolladı. Bu andan sonra elimdeki bu reçete benim her şeyim. Hayatım buna bağlı. Harfiyen uymazsam hayatımı kaybederim. Ki keşke öyle olsa. Leyla'yı kaybetmekten daha kolay olurdu böylesi. Yazdıklarına baktım. Çatal-bıçak tutuşumdan vereceğim siparişe, Leyla'ya söyleyeceklerimden elimi, kolumu nasıl kullanmam gerektiğine kadar ne varsa açık açık yazmıştı. Olur da yazdıklarını anlayamam diye kimi şeyleri çizerek tarif etmişti. Leyla'yı akşam yemeğine davet ettim, olur dedi. Eve geçtim. Kimse yoktu. Odama çıktım ve uzun süre sessizliği dinledim. İnsanın kendine yapacağı en büyük kötülük kafasını dinlemek. Kendimden biliyorum. Uzun süredir yaptığım tek şey, kafamı dinlemek. Susmuyor bir türlü. Hiçbir şey düşünmeden boş gözlerini tavana dikmek insan için gerçek bir hazine. Gözlerim kapandı. Uyku ile uyanıklık arasında bir yerde sıkışıp kaldım. Kalkmak isteyip kalkamıyorum, uyumak isteyip uyuyamıyorum. Sessizlik koyu bir sis gibi kaplamışken etrafı, kulağımda birtakım sesler çınladı. Devasa bir gemi belli belirsiz görünüp kayboldu sislerin arasından:

"Unutma, hepsi sadece bir rüya.
Hatırla, daha önce yaşadıklarını hatırla.
Uyuma, yoksa kabul olmayacak ettiğin dua..."

Sisler dağıldığında etrafta hiçbir şey olmadığını fark ettim. Gökyüzünden aşağı düşüyordum son hızla. Çığlık atmak istiyordum ama ağzımı açamıyordum. Elimi kolumu hareket ettiremeden düşmeye devam ettim. Tenime değen rüzgârı hissedebiliyordum. Tanıdık bir kokusu vardı rüzgârın. Ben düşerken sanki bana sarılmak istiyor, düşmeme engel olmaya çalışıyor ama başaramıyordu, konuşmak istiyor ama beceremiyordu. Yere çakılmadan uyandım. Çığlık atarak, kan ter içinde, nefes nefese filan da değil. Sadece gözlerimi açtım. Doğruldum. Gün kararmış, akşam olmuştu. Hâlâ kimse yoktu evde. Yüzümü yıkadım. Üstüme başıma çekidüzen verdim. Kapıya çıktım. Kapıda duran büyük siyah Vito aracın kapısı açıldı. Sorgulamadan bindim araca. Ben hiçbir şey demedim, şoför de dönüp arkasına bile bakmadı. Leyla'nın kapısına geldik. Leyla dışarı çıkınca kapı yine açıldı kendiliğinden. Şoför mü bir şeye basıyor oradan yoksa sensörlü mü bu kapı diye düşündüm. Leyla'yı görünce tüm boş düşünceler bir anda silindi.

"Mecnun, ne bu böyle özel araçlar filan?"

"Senin için Leyla, beğenmedin mi yoksa?"

"Beğenmemek gibi diyil de ne biliyim, havalimanından Arap turist toplamaya gelir gibi çekmişin Vito'yu altına. Taksiyle gideriz sanıyodum."

"Çok yazar taksi ya. Bu arada çok güzel olmuşsun."

"Şey... Teşekkürler... Eee nereye gidiyoruz?"

"Seninle dünyanın öbür ucuna gitmek isterdim Leyla. Beraber Kuzey Işıkları'nı izleyelim isterdim mesela. Gerçi o büyülü ışıklar bile kıskanırdı senin güzelliğini."

İki parmağımla gözünün üstüne düşen saçlarını alıp kulağının arkasına iliştirdim. Çok şey söylemek istedim ama konuşmadan sessizce bekledim. Kâğıtta ne yazıyorsa onları yapmaya devam ettim. Araç restoranın önünde durdu, yine kapı açıldı. Önce Leyla indi, ardından da ben. Şoföre para vermek gerekir mi acaba demeye kalmadan araç kapısını kapayarak uzaklaştı. Önümüzde serili kırmızı halıyı takip ettik. Kapıdaki elemana "Bizim rezervasyonumuz olcaktı abi," diyemeden adam, "Hoş geldiniz Mecnun Bey," dedi. Masamıza kadar bize eşlik etti. Leyla'nın sandalyesini tuttum, ardından ben de oturdum. Masaya üzüm geldi. Önce kokladım, sonra tadına baktım. Leyla da beğenince birer salkım üzüm bıraktılar.

"Trio nasıl beğendin mi?"

"Muhteşem çalıyolar. Sık gelir misin buraya?"

"Sadece özel günlerde."

"Özel günler derken? Dini ve milli bayramlar dâhil mi?"

"..."

Elektrikçi

"Selamün aleyküm ustam. Şuna bi' bakabiliceğniz mi ya?"

"Bakalım tabii abla, nesi var?"

"Kilitlendi kaldı birden."

"Yapma ya. Aşırı yükleme mi yaptınız?"

"Bilmiyorum ki. Bi' şaka yapiyim dedim, sonuç bu."

"Kaldıramadıysa tabii. Bu modeller şaka kaldıramayabiliyor?"

"Alıngan oluyolar yani?"

"Yok yok gerçekten kaldıramıyolar. Kapasitesi yetmeyebiliyo bazısının. Anlamıyo şakayı. N'apacağını bilemeyince donup kalıyo. Düzeltmeye çalıştınız mı?"

"Bi'-iki kafasına vurdum. Kulağından üfledim filan ama tepki vermedi?"

"Sorun büyük belli ki."

"E n'apcaz peki?"

"Dilerseniz bi' üst modellerinden var elimde."

"Yok ya daha flörtü bitmedi bunun. Sıfır ürün diye aldık elimizde kaldı resmen."

"Uzun süre kullanılmayınca bu tür hatalar normaldir. Siz bırakın ben bu akşam kurcalarım. Yarına daha sağlıklı bilgi veririm size."

***

"Kurcalatmam ben kendimiii!"

"N'oluyo Mecnun? Ne bağırıyosun? Sen niye tuhafsın böyle bugün, iyi misin?"

Nasıl iyi olabilirim ki? Bir cebimde yüzüğün ağırlığı diğer cebimde kullanım kılavuzu var. Kâğıdı çıkarttım cebimden, masanın altından gizlice ne cevap vermem gerektiğine baktım.

"Özür dilerim Leyla. Başımı döndürüyorsun, elimde değil."

Sınavlarda çektiğim kopyalar geldi aklıma. Sınavdan bir gece evvel küçük kâğıt parçalarına çıkabilecek soruların cevaplarını yazar, ceplerime doldururdum. Sınavda da cebimden çıkarır sınav kâğıdına geçirirdim orada yazanları. Bazen soruyla alakası olmazdı yazdığım cevabın. Yine de yazardım. Yanlış olduğunu bile bile yazardım. Leyla'yla konuşurken de aynı şeyleri hissettim. Bir yanlışlık var bu işte. Matematik dersi değil ki bu kız. Ayrıca hayat gerçekten bu kadar kolay olabilir mi? Birkaç kâğıt parçası insanı hayallerine kavuşturabilir mi? Burada yazılanlara ihtiyacım yok benim. Gerçek bir vasatlığı sahte bir mükemmelliğe tercih ederim. Bir şeyin sevilmesi için kusursuz olması gerekmez. Tom Waits'in sesi, Rıza Çalımbay'ın futbolu, eski Yeşilçam filmleriyim ben. Beni bir kâğıt parçasına sıkıştıramazsınız. Burada yazanlardan çok daha fazlasıyım ulan ben. Kâğıtları paramparça ettim, yırtıp attım masanın altına.

"Merak etme Leyla. Şimdi çok daha iyiyim. En azından kendimdeyim. Bundan sonra bana yakışanı yapacak ve kendim gibi davranıcam... Garsooooon!"

"Hoooop!"

Hop mu? İsmail Abi? E İsmail Abi bu. El sallıyor bi' de oradan. Bunun ne işi var ki burada?

"Ooo hoş geldiniz Mecnun. Naber Leyloş?"

"İyi İsmail, hayırdır garsonluğa mı başladın?"

"N'apıcan işte ekmek parası. Ama tam da bu iş için yaratılmışım meğersem. Ben de bilmiyodum aslında. Demek ki hep eskiden beri garsonmuşuz biz."

Bok vardı artistlik yaptım yırtıp parçaladım kâğıtları. Arşa çıkardığım özgüvenim İsmail Abi sayesinde yine yerlerdeydi. Özgüvenim gibi ben de yere kapandım. Masanın altına eğilmiş yırtık kâğıt parçalarını birleştirmeye çalıştım.

"N'apıyosun oğlum sen orda? Bi' çık... Ne yaptırıyım size? Bana bak Mecnun her şey kazık burda, personel yemeği çıkıyo bize ondan getirem mi birer tabak?"

"Biz bi' menü alabilir miyiz lütfen?"

"Hâlâ menü diyo ya? Oğlum kazık diyom kazık, alma menü. Personel yemeği getiriyim işte. Pilav üstü tavuk döner var Mecnun. Mis gibi parmaklarını yers..."

"İşinize bakar mısınız rica etsem İsmail Bey?"

"Bey mi?"

İsmail Abi alt dudağını büzüp uzaklaştı masadan. Bu dünyada insan en çok sevdiklerini üzüyor.

"Mecnun niye öyle davrandın adama?"

"Baksana tavuk döner diyo ya, tavuk döner yiycek olsak burda işimiz ne? Erdal Bakkal'a giderdik."

"..."

"Leyla... Ben çok gerginim. Seninle burda baş başa olalım istedim. Çünkü sana söylemek istediğim bi' şeyler var. Her şey çok ani gelişti aslında. Hani gol için yüklenirsin de rakip topu kapıp kontratağa kalkar ya. Heh işte o kontrayı yiyen takımın kalecisiyim ben şu anda. 'Allah'ını seven defansa gelsin,' diye bağırasım geliyo. Hem bak cebimde senin için..."

"Mecnun..."

"Bi' saniye Leyla iyi gidiyorum girme araya. Bu kutuda senin için bi' yü..."

"Mecnun, İskender Amca diyil mi o arka masadaki?"

"Bakıyım, evet o... Ne diyodum, heh bu yüzü... Baba?"

"Karşısında oturan kadın kim peki?"

"Aşüfte. Babam başka kadınlarla fingirdiyo Leyla."

"Aman canım hemen öyle bilip bilmeden alma insanların günahını... Hesap geldi kalkıyo galiba."

"Yediler içtiler kalkıyolar tabii. Kimbilir hangi otele gitçekler şimdi?"

"Mecnun! Hem babana hem de tanımadığın kadına ayıp

ediyosu... Kadın anahtar mı verdi İskender Amca'ya?"

"Al işte bak gördün mü? Evin anahtarını verdi kadın."

"Bu kadarını ben de beklemiyodum doğrusu."

"Oyyy! Babam rızkımızı karılarla kızlarla yiyo yetişin a komşular. Çeyiz paramla kadınların koynuna giriyo koca adam ne edem ben komşular?"

"Tamam Mecnun bu kadar dramatize etme. Sakin ol."

"N'apıyo o ya? Bak gitti İsmail Abi'yle konuşuyo. O da işin içinde. Abi dedik sana, yapılır mı bu kardeşine ya? Babama lojistik destek sağlamış adam. A ha tuvalete gitti. Masaya gidip kadına bi' çift söz söylemezsem duramam."

"Mecnun, annen?"

"Annem olsa iki çift sözle bırakmaz ağzını yırtardı bu kadının."

"Geçmiş olsun madem, annen geliyo."

"Annem mi geliyo? Onun ne işi var burda ya? Erdal Abi'yle Nurten Abla da yanında. Arkadaş şurda kıza duygularımızı açıcaz, yüzük takıcaktım belki de ben bu kıza ya. İşlerin geldiği hale bak."

"Bana mı bi' şey diyosun Mecnun?"

"Yok ya, senlik bi' durum yok. Kendi kendime söyleniyodum."

"Söylenmeyi bırakıp bi' şeyler yapman lazım bence. Zira annenler kadının yan masasına oturdular şu anda. İskender Amca gelince neler olacak tahmin bile edemiyorum."

"Doğru söylüyosun. Ben ailemi kurtarıp geliyorum hemen Leyla."

Öyle havalı kalktım ki masadan, sanırsın telefon kulübesinde üzerimdeki takım elbiseden kurtulup don paça uçarak dünyayı kurtaracağım. Tuvalete girdiğimde babam prezervatif otomatının yanında cüzdanını karıştırıyordu.

"Mecnun?"

"Tane mi alıyon paket mi müdür?"

"Müdür derken?"

"Baba demeye içim elvermedi. Bi' çocuk için bundan daha travmatik bi' şey olabilir mi acaba ya? Babanın restoran tuvaletindeki prezervatif otomatından prezervatif alıyo olması nasıl bi' duygudur bilir misin sen?"

"Ne saçmalıyorsun oğlum sen, para sayıyorum görmüyo musun?"

"Çok iyi görüyorum müdür. Bi' de para karşılığı fingirdiyon kadınla he mi?"

"Fingirdeme filan yok bilip bilmeden konuşma oğlum. Beni mi takip ediyon sen, ne işin var burda?"

"Bembeyaz hayallerle geldim ben buraya ama dünyamı kararttın helal olsun be baba."

"İskender Abi?"

"İsmail, çıktı mı bi' şeyler?"

"70 lira var, kimse bahşiş bırakmıyo ki doğru düzgün."

"Vay be. Yazıklar olsun be. Sen de çanak tutuyon bu fingirdemeye he mi İsmail Abi?"

"Oğlum bi' dur. Var mı sende üç-beş bi' şey?"

"Yuh artık. Senin ar damarın çatlamış baba. Çatlamak da diyil hatta almışlar senin ar damarını yerine cevizli sucuk koymuşlar. Bu ne genişliktir ama ya!"

"Lan oğlum zaten zor durumdayım ne anlatıyosun sen? Ne diyo bu böyle İsmail?"

"Kim?"

"Ooo! Ne yaptın sen İsmail'e?"

"Bi' şey yapmadım ya, ne yapıcam?"

"Ne yaptı İsmail?"

"Bey dedi bana İskender Abi."

"Bey mi? Ulan karım bile bey demiyo bana. İnsan arkadaşına bey der mi hiç hayvan herif."

"Olayın ciddiyetinin farkında diyilsin şu an ama annem yakında sana sadece 'Bu ay nafakayı yatırdın mı?' diyicek."

"Lan oğlum masada oturan o kadın pavyonda çalışıyo. Bi' dur da dinle be."

"Ohh sen geceleri taksiye çıkıyorum diye pavyonlarda ez paraları."

"Mecnun bak çıldırtma beni. Anlatıyoruz dinlesene lan. Kadın pavyonda sahne alıyo. Gecenin bi' vakti çıkıyo işten. İti var uğursuzu var diye özel şoför arıyomuş. Onun için görüşmeye geldim amma büyüttün ha."

"E verdiği anahtar?"

"Arabasının anahtarı."

"Neyse artık ben bilmem, annem dışarda nasılsa ona anlatırsın bunları."

"Annen mi?"

"Heğ İskender Abi ben de onu diycektim sana. Pakize Yenge geldi."

"Sebep?"

"İskender?"

"Erdal?"

"Mecnun?"

"Erdal Abi?"

"İsmail?"

"Şimbilli?"

"Ördek yokmuş."

"Ne ördeği?"

"Portakallı Pekin ördeği."

"Pekin Erdal Abi ben ne yapabilirim senin için şu an? Ördek mi avlıyım geliyim ne istiyosun benden?"

"Erdaaal Erdaaal! En ihtiyacın olduğu anda telefonunun şarjı bitsin Erdal."

"Bataryası patlayasıca pis şimbilli be. Ördek de ördek virvir vir virvirvir. Bi' sus adamı görmüyo musun çaresiz durumda şu an."

"N'oldu ki?"

"Ne işin var senin burda Erdal?"

"Nurten'le evlilik yıldönümümüz bugün."

"Ooo tebrik ederim Erdal Abi. Duyduk geldik hayırlı olsun. Öpiyim."

"Sağ ol muck, Mecnuncum muck... Darısı başına artık."

"İzin verseniz olcak da işte."

"Bi' durun kaynamayın hemen bi' şey konuşuyoruz şurda. Pakize niye sizinle beraber Erdal?"

"O çıkardı bizi yemeğe. Ben yoksa böyle bi' yere gelir miyim kafayı mı yedim? Sağ olsun o ödüyo parasını. Melaike gibi karın var valla İskender."

"Deme deme öyle deme. Gitme üstüne."

"Niye n'oldu ki?"

"Yan masada oturan kadın var ya."

"Evet."

"Onla... İskender Abi..."

"..."

"Erdal! Sırıtma Erdal!"

"Çapkiiin!"

"O ağzının yüzünün aldığı hâl ne öyle? Yakışıyo mu koca adama?"

"Yapma Erdal Abi, kızıyo bak."

"Pakizeğ evdeğ keğndisiğ âlemlerdeğ İsmağil."

"Deme bak yapma asdfghjkajsklf."

"Random mu güldün sen İsmail?"

"Gülmedim valla gülmedim, taam Erdal Abi yeter sen de uzatma. Zor durumda şu an İskender Abi. Hesabı ödeyemiyo, para lazım. Var mı send..."

"Arkadaşım çekilir misiniz? Tuvaleti kullanmaya geldim ben. Altımıza mı işeyelim? Destur."

"Parayı duydu ya eli ayağına dolandı bak."

"Erdal Abi."

"Efendim Mecnun?"

"Paçama işiyosun abi."

"Pardon."

"Nasıl olabiliyo bu ya? Ben buraya kıza duygularımı açmak için geliyorum. Belki evlenme teklif edicem kıza, cebimde yüzükle geliyorum ama işlerin geldiği hale bak. Dört adam restoranın tuvaletini mahalle kahvesine çevirdik, ayrıca hâlâ paçama işiyosun Erdal Abi."

"Nereden çaldın o yüzüğü?"

"Abi çalma malma yok."

"Tabii ya. Dünün yevmiyesiyle aldın di mi lan? Bi' de diyo ki hiç iş çıkmadı dün. Gitmiş yüzük almış tüm parayla."

"Yok İskender Abi dün çalışmadı ki. İstanbul turu yaptık dün beraber."

"Bak seeen."

"İsmail Abi. O konuya girmezsek şimdi."

"Ulan altına taksi veriyorum, al git çalış diyorum sen gezip tozuyosun. Bi' de utanmadan evlilik teklif etcem diyo. İşin yok gücün yok hangi kız varır sana?"

"Baban haklı Mecnun. Sen o yüzüğü bana ver en iyisi."

"Niye veriyorum sana yüzüğü Erdal Abi?"

"Nurten Ablan'a evlilik yıldönümü için hediye almayı unuttum. Lafı geçince de aldım ama sürpriz, restorana gidince vericem dedim. Yol boyu da açık bi' yer göremedim ki yalandan bi' hediye alıyım hemen. Sen ver o yüzüğü bana bi' işe yarar en azından. Nasılsa kız hayır diyecek sana."

"Erdal Abi senin o bıyıklarına boncuk takiyim de kasap kapısına çevireyim o ağzını e mi. Bi' sus, çocuk gergin zaten. İsmail Bey dedi bana ya. Düşün ne halde şu an. Leyla'ya vercek o yüzüğü."

"Leyla? Hangi Leyla bu?"

"Şey ya... Sen tanımazs..."

"Metin Amca'nın kızı."

"Deme be. Bizi nezarete attıran Metin mi?"

"Bizi attırmadı baba, seni attırdı. Ayrıca bana ne Metin Amca'dan. Biz Leyla'yla birbirimizi... Yani en azından ben seviyorum Leyla'yı."

"..."

"Gel bakayım şöyle. Bana bak, çok mu seviyosun lan sen bu kızı?"

"Baba elini omzuma attın, gözleri kıstın, sesini de boğuklaştırdın, belli ki duygusal bi' baba-oğul konuşması yapma teşebbüsündesin. Ama inan hiç yeri diyil şu an. Dört adam tuvalleteyiz ve Erdal Abi hâlâ işiyo. Yuh artık ama Erdal Abi. Ne işedin be!"

"Sabah beri tutuyorum Mecnun n'apıyım."

"İsmaiiil!"

"Hooop!"

"Senin müşterilerle ilgilenmen gerekmiyo mu?"

"E ilgileniyorum işte. Bunlar da müşteri."

"Masalarla ilgilen hadi oyalanma burda. Müşteriler sipariş bekliyo hızlı biraz hızlı..."

"Benim içeri gitmem gerekiyo İskender Abi. N'apıyoruz şimdi?"

"Valla yapıcak bi' şey yok İsmail. Bu para çıkmıyor benden.

Kadına da ödetmek olmaz şimdi. Bulaşıkları yıkasam?"
"Bulaşık makinesi var abi burda."
"Yapma ya."
"Restorana hesabı bi' şekilde verirsin de anneme nasıl hesap vericen baba bence onu düşün sen."
"Madem öyle daha fazla vakit kaybetmenin mânâsı yok. Çıkalım delikanlı gibi sorunlarımızla yüzl... Heh bi' saniye ya, arka kapısı var mı buranın İsmail?"
"Yok İskender Abi."
"Hadi ya. Neyse, dediğim gibi çıkalım delikanlı gibi sorunlarımızla yüzl... Yangın çıkışı filan da mı yok İsmail, emin misin?"
"Eminim abi."
"E haydi o zaman n'apalım? Çıkalım delikanlı gibi sorunlarımızla yüzleşelim, buyurun."
"Dur baba! Benim bi' planım var."
"Aslanım benim. Nedir?"

***

"Senin yapacağın plana çöğdüriyim ben."
"Niçin ya?"
"Dört adam el ele halay çekerek n'apmaya çalışıyoruz oğlum? Amacı ne bu planın?"
"Sen iyisin yine İskender. Halay başısın sen. Ben n'apıyım kaldım ortada. Ben geçiyim mi başa?"
"Erdaaal Erdaaal! Bu Nurten seni nasıl boşamıyo ona şaşıyorum ben Erdal! Halay arkadaşı olarak bile çekilmiyosun hayat arkadaşı olarak iyi dayanıyo o kadın sana."
"Şşş sessiz olun."
"Herkes bize bakıyo Mecnun."
"Böyle böyle çıkıcaz kapıdan dayanın az kaldı."

"Mecnun?"

"Leyla sesleniyo."

"Bakma abi bakma. Bölme halayı."

"İskender?"

"A ha Pakize gördü beni."

"Bakma sakın baba bakma."

"Çok geç, baktım artık... Aaa Leyla masada. E kadın yok. N'oluyo orda ya?"

"Baba gitme dur, tuzak olabilir."

"İskender n'apıyosunuz öyle anacım siz restoranın ortasında?"

"Şey yapıyoruz biz, şey olunca tabii, tuvalette..."

"Erdal Abi'yle Nurten Abla'nın evlilik yıldönümü ya onu kutluyolar herhalde. Mecnun, ben Sabiha Hanım'ın işini hallettim. Vito'yla yolladım onu. Her gece 4'te alıncak işyerinden evine bırakılcak taksiyle."

"Ne zor işler var anacım kadın sabaha kadar itin kopuğun içinde. Ekmek derdi işte."

"Avans da bıraktı sağ olsun. Sana vereyim istersen ben bunu İskender Amca, Mecnun hesabını kitabını pek bilmez sende dursun."

"Sağ ol Leyla kızım."

"Ay ne düşünceli adamsın sen be İskender."

"Öyle miyim?"

"Ne güzel sürpriz yapmışsın Erdal'la Nurten'e. Hep bir arada güzel bi' yemek yiycez oh!"

"Oh valla. Hay yaşa be. Yiyelim valla. Paramız da var. İsmail..."

"Hemen İskender Abi. Oğlum donatın masayı."

"Lan? Ne donatması, şu masaları birleştirelim diyicektim ben."

"Hee taam taam hallederiz onu hemen."

Ağzım açık izledim her şeyi. Biz tuvalette çaresizce saçmalarken Leyla burada her şeyi düşünmüş. Kadının işini halledip göndermiş. Anneme sürpriz yapmak için geldiğimizi söylemiş. Olan bana oldu gerçi. Söyleyeceğim ne varsa içimde, tüm hevesim kursağımda kaldı. Yine de gecenin kalanı güzel geçti. Hep beraber oturup yedik içtik, sohbet ettik. İnsan en çok geçmişinden kaçıyor ama insanı en çok da geçmişi mutlu ediyor. Annemin her fırsatta anlattığı çocukluk anılarım bile güldürdü beni bu gece. Çünkü Leyla da güldü. Ne kadar kusurum varsa bu gece masadaydı ve Leyla hepsiyle tek tek ilgilendi. Yüz çevirmedi hiçbirine.

"E Erdal Abi, ne hediye aldın Nurten Abla'ya?"

"Şey aldım ya, sürpriz olduğu için, şey aslında, şu an..."

"Ah! Tekme mi attın sen bana Erdal?"

"Pardon İskender, Mecnun'u tepiklemeye çalışıyodum."

"Bırak Leylacım bırak, bugüne kadar hangi yıldönümümüzde hediye almış ki şimdi alsın?"

"Niye öyle diyosun Nurten. Aldım ya."

"Ne zaman aldın Erdal?"

"O parmağındaki yüzüğü kim aldı?"

"Evlilik yüzüğümüz bu Erdal."

"Tamam işte kim aldı oldu. Hayret bi' şey ya."

Babam aldığı tüm avansı kadife kaplı, işlemeli kutunun içinde gelen adisyonun üstüne bıraktı. Buna rağmen babam bile memnundu halinden. Öyle güzel bir geceydi ki hiçbir şey keyfimizi bozamazdı. Yedi kişi taksiye binmeye çalışırken bile gülüp eğleniyorduk. Babam şoför koltuğuna geçti. İsmail Abi ve ben ön koltuğa sığışmaya çalıştık.

"Az kay İsmail Abi."

"Nereye kayıyım daha vites koluna mı oturıyım Mecnun?"

Annem, Erdal Abi, Nurten Abla ve Leyla da arka koltuktaydı.

"Herkes tamam mı?"

"Tamam İskender tamam. Bunca yıllık karımın kucağına oturmak da varmış kaderde."

"Hadi Bismil... Bismil. Bis..."

***

"Yav İskender sen şu arabayı değiştirsen mi artık? Her seferinde aynı şeyi yapıyo."

"Ne zamandır yapmıyodu aslında ama çok kişi binince kaldıramadı herhalde."

"Kollarımı kaldıramıyorum ben de. Zaten akşama kadar çalıştım. Azcık ben oturayım mı direksiyona?"

"Çok konuşma da it İsmail."

"E itiyorum işte ben n'apıyorum?"

"Şu yokuşun ordan vurdurduk mu tamamdır, gelir kendine. Yüklenin haydin!"

Öyle böyle vurdura vurdura çalıştırdık arabayı sonunda. Mahalleye geldik. Leyla'yla eve kadar yürüdüm. Evin önüne geldiğimizde elimi cebime attım. Yüzük kutusunu çıkardım. İçimde biriktirdiğim ne varsa tek nefeste söyleyecektim. Beklemenin mânâsı yoktu.

"Leyla. Sana bir şey söyliycem. Ya şimdi ya da as..."

"Leyla."

"Arda?"

"Allah belanı vermesin yine nerden çıktın acaba sen? Gider misin özel bi' şey konuşuyoruz şurda."

"Mecnun! Ayıp oluyo ama."

"Şey. Ben sana bunu vermek için geldim."

"Bu? Hayalet orkide diyil mi bu?"

"Evet... Akşamüstü geldim aslında ama bekledim bu saate kadar. Yarına kadar bekleyemezdim. Solmadan gör istedim."

"İnanmıyorum ya. Başka hiçbir şey bu kadar mutlu edemezdi beni. Nerden buldun sen bunu ya? Bu... Bu muhteşem bi' şey Arda. Şuraya bakar mısın? Yaprakları yokmuş gerçekten de. Yakından görebileceğimi hiç düşünmezdim."

"Senin yakından görmediğin tüm çiçekler varsın solsun Leyla. Seni görünce nasıl da cana geldi şuna bak."

"Çok düşüncelisin Arda. Nereden biliyodun ki? Sana bahsetmiş miydim bundan? Çok güzel diyil mi ya? Mecnun? Aaa Mecnun ne ara gitti ya?"

Gitmedim. Arkadaki arabanın yanına çömeldim. Gözyaşlarımı gör istemedim çünkü. 98 model bi' Renault Clio'nun egzoz borusuna dayanıp ağlamanın ne demek olduğunu da yaşamayan bilemez. Yine hevesimi ağzıma sokup kursağıma kadar ittirdiler. Yine senden vazgeçmem için ellerinden geleni yaptılar. Yine çok güzel geçen bir gecemin içine sıçtılar. Yine yıldızlar kaydı ve benim hiçbir dileğim gerçek olmadı.

beşinci bölüm

Umudun bittiği yerde çaresizlik başlıyor. Dört duvar arasına sığmayan, nefes almanı bile zorlaştıran bir çaresizlik. Ve ben o kadar çaresizdim ki, gün doğana kadar sokak sokak dolaştım. Nefes alabilecek bir yer aradım kendime. Geceleri sokaklarda nara atarak dolaşanların ne hissettiğini daha iyi anlayabiliyorum şu an. "Beni anlamanızı beklemiyorum, yanımda olmanızı da istiyor değilim. Sadece uyanın. Ey sıcak yataklarında derin uykulara dalmış olan mutlu insanlar, hepiniz uyanın. En azından bu kadarını yapın benim için," diyorlar. Anneme göreyse "İçip içip dolanıyo sokakta serhoş serseriler."

Bir bankın üzerinde sızıp kalmıştım. Sağ yanağımdan başlayıp tüm vücudumu kavuran sıcağın etkisiyle gözlerimi açtım. Kendime geldiğimde tam da olmak istediğim yerdeydim. Çöldeydim yeniden. Kum tepelerini aştım, çöl fırtınalarını geçtim, "Dedeee! Neredesin dedeee?" diye bağıra bağıra buldum sonunda aradığımı.

"Dede?"

"..."

"Allah aşkına dede koskoca adamsın, ak sakalın var senin. Bankın arkasına saklanmak nedir ya? Görüyorum ki seni buradan. Ayrıca bu bankın ne işi var burda? Sarıyer Belediyesi yazıyo bi' de üstünde. Sahilden mi çaldın sen bunu?"

"Ooo evlat sen mi geldin? Fark etmemişim seni. Gel otur şöyle."

"Yok hiç oturmiyim ben, bi' şey sorup gidicem sadece. Neden yaptın?"

"Neyi neden yaptım, n'oldu ki, bi' şey mi oldu?"

"Bilmiyomuş gibi davranma dede. Her şeyin farkındayım. Neden yaptın bunu? Neden Arda'ya yardım ettin?"

"Ne yardımı canım nerden çıkarıyosun bunu evlat? Ben senin için g..."

"Dede! Yapma. Hayalet orkideyi sen buldun getirdin Arda'ya. Şu antik mezar kazısında af dileme müsameresi de senin eserindir muhtemelen. Neden yaptın bunu dede?"

"Senin için yaptım evlat. Leyla için yaptım. Dünyanın geleceği için yaptım."

"Neemiş?"

"Eğer Leyla ve sen bir araya gelirseniz dünyanın dengesi bozulacak. Felaketler insanlığın peşini bırakmayacak. Leyla ve sen dünyanın sonunun gelmesine neden olabilirsiniz."

"Vay arkadaş ya. Siyasetçilerin, silah tüccarlarının yapamadığını Leyla ve ben yapıyoruz he mi? Bırak Allah aşkına dede, bari doğru düzgün bi' bahane bulaydın. Bu nedir ya!"

"Sevgi bazen nefretten bile tehlikelidir evlat."

"Ne yaptın aforizmayı salınca ortaya daha mı etkili oldu söylediğin?"

"Evlat, beni dinlemek zorundasın. Eğer bunu yapmasaydım..."

"Bırak dede bırak, hiç anlatma. Yazıklar olsun be. En başından beri arkamdan iş çeviriyodun demek. Senin o yardım ettiğin Arda denen herifin babası istemiyo ki hem Leyla'yı."

"Sen tanıştın mı onunla?"

"Yardım etti bana adam. En azından denedi yani. İşe bak arkadaş, Arda'nın babası bana yardım ediyo, benim Aksakallı Dedem gidip Arda'ya yardım ediyo."

"Ondan uzak durmalısın evlat. Çok tehlikeli bi' adam o."

"Nesi tehlikeliymiş ya? Melek gibi adam be. Tamam ilk görüşte inceden bi' tırsıyosun kendisinden ama tanıyınca içindeki meleği görüyosun adamın."

"Ne meleği evlat, şeytanın ta kendisidir o. Karabasan gibi çöker insanın üzerine. Dünyanın düzenini bozmak için Leyla ve seni yakınlaştırmaya çalışıyo. Tek derdi kaos yaratmak, onun umrunda bile diyilsin sen."

"Düzen bazen kaostan bile tehlikelidir dede."

Konuşmasına izin vermedim. Arkama bile bakmadan yürüdüm gittim. Ben de herkes gibi ne kadar büyük bir kaybeden olduğumu düşünmeden, küçük zaferler peşinde koşuyordum. Son sözü söyleyenin tartışmayı kazandığı, daha çok bağıranın haklı görüldüğü, daha çok rağbet edilenin başarılı sayıldığı bir dünyada yaşıyorum. Elbette son lafı sokmuş olmanın keyfini çıkaracaktım. Yalnız ufak bir sorunum vardı.

"Pardon ya dede, öyle demin laf sokar gibi şey yaptım ama kusura bakma. Yaşlı başlı insansın şimdi ayıp olmasın sana da. Şey diyicem, ben nası çıkcam burdan ya? Hayır ne taraftan geldim onu da hiç bilmiyorum her yer aynı burda."

"Mecnun."

"Efendim?"

"Mecnun!"

"Evet?"

"Mecnun!"

"N'oluyo ya?"

"Mecnun!"

***

"Mecnuuun!"

"Ne ya Mecnun da Mecnun, adımı mı ezberliyosun?"

"Yok böyle bankta uyumuş görünce seni uyandırmak için..."

Beni çölün o alevli kumlarından kurtarabilecek bir sen varsın Leyla. Kusura bakma, sen olduğunu bilmeden bağırdım demek istedim ama geceki hali geldi gözümün önüne. Fotosentez yapmasını bile beceremeyen bir çiçek için yaptığı sevinç gösterisini ben Beşiktaş şampiyon olduğunda yapmadım. Hayalet orkideymiş. Bitkisin lan işte. Fotosentez yapmasını nasıl beceremezsin. Hayır bir de yaşayabilmek için gidiyor mantara musallat oluyor. Namussuz çiçek değil, eve yerleşen işe yaramaz kayınbirader misali sitcom karakteri. Boktan bir kahkaha efekti için bu gönlü kırmaya değer miydi?

"Mecnun, ağlıyo musun sen?"

"Yok ya ne ağlıycam?"

"Soruya soruyla karşılık verdiğine göre bi' problem var. Nedir anlat bakalım."

"Ne problem olcak ya?"

"Bak yine."

"Allah Allah amma abarttın sen de Leyla. Soruya soruyla karşılık verdim evet ne var? Bak yine yaptım. Verecek cevabımız yok diye soracak sorumuz da mı olmasın? Hayret bi' şey ya."

Banktan kalkıp Leyla'dan uzaklaşmaya çalıştım. Fazla ilerleyemeden kolumdan tutarak durdurdu, kendine doğru çevirdi beni.

"Sen n'apmaya çalışıyosun ya? Kaç gündür bi' tuhafsın. Soruyoruz cevap yok. Bi' haller tavırlar filan. Benimle ilgili bi' sorun varsa bana söyle. Ha eğer benimle ilgili bi' şey değilse o zaman bana böyle kötü davranma. Buna hakkın yok."

Çok şey söylemek istedim ama hiçbir şey diyemedim. Arkamı dönüp gitmeyi denedim.

"Ha bi' şey demeden kaçıyosun da yani. Kaba bi' insansın sen Mecnun."

"Kabayım ya evet, kaba olan da ben olıyım. Sen bi' çiçek uğruna unut beni ama kaba olan ben olıyım. İnan senin için her şeyi yaparım. Ama arada kalan adam olamam. Sadece o zengin züppesiyle diyil kimseyle yarışamam ben. Kaybetmekten korktuğumdan diyil. Yarışmaktan anlamam. Hem sevgi dediğin nasıl yarıştırılır ki? İlla bağıra çağıra haykırmak mı gerekir sevdiğini? Gösterişli hediyelerle ya da şaşalı cümlelerle süslemek mi gerek sevgiyi? Ne gözlerine bakıp söyleyebilirim ne de pazarlayabilirim ben sevgimi. Elimden gelen tek şey..."

Bir anda elleriyle kavradı yüzümü. A ha dedim kafa atacak. Ama dudaklarıma yapıştı. Başım döndü, gözlerim karardı, ellerim titredi. Dünya ikimizin etrafında dönmeye başladı. Öyle hızlı dönüyordu ki dünya, mevsimler değişti Leyla beni öperken. Gönlümdeki çöle yağmurlar yağdı Leyla beni öperken. Bir şiirin son dizesiydi Leyla beni öperken. Dudaklarımız ayrılıp beynim yeniden kaldığı yerden çalışmaya devam ettiğinde tek bir soru geldi aklıma: "Acaba ağzım kokuyo muydu lan Leyla beni öperken?"

"Çok konuşuyosun ama asla söylemen gerekeni söylemiyosun. Çocuk gibisin, en ufak bi' şeyde hemen küsüp saklanıyosun."

Arkadaş bu nedir ama ya? Kız daha beni öper öpmez başladı saydırmaya. Sevgili tribi yiyor olabilir miyim ben şu an acaba? Sevgili miyiz onu bile bilmiyorum ki?

"Leyla biz neyiz?"

"Sordun mu gerçekten onu ya?"

"Tutamadım valla bi' anda patlattım suratına kusura bakma müdür."

"Müdür? Toparlamaya çalıştıkça batırıyosun farkındasın di mi?"

"Hee. O niye öyle oldu ki ya? Nasıl yapsak?"

"Olaysız dağılalım istersen. Sen şu ilk şoku bi' atlat da öyle görüşelim ne dersin?"

"Valla süper olur. Hadi ben kaçtım o zaman. Babanlara çok selam. Olduuuğ hadi baaay."

Düşünmeden konuşuyor, hareketlerimi kontrol edemiyordum. Her bir organım bağımsızlığını ilan etmiş, hepsi de beyinden direktif almayı reddediyordu. İlk öpücüğün böyle yan etkileri olduğundan kimse bahsetmemişti bana. Koşarak uzaklaştım Leyla'nın yanından. Ben artık bir kızla öpüşmüş olgun bir insandım. Ve bu olgunluğa yakışır şekilde hareket etmeliydim. Öyle de yaptım. Koşarak Kaan'ın okuluna gittim ve bahçedeki çocukları etrafıma topladım.

"Ben Leyla'yla öpüştüm."

"Eee?"

"Ne eeesi? Öpüştüm diyorum oğlum kızla. Baya dudak dudağa hem de."

"Tamam da bize niye anlatıyosun ki?"

"Niye anlatcak ya, gelmiş hava yapıyo işte."

"Ne biçim konuşuyosunuz oğlum siz? Bilgilenin diye anlatıyorum. Yarın öbür gün böyle bi' durumda kalırsanız saçmalamayın. Siz gider kızla öpüştükten sonra biz neyiz filan dersiniz sonra. Dikkat edin, cool olun biraz."

"Ben geçen sene öpüştüm."

"Nası öpüştün?"

"Şapur şupur."

"Ben de yazlıkta Merve'yle öpüşmüştüm."

"Kaan, ne biçim arkadaşların var oğlum senin böyle. Daha yaşınız kaç başınız kaç sizin, derslerinizle ilgilensenize siz."

"Ne o, yoksa sen ilk kez mi öpüştün aslanım?"
"Nasıl?"
"Bu yaşa gelmişin daha önce hiçbi' kızı öpmedin mi?"
"Yuuuh! Beyler gelin gelin çok acayip bi' tip var burda."
"Kaan bunlar nası çocuk lan?"
"Ah be abi sen ne diye yeni nesile bulaşırsın ki?"
"Çocuksunuz oğlum siz. Gidin Tsubasa izleyin, Süper Mario oynayın, Ninja Kaplumbağalar'daki Donatello'yu örnek alın da ilimle bilimle uğraşın, Rafael gibi asi olmayın."
"Çocuklar baston getirin buraya baston."
"Dalga geçmesene oğlum adamla. Tansiyonu çıkcak şimdi. Dilaltı hapın var di mi yanında dedem?"
Harbiden de kurt kocayınca köpeklere maskara oluyormuş.
"Büyüklere saygı da kalmamış hiç."
Neler diyorum ben ya? Hayat enerjim -3 şu an. Kahkahalarıyla emdiler tüm enerjimi. Sahilden okula gelene kadar ayda fanussuz yürürüm duygusundaydım. Şu an otobüse binsem kalkıp yer verirler gibi hissediyorum. Ben de aynısını zamanında babama yapmıştım. Ne ekersen onu biçersin dedikleri buymuş demek. Atasözlerinin anlamlarını kavrayacak yaşa gelmişim resmen. Zaman mı daha acımasız yoksa insan mı?
"Yemin ediyorum sizin yüzünüzden protez damak kokuyorum şu an. Aldınız özgüvenimin içine sıçrattınız yani. Pis tüpler sizi be. Ufak yassı piknik tüpü hem de. Yürüyün gidin sınıfınıza hadi."
"Ders iptal abi. Eve gönderdiler herkesi. Bizi tutmasan biz de gidiyoduk ama esir aldın bırakmadın."
"Eve niye gönderiyolar ya bu saatte?"
"Duymadın mı abi depremi?"
"Deprem mi, ne depremi?
"Her yer sallandı hiç mi hissetmedin ya?"

"Nasıl hissetsin oğlum adam k..."

"O lafı tamamlarsan var ya alırım o dilini küçük diline bağlarım. Kravatını söker ağzına sokarım senin. Ayaklarından tutup sallarım, iç organlarını dökerim asfalta. O kafanı alır..."

"Mecnun?"

"Hocam!"

"Çocuklara mı sataşıyosun sen?"

"Estağfurullah hocam olur mu öyle şey, kardeşlerim bunlar benim. Sohbet ediyoduk hep beraber."

"Tehdit etti beni hocam."

"Mecnun?"

"Hocam?"

"Ne diyo bu?"

"Ne desin, saçma sapan konuşuyo işte. Bırakın çocukla çocuk olmayın siz hocam."

"Veline söyle pazartesi günü gelsin."

"Yuh hâlâ mı hocam ya? Mezun olalı 15 yıl oluyo ne velisi daha? Hayır öğrenciyken bile gelmiyodu ki velim okula, şimdi niye gelsin?"

Kaan ve arkadaşları dağıldı. Nedim Hoca bir elini omzuma atıp nasihatte bulunma kisvesi altında fırça kaydı. Ceketimin önünü ilikledim, boynumu büktüm dinledim. Tıpkı 5. sınıfa giden Mecnun gibi dinledim. Defterime çizdiğim karikatürler yüzünden yediğim tokadın acısını yanağımda hissederek dinledim. O gün de aynı şeyleri söylemişti Nedim Hoca, "Ben senin iyiliğin için diyorum Mecnun, uğraşma böyle şeylerle. Boş iş bunlar." Dünyayı kurtarma potansiyeline sahip bir öğrencisini daha boş işlerle uğraşmaktan kurtaran Nedim Hoca bu anın haklı gururuyla birahaneye doğru yol aldı. Ben de 15 yıl sonra aynı nasihati almış olmanın verdiği bilinçlenmeyle eve gitmek istedim. Sokaklar kalabalık, insanlar telaşlıydı. Bu karmaşanın içinde Zeynep'i gördüm. İnsanlarla dolup taşan yollardan, arabaların park ettiği kaldırımlardan sıyrılıp yolunu bulmaya çalışıyordu. Hemen koştum yanına.

"Zeynep, iyi misin?"

"Mecnun! Yavuz'u gördün mü?"

"Yooğ. N'oldu ki?"

"Kaç gündür yok ortalıkta. Sahile de gelmedi. Başına bi' şey gelmiş olmasın?"

"Ne gelcek başına ya? Patlattı tabii bizim arabanın teybini çıkamıyo ortaya."

"Teyp mi ne teybi?"

"Boşver canım mühim bi' şey değil. Çıkar ortaya o yakında merak etme. Eve kadar yürüyim mi seninle?"

"Yok. Eve girmem korkarım şimdi tek başıma. Çok kötü sallandık Mecnun, sen hissetmedin mi?"

"Yooğ. E gel bize gidelim madem. Annemle beraber oturursunuz bahçede. Çay da demleriz bi' güzel ohhh."

"Olur valla, Pakize Abla evde tekse o da korkmuştur şimdi."

Ne ara sallandık da ben niye hiç hissetmedim? Bunca insan sokaklara döküldüyse durum ciddi olmalı. Eve geçince anlarız bakalım. Zeynep'le beraber eve doğru yürürken bir araba önümüzü kesti. İki insan azmanı indi arabadan.

"Mecnun Çınar sen misin?"

"E önümü kestiğine göre belli ki benim işte. Daha ne soruyosun acaba?"

"Bizimle geliyosun."

"Arda'nın babası mı gönderdi yine sizi? Söyleyin gerek kalmadı, hallettim ben meseleyi. Bi' sorun yok yani. Her şey yolunda diyin o anlar."

"Zorluk çıkarma da bin şu arabaya."

"Mecnun, kim bu adamlar?"

"Önemli bi' şey diyil ya. Laftan anlayan tipler diyil bunlar yalnız. Mecbur gidicez. Yalnız önce arkadaşı bizim eve bırakmamız lazım. Onu bırakalım da öyle geçelim olur mu?"

Zeynep'le beraber arabaya bindik. Eve geldik. Zeynep'i eve çıkardım. Annem çay demlemiş, bırakmadı beni. Durumu izah etmeye çalıştım ama anlamamakta ısrarcı davrandı.

"Arkadaşların da gelsin Mecnun, birer dilim börek yiyin öyle gidersiniz," deyip durdu. Bununla da yetinmedi. İndi, arabadaki insan azmanlarını da aldı bahçeye oturttu. Eve girdim, üstümü değiştirdim, hiç tanımadığım adamlarla oturup çay içtim. Adamlar annemden böreğin tarifini aldılar, çarşı pazar fiyatlarının el yakmasından yakındılar, bahçede sebze meyve yetiştirmek üzerine tavsiyede bulundular. Geçen sefer gelen adamlar şiddete meyilli filandı ama daha çekilir tiplerdi. Arda'nın babası nereden bulmuş herifleri? Annemin eczane poşetinden çıkardığı şiş ve örgü yumağıyla beraber artık kalkmamız gerektiğini anladım.

"Beyler hadi artık gidelim biz."

"Bi' dakka ya geliyoruz, örümcek örgü mü bu?"

"Beyler! Zorluk çıkarmayın da binin şu arabaya."

Sanırsın ben onların önünü kesip götürmeye çalışıyorum. Annem yolcu etti bizi. Dondurma kabına börek koyup adamların eline tutuşturdu. Bahçede susmak bilmeyen adamlar arabada tek kelime etmediler. Yol da bitmek bilmedi. Dayanamadım muhabbet açmaya çalıştım.

"Bench'te kaç basıyonuz siz?"

İnsanlarla iletişim kurma olayında pek de iyi sayılmam, evet. Mesela kalabalık bir grup olarak restorana gidildiğinde hemen garsonla muhabbet etmeye başlayan adam vardır ya hani. Sanki müşteri değil de garsonun kırk yıllık ahbabı gibidir. Hâl hatır sorulur, siparişleri o verir, masaları birleştirtir. Grubun alfa erkeğidir o. Heh işte, o gruptaki "Bu sandalye boş mu acaba?" diyen adamım ben de. Daha önce tanıştığım birini yolda görünce tanımaz şimdi diye düşünüp selam vermeye çekinen adamım ben. Daha önce defalarca tanıştığım bir insanla karşılaşınca kendimi yeniden tanıtan insanım ben. Hayat zor. Küçük şeyleri kafasına takan insanlar için hayat çok daha zor. Sonunda yol bitti ve izbe bir depoya soktular beni.

"Eee Arda'nın babasının ofisi diyil ki burası."

Karanlığın içinden tanıdık bir ses geldi.

"Demek gelebildin sonunda."

"Annem salmadı ya. Senin bu elemanlar da kalkmak bilmedi. Sohbet muhabbet derken anca gelebildik tabii."

"Var öyle bi' huyları, doğru. Konuşmaya başladı mı susmak bilmezler."

"Annem börek gönderdi yer misin?"

"Neli?"

"Ispanaklı."

"Hamur işi yiyemiyorum ya, malum formuma dikkat etmem lazım."

"E ne diye neli diye soruyosun o zaman geri zekâlı. Ayrıca nerdesin sen, ne tarafa bakıcağımı şaşırdım."

Karanlığın içinden sıyrıldı ve karşıma dikildi. Babasını beklerken oğlu çıktı karşıma.

"Ne o beni gördüğüne şaşırmış gibisin."

"Yooğ şaşırmadım. Sesinden tanıdım zaten."

"Hadi ya. Ben de şu köşe ışık almıyo diye çömeldim bekliyorum orda sizi iki saattir. Sen şaşırmayınca bi' anlamı da kalmadı."

"Şimdi Ardacım, ben meşgul bi' insanım ve sana ayıracak zamanım yok demek isterdim ama hiç meşgul bi' insan diyilim ve çok zamanım var. Ama bu zamanı seninle zayi etmek istemiyorum."

"Zamandan başka bi' şeyin yok ki zaten senin, fakir. Ben de zamanımı senin gibi bir fakirle harcamaktansa gidip para harcamayı tercih ederim. O yüzden kısa ve net konuşcam, Leyla'dan uzak dur."

"Harbiden kısa ve net oldu yalnız. Helal olsun. Çok güzel anlattın derdini. Peki bi' şey sorcam, tamamen merakımdan soruyorum, uzak durmazsam n'olur"

Ben daha soruyu sormadan cevabımı ağzıma inen yumrukla aldım. Arkadaş daha soru işaretini koymamışım, ne ara vurdu bu vicdansız. "Ağzının ortasına yumruğu yiyene kadar herkesin bir planı vardır," diyor Mike Tyson ve ekliyor, "şimdi sıçtım ağzına, gel lan buraya."

"Çok acıdı mı ya?"

"Hayvan gibi acıdı. Ağza vurmak ne lan?"

"Nereye vurcağıma karar veremedim yapıştırdım öyle gelişine. Benim de elim çok acıdı."

"E niye vuruyosun o zaman, uzak durmazsam n'olur diye soruyorum sana, efendi gibi cevap versene. İlla vurman mı lazım hemen?"

"E sonuç adamıyım. Kusura bakma ya."

"Tamam canım mühim diyil."

"Hiç de bana göre diyil aslında bu şiddet işleri biliyo musun?"

"Hoş bi' şey diyil ya her şeyden önce. İnsan gibi konuşalım nedir yani?"

"İnsan gibi tekrar söylüyorum o zaman, Leyla'dan uzak durcaksın."

"Bu hiç insan gibi olmadı ki ama? Leyla seni sevmiyo işte niye uzatıyosun ki bunu bu kadar?"

"Sen ortaya çıkana kadar her şey gayet yolundaydı. Nerdeyse babamı ikna etmiştim Leyla'yı sevdiğime. Ama sonra sen geldin ve her şey kötü gitmeye başladı. Babam bile bana yüz çevirdi. Leyla'yla arama girmen için sana yardım etti."

"Oldu öyle bi' durum evet. Sen biliyo muydun bana yardım ettiğini ya?"

"Göründüğü kadar aptal diyilim merak etme. Her şeyin farkındayım."

"Benim dedem de sana yardım etti ona bakarsan."

"Aksakallı'yı diyorsun. Evet, çok yardımı oldu onun. Hatta ne yalan söyliyim Leyla beni bırakıp gidince pek umursamamıştım. Ama senin şu Aksakallı gelip bana gerçek aşkın öneminden bahsetti. Açıkçası ilgimi çekmedi başta. Ama sonra senden bahsetti. Leyla'nın peşinde nasıl koşturduğunu anlattı. Ve bu hikâyenin kaybedeni mi olacaksın diye sordu bana. İşte o an anladım."

"Leyla'yı sevdiğini mi?"

"Hayır, kaybetmekten nefret ettiğimi. O yüzden Leyla'dan uzak dur. Ben varken asla kazanamazsın."

"Biz sevdamızı yarıştırmayız aslanım. Dikkat edersen biz diyorum çünkü bu aralar ben çok kalabalığım. İçimde milyonlarca Mec..."

"Beyler! Baydı artık bu. Dövün."

"Laan! Vurmasanıza. Sen gelsene oğlum yiyosa."

"Söyledim, şiddet işleri bana göre diyil. Bu sadece bi' uyarı. Umarım yediğin dayak aklını başına toplamana yardımcı olur. Hadi ben kaçtım."

"Gels... vurmayın lan siz de... Yediğiniz börekler boğazınızda kalsın... Delikanlıysanız teker teker gelin lan!"

Delikanlı adamlarmış, teker teker geldiler. "Herkesin benim hakkımda ne dediği önemli değil. Diğer insanların ne düşündüğüne karşı tamamen yabancı bir olguyum," diyor Mike Tyson ve ekliyor "belki de erkekliğe bok sürdürmenin zamanı gelmiştir."

"Vurmayın abi n'olur vurmayın acıyo yeminle. Demin öyle lanlı lunlu konuştum çok özür dilerim sizden. Hem siz sevda nedir bilir misiniz? Sevenler hep mi ezilicek, hep mi itilip kakılıcak abiler. Gelin bir kere de sevgi kazansın. Beni bırakın da sevenler bu kez kavuşsun."

Anne dayağı yedim, baba dayağı yedim, hoca dayağı yedim, arkadaş dayağı yedim ama ben böyle bir dayak yemedim. Biri dinlendi, diğeri dövdü. Telefondan şarkı açıp fon müziği eşliğinde dövdüler. Haktan & Linet düetinde dayak atmayı bırakıp birer sigara yaktılar. Serdar Ortaç çalmaya başlayınca vurun diye yalvardım. Daha çok vurun. Kulaklarıma kulaklarıma vurun. Beni asıl bitirense Ceza oldu. Adamın şarkı söylemesinden daha seri yumruk atmaya çalıştılar.

"Ne biçim playlist lan buuuu."

Bayılmadan önceki son sözüm bu oldu. Yine her taraf sis. Nerede olduğumu kestiremiyorum. Kulağıma vuran dalga seslerine rağmen ortada deniz yok. Üstüm başım kum. Ben silkeledikçe daha çok kum çıkıyor üzerimden. Bataklığa saplanmış gibiyim. Çırpındıkça daha çok batıyorum. Ve yine nereden geldiği belli olmayan bir ses sarıyor etrafımı.

"Unutma, hepsi sadece bir rüya.
Susma, senin sözlerin tutacak onu hayatta
Karışma, kader yolunu çizecek nasılsa..."

Ağzıma kadar kuma battığım anda kendime geldim. Bu tavanı ve odayı saran bu kokuyu tanıyorum. Her evin kendine has bir kokusu vardır. Yabancı bir eve girince garipsediğin o koku, o evde yaşayanlar için huzurun kokusudur. Babam her ne kadar "ahır gibi kokuyo odan" dese de bu kokuyu duymak beni rahatlattı. Helal olsun adamlara. Dövdükten sonra ortada bırakmamışlar, getirip yatağıma yatırmışlar. Elinde kolonyayla Aksakallı Dede girdi içeri.

"Sonunda kendine geldin evlat. Evde bi' ecza dolabı yok mu? Tentürdiyot aradım ama bulamadım."

"Sen de tütün kolonyası mı getirdin?"

"İş görür diye düşündüm. Getir bakayım şöyle kafanı. Üff! Nasıl da vurmuşlar vicdansızlar."

"O kadar da vicdansız diyillermiş ya. Baksana eve kadar bırakmış adamlar."

"Kimse bırakmadı seni evlat. Ben depoya geldim de kurtardım seni adamların elinden."

"Kurtardım derken? Ben bu dayağı ne ara yedim peki?"

"Yani biraz gecikmiş olabilirim evet. Evlat, Arda'nın ne kadar delirdiğini gördün. Tamamen kontrolden çıktı. Babasından daha beter bu oğlan. Gel vazgeç bu sevdadan. Size rahat vermez artık bu manyak."

"Başımıza sen saldın bu manyağı dede. Uğraşması da bana düşer. Sen takma kafana onu. Bizimkiler telaş yaptı mı ya beni böyle görünce?"

"Kimse yok ki evde nasıl görsünler?"

"Nerdeler?"

"Sahilde."

"Ne işleri varmış ya bu saatte sahilde?"

"Sırf onlar değil, herkes sahilde. Evlerine giremiyo kimse."

"Neden?"

"Senin yüzünden."

"Nasıl benim yüzümden ya?"

Televizyonu açtı, her kanalda aynı haber vardı.

"Dünyanın dört bir yanından gelen deprem haberleri insanları sokaklara döktü. Yurdumuzda da hissedilen sarsıntılar can ve mal kaybına sebep olmazken nedeni hakkında henüz bir yanıt bulunamadı. Uzmanlar fay hatlarında herhangi bir hareketlilik olmadığını ve sismik dalgalanmalar yaşanmadığını belirtti. Yani uzmanlara göre bu sarsıntıların sebebi deprem değil. Peki tüm dünyada aynı anda hissedilen bu sarsıntıların sebebi neydi? Cevabı reklamlardan sonra."

"Yuh!"

"Yaağ gördün mü bak."

"Dünya yerinden oynamış bunlar hâlâ reklam derdinde."

"Gerçekten mi? Senin yüzünden dünyanın dengesi bozuldu ve sen reklam arasını mı sorguluyosun?"

"Niçin benim yüzümden oluyomuş ya?"

"Sana söyledim. Leyla'yla beraber olmanız demek, dünyanın sonunun gelmesi demek dedim ama dinletemedim ki."

"O ne saçma şey dede, kendin inanıyo musun şu söylediğine cidden? Nasıl mantıksız konuşuyosun şu an anlatamam. Aksakallı insansın, senin bilge bir kişilik olman lazım. Bu nasıl cahilliktir ya?"

"Peki tüm dünyanın aynı anda sallamasını nasıl açıklayacaksın o zaman?"

"Dünya öküzün boynuzlarındaysa demek? O kafasını sallayınca tabii haliyle..."

"Mecnun!"

"Amaaan be dede. Atın ölümü arpadan, Mecnun'un ölümü Leyla'dan olsun nedir yani? Leyla demişken... Herkes sahilde mi dedin sen az evvel?"

***

Evet, herkes sahildeydi. Felaketlerin iyi bir tarafı yoktur ama insan en büyük felaketin ortasında bile kendini iyi hissedebilir. Yeter ki yanında sevdiği insanlar olsun. Şu an insanların burada olması da evde kalmaktan korktukları için değil, bir-

birlerinden güç almak için aslında. O yüzden herkes burada. Tabii asıl önemli olansa Leyla'nın burada olması.

"Pakize ne işimiz var bizim burda?"

"Evlerinizde durmayın tehlikeli diyolar İskender."

"Kim diyo onu Pakize, ben niye duymadım? Ayrıca bahçemiz var bizim ne işimiz var sahilde? Gidelim bahçede yatalım."

"Memnuniyetsizsin İskender. Çıkar o ayakkabılarını da toprağa bas kötü enerjiyi emer. Aaa Şefike Hanımlar diyil mi şurdakiler? Şefike Hanıııım huuu..."

"Senin derdin bu zaten. Herkes sahilde ya aman sen eksik kalma Pakize... Gözüne n'oldu lan senin?"

"Doğuştan İskender Amca. Genetikmiş. Millete ailesinden han hamam miras kalır bana da bu miras kaldı."

"Sana demedim Zeynepcim. Sana niye lan diye hitap ediyim? Bizim sıpanın gözünü morartmışlar da ona sordum."

"Nesi mor ya? Uykusuzum tabii gözaltlarım morarmış olabilir biraz."

"Yok bu uykusuzlukla olucak iş değil. Bildiğin patlatmışlar gözüne. Sen de gidip bi' şeyle kapatmaya çalışmışsın. Ne sürdün yüzüne sen öyle?"

"Çok mu belli oluyo?"

"Sürmesen daha az dikkat çekerdi o derece. Ne ki o?"

"Annemin allığından sürdüm ya."

"Allık mı? Allığım yok ki benim?"

"Nasıl yok ya? Banyoda hani, kremlerin yanında duruyo beyaz kutu."

"Oğlum allık diyil ki o, bebek pudrası. Pişik olunca bacaklarının arasına döküyor onu baban."

"Pakize niye özelimi paylaşıyosun ki sen insan içinde?"

"Aşk olsun İskender Abi ben yabancı mıyım?"

"Diyilsin tabii Zeynepcim de niye benim pişiğimden

haberdar olasın?"

"50 yaşında adamın bebek pudrası kullanması nedir ama baba ya?"

"Eee akşama kadar direksiyon başındayız oğlum biz. Ekmek kolay kazanılmıyo Mecnun Bey. Biz senin gibi haytalık peşinde gezmiyoruz. De bakalım sen kimden yedin dayağı?"

"Dayak mayak yok baba tutturdun bi' dayak meselesi."

"Gelirken Nedim Hoca'yı gördüm yolda. Okuldaki çocuklarla dalaşmışsın. Koca adamsın 9 yaşındaki çocuklarla niye dalaşıyosun bilmiyorum ama asıl merak ettiğim, o yaştaki çocuktan bu dayağı yemeyi nasıl becerdin sen?"

"İskender! Biz de mi çadır getirseydik be?"

"Ben ne diyorum sen ne diyosun Pakize? Etrafı süzmeyi bırakıp oğlunla ilgilensene sen biraz."

"Canım güzel olmaz mıydı girer içine uyurduk gece."

"Uyumak istiyosan gidelim eve, uyuyalım Pakize. Ayrıca biz görgüsüz müyüz ki koca çadır açalım sahile?"

"Sen bana laf mı sokuyosun ordan efendi?"

"Bak bi' de gizli gizli laf dinliyolar görüyosun di mi Pakize?"

"Ne gizli dinlicem bağıra bağıra konuşuyosun, duymamak mümkün mü?"

"Rahatsızsanız girersiniz 3+1 çadırınızın içine kimseyi duymazsınız beyefendi. Depremden kaçmıyo da beylik kuruyo sanki herif. 150 metrekare çadırla gelmiş sahile."

"Bana bak efendi..."

"Tamam Metin sus sen de tatsızlık çıkarma. Komşuyuz şurda, öyle diyil mi Pakize Hanım?"

"Öyle valla Sevim Hanımcım öyle. Az sakin ol da huzurumuz kaçmasın İskender."

"Pakize sen de bi' hoşsun ha. Evdeyken kadının arkasından

atıp tutuyosun şimdi n'oldu da Sevim Hanımcım oldu birden."

"Aaa ne zaman atıp tutmuşum anacım daha neler. Duyan da gerçek sanıcak."

"E gerçek zaten. Gösteriş meraklısı demiyo muydun kadına? Daha kısır yapmasını bile beceremez, derdi zoru alışveriş yapsın, aldıklarıyla konu komşuya hava atsın ilgi arsızı, cadaloz diye saydırıyodun ya kadına."

"Aaa ne zaman kısırımı yedin de beceremez diyosun Pakize?"

"Geçen ay yapmıştın ya hani. Yapmıştın dediğim de lafın gelişi. Yoksa kısır diyildi o, olsa olsa soğanla bezeli şişman bulgur olur onun adı. Kimisinin de elinin lezzeti olmaz yani şimdi doğru ya doğru Sevim."

"Bak bak Sevim Hanımcım'dan Sevim'e geçti görüyosun di mi?"

"Göremiyorum."

"Sana demedim Zeynep kızım, Mecnun'a diyorum."

İyi diyorsun hoş diyorsun da her seferinde aynı şey olmak zorunda mı be baba? Evde babalarımız güreşir, dışarıda annelerimiz didişir. Arda denen tuvalet fırçası Leyla'nın peşini bırak diye tehdit eder. Aksakallı da bizi bir araya getirmeye çalışacağı yerde bir araya gelirsek dünyanın sonunun geleceğini söyler. İkimiz yan yana gelip tüm dünyayı karşımıza almışız. Yine de "Siz öyle güçlü oluyosunuz ayrılın!" diyorlar. Tartışma giderek hararetlendi. Sesler yükselmeye başladı. Sahildeki herkes etrafımıza toplanıp bizi izlemeye koyuldu. Leyla ve ben onları ayırmaya çalıştıysak da nafile. Birlik ve beraberliğe ihtiyacımız olan şu günlerde kafama anne terliği yedim. Baktık olacak gibi değil Zeynep'i de alıp oradan uzaklaştık. Belki baş başa kalabileceğimiz bir yer buluruz ümidiyle sahilde yürümeye başladık ama bu pek de mümkün gözükmüyordu. Herkes sahile taşınmıştı. Ve tabii ki Erdal Abi de ordaydı.

"Erdal Abi?"

"Mecnun?"

"Abi hayırdır, bakkalı sahile taşımışın."

"Bakkal mahallenin kalbidir Mecnun. Bütün mahalle burdayken başka n'apaydım? Çadır veriyim mi?"

"Yok abi sağ ol."

"Şişme yatak veriyim?"

"İstemez abi."

"Uyku tulumu veriyim?"

"Lüzum yok abi."

"Deniz topu veriyim."

"Deniz topunu n'apalım abi?"

"Tusuunamiğ olursa buralar hep deniz Mecnun. Dev dalgalar burayı yuttuğunda oynarsınız denizde."

"Ah be Erdal Abi. Dünyanın sonu gelmiş, sen hâlâ küpünü doldurmanın derdindesin."

"Dünyanın sonu mu gelmiş? Bana öyle bi' şey denmedi yalnız. Söylenseydi ben ona göre hareket ederdim. Deprem olabilir dediler, tusuunamiğ dediler, dünyanın sonuyla ilgili bi' şey söylemediler. Tüh! Görüyo musun bak hazırlıksız yakalandık."

"N'apacaktın acaba hazırlık olarak helallik mi alacaktın milletten?"

"Yok oğlum ya bu dükkânda Pırıngıls, Tobleron filan satıyorum daha tadına bile bakmışlığım yok hiç. Onlardan açar yerdim. Ne biliyim veresiye defterine bakardım, hâlâ borcu kalmış olan varsa kapısına dayanıp hakkımı helal etmiyorum derdim en azından. Neyse, sizde kalem var mı ya? Şuraya dünyanın sonuna özel zararına satış filan yazıyım."

"Tamam bi' dur velveleye verme ortalığı Erdal Abi ya yok öyle bi' şey."

"Oğlum madem yok ne diye telaşlandırıyosun adamı? Hayret bi' şey ya. Bi' şey almıycaksanız kapatmayın dükkânın önünü hadi."

"Erdal Abi!"

"Efendim Zeynepcim?"

"Yavuz'u gördün mü?"

"Yaviz mi? Hangi Yaviz? Şu hırsız olan mı?"

"Ne hırsızı?"

"Ne hırsızı olcak ya Zeynep, kalp hırsızı. Gönüllerimizi çaldı ya adam. Di mi Erdal Abi?"

"Yok oğlum bu baya bildiğin hırsızmış. Kaan uyandırdı beni de. Allah'tan yazarkasanın başını boş bırakmadım var ya ne var ne yok götürürdü."

"Erdal Abiiii!"

"Ne var oğlum ne kaş göz yapıyosun bana? Hırsız işte adam, hırsız. Kaç kere yakaladım ben bunu, böyle böyle yazarkasaya bakıyodu."

"Nasıl nasıl bakıyodu?"

"Böyle böyle bakıyodu Zeynep."

"Nasıl nasıl?"

"Böyle böyle."

"Nasıl nasıl?"

"İşte böyle bö..."

"Abi kız görmüyor ya. Ne ağzını yüzünü eğdin büğdün o kadar. Ayrıca o öyle bi' insan mı ya? Yapmaz Yavuz Abi öyle şey."

"Baabaaaaaa! Televizyonu çalmışlar baba...." diye bağıran bir çocuk koşarak geçti yanımızdan.

"Yetişin hırsız vaaaar!"

"Evlerin kapıları pencereleri zorlanmış mahalleli koşuuun."

"Anam! Yazarkasada bozuk paralar vardı. Gitti baralar."

Erdal Abi topuklarını neticesine vurdura vurdura bakkala koştu. Sahildeki herkes mala geleceğine cana gelsin misali evine döndü. Tüm o kalabalıktan geriye bir tek sahilde durmuş denize doğru el sallayan İsmail Abi kaldı. Kalabalıklar bazı güzellikleri görmenize engel olurlar.

Ya da bazı güzellikler yalnızca kalabalıklar çekildiği zaman ortaya çıkarlar.

"İsmail nereye el sallıyo öyle?"

"Gemiye."

"Ne gemisi?"

"Kuru yük gemisi."

Belki de hiçbir zaman gelmeyecek bir kuru yük gemisi.

"Neyse, belki bi' gün kendi anlatır. Sonuçta bu İsmail Abi'nin hikâyesi."

***

Mahallede girilmedik ev, çalınmadık televizyon kalmamıştı. Yavuz Abi bir gecede mahalledeki tüm televizyonları çalmayı nasıl becerdi bilinmez ama bir sebebi olmalıydı mutlaka. Leyla'nın evinin önüne geldik. Kaldırıma oturduk. Uzun uzun sustuk. İki insanın konuşmaya ihtiyaç duymadan yan yana oturması aşkların en güzeli. Konuşmak isteyip de konuşamıyorsan, o sessizlik boğar insanı. Ama Leyla ve ben bu sessizlikte can bulduk. İkimiz de bu sessizlikten memnunduk. Ta ki benim karnım guruldayana kadar. Belki duymamıştır diye bir tepki vermedim ama ikinci guruldamayı duymamasının imkânı yoktu.

"Pek bir şey yemedim de bugün... Bi' de kaldırıma çöktük böyle de taş çekmesin? Bozarız mideyi cırcır oluruz bak."

İşte bu yüzden sessizlik kutsaldır. Konuştukça batırıyorum kendimi. Her lafım ayak bileğimden tutup da aşağı çekiyor beni.

"Tüm bunları daha önce de yaşamışsın gibi hissettin mi hiç?"

"Nasıl?"

"Aptalca gelicek belki ama sanki tüm bunları daha önce yaşamışım gibi hissediyorum bazen. Hele senin yanında olmak, o kadar tanıdık bi' duygu ki. İlk gördüğüm andan itibaren biliyodum galiba beni sevdiğini."

"Madem biliyodun da ne diye uğraştırdın o kadar, maymun oldum karşında ya."

"Evet ya, o pantolon neydi öyle Allah aşkına Mecnun. İnsan öyle bi' şey giyer mi ya?"

"Sus sus hatırlatma n'olur?"

Uzun uzun güldük. İki insanın sebebe ihtiyaç duymadan yan yana gülebilmesi aşkın ta kendisi. Gülmek en çok Leyla'ya, Leyla en çok bu ana yakışıyor. Ne geçmişin hatıralarına ne de geleceğin hayallerine sığabiliyor Leyla. Başını omzuma koydu. Saçlarının kokusu sardı tüm vücudumu.

"Bu sıcaklık, bu koku, her şey aynı. Tüm bunlar daha önce yaşanmış olabilir mi? Bir hayat en fazla kaç kere yaşanabilir ki?"

"Üç."

Hiçbir şey söylemeden kafasını kaldırıp baktı. Galiba beni değil de benim yanımda olduğu için kendini yadırgadı. Ama ne bileyim Leyla öyle bir şey soruyosun ki sen de yani. Hayır bir de tekrar, tekrar ve tekrar yaşasam, üç kere değil otuz üç kere yaşamış olsam bu anı ne değişir ki? Ben yine aynı heyecanı yaşıyor olurum. Yine gözlerinde kaybolurum. Yine aldığım her nefeste seni solurum. Her seferinde baştan başlasak, aramızda kilometreler de olsa ben yine seni bulurum.

Elimi tuttu. Gök gürledi. Sanki uyarı mahiyetinde yakınlarda bir yere yıldırım düştü.

"Korkma Leyla, tamam ben yanımdayım bi' şey yok merak etme."

"Mecnun, elimi sıkıyorsun?"

"Çok pardon ya, hiç farkında diyilim."

"Gök gürültüsünden mi korktun sen?"

"Yok ya gök gürültüsünden korktum demeyelim de ona..."

"Ne diyelim peki?"

Seni kaybetmekten korktum Leyla. Ya Aksakallı haklıysa söylediklerinde? Ya tüm bunlar biz bir araya geldik diye oluyorsa? Ya seninle ayrılmak zorunda kalırsak? Ya seni kaybedersem? Bir insanı kaybetme korkusu, keskin dişleriyle insanı içten içe kemiren korkunç bir canavar. "Merak etme, ben hep senin yanındayım," diyordu Leyla'nın gözleri. Aksakallı'nın söyledikleri doğru mu değil mi deneyip görmeli. Sol elimin tersiyle Leyla'nın yanağını okşadım önce, parmaklarımda hissettim tenini. Ardından boynundan kavramak istedim ama elimin ayarını nasıl kaçırdıysam artık ensesine yapıştım Leyla'nın. Romantik bir an yaşamaya çalışırken Leyla'ya el ense çekerken buldum kendimi. Baktım iş bambaşka yerlere gidiyor ensesinden asıldım, güç verdim biraz daha.

"Mecnun n'apıyosun?"

"Sen de sağlammışın ha. Hey maşallah! Pehlivan bu pehlivan."

Bu saçmalığa bir son vermek adına Leyla'ya doğru eğildim. Daha dudaklarına varamadan gökyüzü bembeyaz oldu. Ardından çıkan sesle sokaktaki tüm arabaların alarmı çalmaya başladı.

"Eyvah!" diyebildim sadece. "Korkma," dedi Leyla beni rahatlatmaya çalışırken, "sadece gök gürültüsü."

"Bu gök gürültüsünden çok daha fazlası Leyla. Bilmediğin şeyler var."

"Neymiş onlar?" diye sordu merak içinde. Daha fazla saklamanın mânâsı yoktu. Her şeyi bütün açıklığıyla Leyla'ya anlatmalıydım.

"Eğer seninle bir araya gelirsek dünyanın sonu gelicekmiş Leyla. Böyle elini tutunca filan da bi' şeyler oluyor sürekli. Sabah beni öptün ya hani, o yüzden sallanmış dünya mesela."

"He benim yüzümden olmuş yani öyle mi?"

"Yok senin yüzünden demedim Leyla."

"Suçlar gibi söyledin sanki? Ne yapaydık öpmeye miydik?"

"Dünyanın sonu gelmiş diyorum senin takıldığın şeye bak Leyla."

"Kim diyo peki bunu?"

"Dedem. Dedem derken öz dedem değil esasen. Aksakallı Dede. Rüyamda gördüm. Yardım edicem diye geldi yerleşti odama o günden beri beraber yaşıyoruz. Faydadan çok zararı dokundu gerçi. Arda'ya o fikirleri filan veren de buymuş meğer. İkimiz bir araya gelmeyelim diye uğraşıyomuş bunca zamandır. Çünkü bizim bir araya gelmemiz, dünyanın sonu demekmiş."

"Mecnun."

"Efendim?"

"Tiner mi çektin sen?"

"Yooğ."

"Bali mi kokladın? Çakmak gazı mı yuttun? Vernik mi yaladın n'aptın? Bu neyin kafasıysa söyle de ondan uzak duralım be Mecnun."

Anlattıklarımın tek kelimesine bile inanmadı. İnanmadığını da açıkça gösterdi. Bu kadar dalga geçmeyeydi iyiydi gerçi. Söylediklerimin saçma olduğunu göstermek istercesine sokuldu yanıma. Dudakları dudaklarıma değeceği sırada durdu. Gözlerimin içine baktı. Ve şaşkın bir şekilde sordu.

"Bebek pudrası mı kokuyosun sen?"
"Allık sandım da sürdüm ya."
"Ooo! Olay giderek ilginç bi' hâl almaya başlıyo. Neden diye sormuyorum hiç."
"Gerek yok bence de."
Sormadı. Dudaklarımızın yarım kalan bir buluşması vardı ve o buluşmayı gerçekleştirmek için harekete geçtik. Nefesini yüzümde hissettiğim anda "Leylaaaa!" diye bir ses geldi yukarıdan. Gök gürültüleri, yıldırımlar yetmedi, gök dile geldi resmen.
"A ha bak gördün mü? Uyarı kısmını geçti açık ve net isim verdi. Bu dünya ikimize karşı Leyla."
"Saçmalama Mecnun, bi' dur. Babam balkondan bağırıyo."
"Leylaaa!"
"Efendim baba?"
"Ne işin var senin bu saatte sokakta? Hemen eve çıkıyosun küçük hanım."
"Tamam, geliyorum."
"Yarın görüşürüz artık Mecnun. Sen de git dinlen biraz bu allık meselesini bilahare konuşcaz."
Leyla eve çıktı ve ben arkasından birkaç kez bilahare dedim. Söylenişi çok güzeldi. Yemek sipariş ettiğinde gelen kolonyalı mendil, plastik çatal kaşık ve kürdanın olduğu paketi mutfak çekmecesine koyar gibi "ben bunu kullanırım ki" diyerek attım hafızaya bilahare kelimesini. Yukarı baktım. Metin Amca hâlâ balkondaydı ve boka bakar gibi bakıyordu bana. Hafif kafayı öne eğerek baş selamı verdim. Kesmedi gülümsedim. O da yetmedi el sallamaya, el sallarken de sırıtmaya başladım.
"İyi geceler Metin Amcacım."
Hiçbir şey demeden içeri girdi. Balkonun kapısını öyle bir çarptı ki, kapı dile geldi, "Siktir git lan bekleme yapma!" diye

patladı suratıma. Bir gece daha Leyla'dan uzak, bir gece daha eve dönüyorum ve yalnızım. Leylasız geçen her gece için bu dünyadan alacaklıyım.

***

İnsanı yatağa yapıştıran bir sıcağa uyandım. Termometrenin bile "Abi yat aşşa boş ver kalkma yerinden, aç aç su kapıyı pencereyi aç cereyan yapsın az," dediği bir sabah. Şu an için hayattaki tek mutluluk, yastığın soğuk tarafını bulmak. Ama ne mümkün. Önü arkası kalmamış artık yastığın, her tarafı sırılsıklam. Bu mevsimde normal değil böyle bir sıcak. Sıcak yetmezmiş gibi bir de Aksakallı geldi tepemde dikildi.

"Beğendin mi yaptığını?"

"Yine n'aptım ya?"

"Daha n'apıcaksın? Senin yüzünden yanıyo memleket."

"Vay arkadaş ya, bunun da mı suçlusu benim yani?"

"Evet."

"Yatıyorum burda ya. Uyuyorum dede uyuyorum nasıl yapmış olabilirim acaba uyurken?"

"Dün akşam Leyla'yla beraberdin. Gecenin bi' yarılarına kadar oynaşınca dünyanın ekseni kaydı tabii."

"Hay eksenine sokiyim ya. Dünyayı diyorum yani, geri sokiyim eksenine. Nası yapalım onu? Bi' de sen bizi mi izliyodun? Koca adam oynaşmak filan diyo yakışıyo mu hiç?"

"Durum ciddi evlat. Kutuplardaki tüm buzullar bir gecede eridi sizin yüzünüzden. Hem sen ve Le..."

"Bi' saniye dede."

"Ne? N'oluyo?"

Telefonumu çıkardım. Şarjı bitmiş. Şarja taktım. Bir süre açılmasını bekledim. Mesajlara girdim. Aksakallı daha fazla dayanamadı.

"N'oldu evlat ne yapıyosun?"

"Şu son söylediğini mesaj atmam lazım Leyla'ya dede... Neydi? Heh! Kutuplardaki tüm buzullar bir gecede eridi senin yü... Yok, senin yüzünden olmaz. Aşkın. Heh tamam, senin aşkından... Kutuplardaki tüm buzullar eridi bir gecede senin aşkından... Oh gönderdim, süper oldu valla sağ olasın dede."

"Ah evlat. Ben sana daha ne diyim ki? İşler daha da kötüye gitmeye başladığında düşersin peşime."

Aksakallı derin bir iç çekti. Sitem ederek çıktı odadan. Ve telefonuma mesaj geldi. Emniyet, banka, gsm şirketi, kargo şirketi, alışveriş sitesi, açıköğretim fakültesi ve Erdal Abi'nin Cuma sabahı attığı mesajlar dışında ilk defa bir başkasından mesaj geldi telefonuma. "Çabuk Erdal Bakkal'a gel," diye yazmış Leyla. Haydaaa! Ne oldu ki şimdi? Mesajın böyle boktan bir yanı var işte. Yüzünü göremeyince, sesini duyamayınca ne hissettiğini bilemiyorsun karşındakinin. Göreslendiği için mi çabuk diye yazmış yoksa acil bir durum mu var? Her iki durumda da Erdal Bakkal'a koşmam için yeterli sebep var. Gönül koşar adım Leyla'ya gitmek istiyor ancak vücut çaresiz. Bu sıcakta kan ter içinde kalmamak için birkaç adım atıp gördüğüm ilk gölgede soluklanıyorum. Gömleği sallayıp ter izi olmasın diye mümkün olduğunca havalandırmaya çalışıyorum. Yoğun çabalar sonucu Erdal Bakkal'a geldiğimde Leyla kafasından aşağı bir buçuk litrelik pet şişeyle su döküyordu.

"Leyla?"

"Mecnun? Sen niye kupkurusun, nasıl becerdin terlememeyi?"

Daha evden çıkmadan terledim de döndüm gömlek değiştirdim. Adım adım yürüdüm, her gölgeye sığındım, baktım olacak gibi değil gömleği çıkardım da yürüdüm. Sokağın köşesine geldiğimde geçirdim üstüme diyecek halim yoktu herhalde.

"Ter bezlerimi aldırdım ben. Lüzumsuz bi' şey ya ter bezi dediğin. Yazın leş gibi kokuyosun, bi' de o şekilde otobüse, minibüse binen var. İğrençlik ya. Iyyğ! Terleyen adam da yani ne biliyim ben..."

"Ne var oğlum ne var? Ekmek parası kazanıyoruz biz burda. Ev geçindiriyoruz. Gel sen dur kolaysa şu dönerin başında."

"Erdal Abi sana bi' şey demedim ki ben."

"Konuşmıyım konuşmıyım diyorum ama kıza yarancam diye yapmadığın kalmadı Mecnun. Hemcinsini gömdün de ne geçti eline? He? Yarın öbür gün bu kız gider biz kalırız yanında Mecnun. Unutma bak bu söylediğimi."

"Unutmam abi tamam sen dönerinle ilgilen. Kim n'apıcaksa bu sıcakta tavuk döneri?"

Leyla'ya döndüm. Sıcaktan bitkin düşmüş haliyle karşımda duruyor, o yeşil gözleri benden bir şeyler saklıyordu. Bana söyleyemediği bi'...

"Mecnun biz gidiyoruz."

"Nasıl?"

"Al işte bak ben dedim. Bu kız yarın öbür gün gider dedim."

"Erdal Abi!"

"Dedim mi demedim mi? Bak gidiyo işte. Yine bize kaldın gördün mü? Ağlayacak bi' omuz ararsan burda var ama ter kokuyo biraz uyariyim şimdiden."

"Allah belanı vermesin Erdal Abi. Gözünü seviyim bi' huzur ver be abi. Kafam olmuş zaten Everest. Kafamın içinde dağcılar var, en tepeye ulaşmaya çalışıyolar şu an. Çığ düşebilir Erdal Abi, kafamın içinde çığ tehlikesi varken sen niye böyle yapıyosun?"

"Tamam Mecnun sakin ol."

"Nasıl sakin olabilirim Leyla? İnsan sevdiğinin gözlerine bakıp da gidiyorum der mi ya? İnsanlık suçu bu. Niye gidiyosunuz ki hem?"

"Babam dün geceden beri çıldırmış vaziyette. Zaten bahane arıyodu bu mahalleden taşınmak için. Dün olanlardan sonra da artık yeter toparlanın gidiyoruz dedi."

"N'oldu ki ya dün bi' şey mi oldu?"

"Gerçekten soruyo musun bunu Mecnun?"

"Bu kadar abartılıcak bi' durum yok yani ortada onu anlatmaya çalışıyorum."

"Adam evine giremedi de sahilde yatıcaktı nerdeyse."

"Her yer sallandı. Herkesi etkileyen bi' hadise bu sonuçta."

"Annemle annen birbirlerine girdi sahilde."

"Annenin cazgırlığı o ya ondan kaçışı yok ki."

"Ve üç televizyonumuzu da götürmüşler dün akşam."

"Yuh! Üç tane televizyonunuz mu var sizin?"

"İkimizi yan yana görünce de tamamen ipleri kopardı artık."

"Senin o babanın aklını karıştırıyım ben ya. Adam bi' sevemedi beni arkadaş. Babanın karşısına çıkıp neden beni sevmedin diye soram mı? Pis herif ya. Bozuk şarj kablosu."

"Ne biçim konuşuyosun babam hakkında Mecnun?"

"O hani böyle temas etmez de şarj yeri oturmaz ya. Zorlarsın eğersin bükersin şarj etmeye başlayınca bırakırsın da sonra bakarsın hiç şarj etmemiş. Heh işte senin baban tam olarak bu Leyla."

"Benim bi' fikrim var Mecnun."

"Nedir?"

"Kaçalım."

"Nasıl?"

"Gidelim buralardan. Beraber çekip gidelim. Bizi kimsenin bulamayacağı uzak yerlere gidelim."

"Gidelim tabii gitmesine de... O kadar da abartmasa mıydık acaba ya? Alt tarafı başka bi' mahalleye, hadi bilemedin başka bi' semte taşınırsınız. Bunun için kaçıp gitmeye değer mi? En fazla ne kadar uzağa gidebilirsiniz ki?"

"Sen babamı tanımıyosun Mecnun. Yıllardır beklediği fırsat geçti eline. Emeklilik hayalini gerçekleştirmek üzere adam. Yarın yatla denize açılcaz ve kimbilir hangi limanda demir atıcaz?"

"Sizin yatınız mı var? Katamaran mı yoksa trimaran mı?"

"Erdal Abiii! Abiim, bak bi' şey konuşuyoruz burda, zaten hava çok sıcak. Bi' de sen yormasan bizi. He?"

"Mecnun sen bu kızı kaçırma. Sen de git oğlum onlarla. İçgüveysi gir aileye. Ne yap et kaçırma bak aptallığına yanarsın sonra."

"Gidelim biz Leyla. Erdal Abi'den, babandan, yakamıza yapışmış bi' türlü düşmeyen aksiliklerden, peşimizi bırakmayan geçmişimizden kurtulup da gidelim. Çok uzaklara gidelim beraber Leyla."

"Süper. Ben biletleri ayarladım zaten, saat 5'te havalimanında görüşürüz."

"Uçak mı 5'te yoksa 5'te havalimanında mı olmamız gerekiyo? Hayır çek-in için erken gitmek gerekiyo ya o bakımdan."

"Ama uzatıyosun Mecnun. Ben eşyalarımı toplamaya gidiyorum sen de git hazırlan. 5'te havalimanında ol yeter gerisini düşünme."

"Sen beni kaçırıyor musun acaba şu an? Baya planını yapmış, biletleri almış, gelmiş beni ikna etmeye çalışıyosun. Ayy kendi rızamla kaçırılıyorum resmen."

Yaşadığın yeri terk etmeye karar vermek verilebilecek en büyük kararlardan biri. Benim bugüne kadar verdiğim en büyük kararsa odama poster asmaktı. İlk posteri astıktan sonra duramazsın derlerdi ve öyle de oldu. Beşiktaş posterinden Ferdi Tayfur posterine kadar duvarın her yerini posterlerle kapladım. Verebildiğim en büyük karar buydu. Ama bu mahalleden ayrılmak, sevdiklerimi geride bırakmak, hatıralarına sırt çevirmek bana göre değildi pek. Ömür boyu bu mahallede yaşayıp, burada yaşlanırım sanıyordum. Camın önünde top oynayan çocukları kovalarım, kaldırıma park eden arabaların sileceklerini kaldırırım, bel çantamı takıp kolumun altına sıkıştırdığım gasteyle kahveye filan giderim diye düşünüyordum. Leyla için tüm bunlardan vazgeçmeye hazırım. Zaten ilişki dediğin böyle bir şey değil mi?

İlişki: Bir başkasının senin var olan düzenini altüst etmesine kendi isteğin ve izninle razı geldiğin durum.

***

Eşyalarımı toplamak için eve geldim. Ama daha kapıdan giremeden adımın fısıldandığını duydum.

"Mecnuun... Mecnuuun..."

"Hoop! Kimdir o?"

"Pısst!"

"Pıst mı? Koca adam pıst diye çağırılır mı ya? Kimsin sen?"

"Benim."

"Sen kimsin ya?"

"Benim Mecnun."

"Mecnun mu? Mecnun benim."

"Öyle diyil yani benim diyorum, Mecnun. Tanımadın mı?"

"Arkadaş bi' ortaya çıkıp yüzünü göstermesen mi artık? Neredesin bi' el salla bakıyım."

"Şş burdayım Mecnun. Heeey!"

"Yavuz Abi?"

Mahallenin anasını ağlatan, koca mahalleyi radyolu walkmene mecbur bırakan adam bizim bahçede saklanıyordu.

"Abi ne işin var senin burda?"
"Yardım et bana Mecnun. Polis peşimde."
"Neden olduğuna dair hiçbir fikrin yok tabii."
"Yok vallahi."
"Abi mahallede televizyon bırakmamışın."
"Aaa aşk olsun ben öy..."
"Bırak abi anlatma hiç bırak. Bi' gecede nasıl götürdün o kadar televizyonu ya? Neyse ki arkadaş hatrımız varmış da bizimkine dokunmamışın."
"He yok sizinki tüplü, çok ağır oluyo. Taşıdığına değmiyo. Yükte ağır pahada hafif bi' televizyon sizinkisi. Değiştirmeyi düşünmüyo musunuz?"
"Abi meşgul etme beni işim var gözünü seviyim hadi."
"Mecnuun! Dur gitme. Yardım et bana."
"Nasıl yardım ediyim abi sana?"
"Sakla beni. Peşimdeler diyorum oğlum. Ortalık yatışıncaya kadar bi' süre kaybolsam yeter."
"E gel odamda kal bi'kaç gün n'apalım artık."
"Odan olmaz. Evdekiler görür. Kimsenin girip çıkmadığı bi' yer lazım bana."
"Kütüphaneye gidelim o zaman."
"Ulan ben burda canımla uğraşıyorum herif hâlâ şov peşinde. Yardım etmiyceksen söyle başımın çaresine bakıyım."
"Tamam dur tamam, bizim ardiyeye saklayalım seni."
Ardiye dediğim bildiğin kömürlük. Babam yıllar evvel "Ben bu bahçeye ardiye yapcam," diye tutturmuş, takribi 5-6 yıl içinde de tamamlamıştı eserini. Yarısı kerpiç, yarısı tahta, birkaç boşluğa da itinayla yerleştirilmiş suntayla iş görür bir hâl almıştı en azından. Çocukken bu ardiyede yaşamak isterdim. Gençliğimdeyse kömürlüğe dönen ardiye kış mevsiminden nefret etme sebebim olmuştu. Her gün kova kova kömür

taşımaktan kışın tadını çıkaramazdım haliyle. Bazı akşamlar, babam evdeyken sobanın yanında uyuyormuş gibi yapardım. O da bana kıyamaz gider kendi alır gelirdi kömürü. İşte kışın gerçek tadı o vakit çıkardı. Sobanın içinde harlanan alevler, közde patates, sobanın üstüne bırakılan kestaneler, odayı saran portakal kabuğu kokusu ve soba borusuna asılmış babamın donu, atleti, içliği... Evet şu son üçlü olmasa daha güzel bir anı olabilirdi. Zamanla kömürlükten depoya dönen ardiye Yavuz Abi'yi saklamak için mükemmel bir yerdi. Yıllardır kullanılmayan ne kadar eşya varsa buraya atılmıştı. Kapısını açar açmaz eski, dört tekerlekli bisikletimi gördüm karşımda.

"Bunu birinci sınıfın son günü babam almıştı. Sokakta binmeme izin vermezdi annem, yalnız bahçede. Babam arka tekerlerini sökeriz ileride demişti ama hiçbir zaman o iki tekeri çıkaracak kadar cesur olamadım. Şu hayatta hep destek olucak fazladan iki te..."

Birdenbire tüm dünya karardı. Mazi koca bir karadelik olmuştu ve beni içine çekiyordu. Bu kadar çok anılara dalınca Sunay Akın'a dönüşüyor da olabilirdim. Her taraf sallanıyor, giderek bulanıklaşan görüntü bir kararıp bir açılıyordu. Yere düşerken kayıp giden görüntüler içinden Yavuz Abi'yi seçebildim sadece. Her yer kararmadan önce elindeki odunla başımda dikiliyordu.

***

Kendime geldiğimde eski bir sandalyeye oturtulmuştum ve ellerim arkadan bağlanmıştı. Bu sandalyeyi babam kendi elleriyle 97 yılının sonbaharında yapm... Amaaan! Mazi beynimde yaradır. Bir türlü kabuk bağlamaz.

"Yavuz Abi? Niye bağladın abi beni?"

Hiç ses vermedi. Yüzüme de bakmadı. Yan yatmış bisikletin

arka tekerini çevirip durdu sadece.

"Abi? Şakayı tadında bırak istersen he? Tamam güldük eğlendik bağlamışsın beni çok güzel, de şaka yapıcam diye insanın kafasına odunla vurulur mu ya?"

Yine hiçbir tepki vermedi. Ne kadar zamandır baygınım bilmiyorum ama Leyla'ya yetişmem lazım. Saat 5'te havalimanında olmalıyım.

"Abi bak beni niye bağladın bilmiyorum ama burda kalamam ben. Acilen çözmen lazım beni."

"Saat 5'i geçsin de hele çözücem merak etme."

"Ama 5'te Leyla'yla... Leyla? Yavuz Abi?"

Kafasını kaldırıp gözlerime baktı. Duvara bakar gibi baktı. Gözlerime değil de bir boşluğa çakılı kaldı gözleri. Uzunca sustu. Söylemeyi düşündüğü ne varsa hepsini bir araya getirip yutkundu. Derinlere gömdü anlatacağı her şeyi. Sadece tek bir şey söyledi:

"Kusura bakma Mecnun. Mecburdum."

"Neye mecburdun abi? Neden yaptın bunu?"

Bu sefer sahiden duvara baktı. Gözleri sinema perdesine yansıtır gibi yansıttı duvara kafasının içindekileri. O da anlatmaya başladı duvarda izlediği şeyleri.

"Küçüktüm. Annem hastaydı. Çocukluğuma dair hatırladığım tek şey hastane kokusu. Bi' de annemin kalp atışlarını gösteren ekran. O ekranı izleyerek geçti çocukluğum. Çizgi film izler gibi izlerdim her gün. Çizgiler inip çıkarken arkadan kesik kesik bir ses eşlik ederdi onlara. Dıt... Dıt... Dıt... Dıt... Arada bir annem gözlerini açar, bazen kafamı okşardı. Sonra uyumaya başladı annem ve bir daha da hiç uyanmadı. Onun uyanmasını beklerken sürekli o çizgileri izledim. Uyansın diye çok dua ettim. Ama uyanmadı. Sonra çizgiler inip çıkmayı bıraktı. Düz bir çizgi aktı ekranda. Sonu gelmeyecekmiş gibi çıkan bir ses: Dıııııııııııııt. Kaçtım. Ömür boyu kaçtım. Bir daha o sesi duymamak için kaçtım. Akıp giden bir çizgiye bakmamak için kaçtım. Evet çaldım. Tüm televizyonları ben çaldım."

"Aşk olsun abi sen..."

"Öyle bi' insanım evet. Hatta çok daha kötü şeyler yaptım. Çünkü annem öldüğü gün anladım ki, hayat düz bir çizgide akıp gitmiyo. İnişlerin çıkışların olucak. Kaçacaksın, kovalanacaksın, yorulsan da durmayacaksın. Sonra Zeynep'i gördüm. O beni görmedi. Ama görmese de anladı beni. Oturdu dinledi. Anlattı dinledim. Hiçbir şey görmüyo Zeynep. Düz bir çizgi bile yok hayatında. Onun hak ettiği hayat bu değil. Çok daha fazlasını hak ediyo. O yüzden televizyonları çaldım. O yüzden tefeciden para aldım. Ama ne yaptıysam yetmedi. Ameliyatı için gereken parayı bir türlü bulamadım."

"Ah be abi biz bi' şekilde bulurduk o parayı beraber."

"Nasıl bulucaktık çok merak ediyorum gerçekten?"

"Ne biliyim işte mahalleliden filan toplardık üç-beş bi' şey. Konuşmuştuk hani bunları."

"Mahallenin kendine hayrı yok be. Ayrıca hangi zamanda yaşadığını zannediyosun sen? İnsanlar birbirlerine yardım etmeyi çoktan bırakmış. Herkesin tek derdi vicdanını rahatlatmak. Sokakta mendil satan çocuğa para vermek bile zor gelir, onun yerine sosyal medyada mendil satan çocuğun fotoğrafını paylaşmak yeter onlara. Bi' insanın neye ihtiyacı olduğunu bilmeden ona nasıl yardım edebilirsin ki? Birbirimizi kandırmayalım. Kimse kimsenin umrunda bile diyil. O yüzden kendi başımın çaresine bakmam lazımdı. Ve o yüzden de Arda'yla anlaştım."

"Arda mı?"

"Evet Arda. Senin Leyla'yla beraber gitmene engel olursam

tüm masrafları kendisinin karşılayacağını söyledi."

"Pisliğe bak sen ya. Sen niye inanıyosun ki abi ona? İşini gördükten sonra tanımaz seni, yarı yolda bırakır adamı o pislik be."

"Güvenilmez bi' tarafı var bence de evet. O yüzden parayı peşin aldım zaten."

"Vallaha mı? E ne güzel işte. Çöz abi o zaman beni. Paranı almışsın zaten sen. Bırak ben de Leyla'ya yetişiyim."

"Olmaz Mecnun. Bi' anlaşma yaptık Arda'yla ve ona bi' söz verdim. Ben verdiğim sözleri tutacak kadar onurlu, bu uğurda arkadaşını bile satacak kadar da onursuz bi' insanım. İşte ben böyle biriyim Mecnun."

Çok fena koyuyormuş adama arkadaşım dediğin bir insanın ihaneti. Hayat dediğin uzun bir yol. Ve bu yolda seninle beraber yürüyen insanlar var, yolda kaldığın zaman sana yardım edebilmek için. Yolda rastladıkların var, yanındakilerin kıymetini daha iyi anlayabilmen için. Yoluna taş koyanlar var, yürüdüğün yolu zehir etmek için. Bir de seni yarı yolda bırakanlar var, kendi başının çaresine bakabilmeyi öğrenebilmen için. Herkesin kendi doğrusu var ve herkes kendine göre haklı bu hayatta. Bu yüzden sonuca varmıyor hiçbir tartışma. Yavuz Abi'yle de tartışmanın bir anlamı yok. O kararını vermiş ve kendi yolunu belirlemiş nasılsa.

"Ya o kadar uzun değilse?"

"Ne?"

"Hayat diyorum, ya sandığımız kadar uzun bi' yol değilse?"

"Ne diyosun oğlum sen?"

"Haklısın diyorum. Senin yerinde olsam ben de aynısını yapardım. Ama bu anlattıklarını bana diyil, Zeynep'e anlat. Kaç gündür ortalıkta yoksun diye nasıl da telaşlandı kız. Aslında bilse her şeyi onun için yaptığını nasıl da sevinir. Hemen koşup kollarına atlar de mi?"

"Laf mı sokuyosun sen bana? Kollarıma atlasın diye yapmadım, o bu dünyaya bakabilmeyi hepimizden çok hak ediyo."

"Gerçekten mi? Seni şu halde görmesi mesela hoşuna gider mi? İnsanların yapmak istemediği şeylere mecbur bırakıldığı bi' dünya çok mu güzel? Griye boyanmış bir şehri göremeyerek çok mu şey kaybeder? Çirkinliğin, düşmanlığın, kavganın başını alıp gittiği bir zamanı dünya gözüyle görmeli öyle diyil mi? Dostun dosta ihanetini görmeye hangi göz katlanır peki?"

"Vicdan mı yaptırmaya çalışıyon oğlum sen? Sussana."

"İnsan yeri gelir kendi gölgesinden bile kurtulur da vicdanından kurtulamaz be abi. Zeynep seni gözlerini açtırman için sevmedi ki. Yanında olduğun için sevdi. Ona arkadaşlık ettiğin için sevdi. Seni insan sandığı için sevdi. Zeynep'in gören gözlere ihtiyacı yok. Sadece Zeynep'in diyil, hiçbirimizin ihtiyacı yok. Bu zamanda asıl ihtiyacımız olan sevgi be abi. Yanımızda bizi seven birinin olması. Beraber gülüp, beraber ağlayabildiğin biri. Dünyanın tüm çirkinliklerini görmene engel olabilecek biri. Hayata onun gözlerinden bakabileceğin biri. Hepimiz gö... Yavuz Abi? Ağlıyon mu sen?"

"Al hadi ağlattın beni mutlu musun şimdi? 35 yaşında adamım ben ya, ayıptır lan. Ağlatılır mı koca adam?"

"Hâlâ biraz insanlık kalmış içinde demek ki. Bırak ben de şu hayata gözlerinden bakabiliceğim tek kadının yanında oliyim be abi."

Daha fazla dayanamadı. Gözyaşlarını sildi. "Ulan ol hadi be!" deyip çözdü ellerimi, ayaklarımı. Ben seni bırakmadım, yolumu şaşırdım dercesine sıkı sıkı sarıldı. Ellerimi tuttu. Hakkını helal et dedi gözleri, helal olsun dedi gözlerim. Böyle el ele, göz göze herkesten gizli kömürlükte ne yapıyoruz lan biz diye kendimize geldik aynı anda.

"Sağ ol be Yavuz Abi. Şimdi müsaadenle gidiyim de hazırlanıyım."

"Yalnız kardeşim, hazırlanmak için pek vaktin olmayabilir."

"Nasıl? Saat kaç ki?"

"5'e geliyo."

"Ne kadar geliyo?"

"Baya bi' geliyo. 25 dakka var."

"Abi ne diyosun sen? 25 dakkada burdan havalimanına nasıl gideriz?"

"Gerekirse uçarak. Merak etme ne yapıp edip seni havalimanına yetiştiricem. Leyla'a kavuşmana kimse mani olamıycak."

"Sen de nası bi' arızasın arkadaş? Demin sandalyeye bağlayan kendi diyilmiş gibi ettiği laflara bak şunun."

"Dedim Mecnun. İnişlerin çıkışların olacak bu hayatta. Ömrün boyunca düz bi' çizgide ilerleyemezsin. Bazen dı..."

"Aaaabiii ne anlatıyosun daha kız gidiyo kız."

"O zaman koş Mecnun çabuk çabuk çabuk."

Delirmiş gibi dışarı attık kendimizi. Bahçeden çıktığımızda babam taksiye biniyordu.

"A ha bala bak taksi bulduk valla Mecnun. Taksi!"

"Mecnun?"

"Taksici tanıdı seni Mecnun."

"Abi taksici diyil babam o ya. Yani taksici de babam aynı zamanda. Bas baba bas."

"Nereye bas lan hayvan herif? Babaya emir mi veriyon it?"

"Babacım çok acil havalimanına gitmemiz lazım."

"Havalimanı mı? Allaaaah!"

"Baba? Taksimetreyi mi açtın sen?"

"Hee. Şu torpidoda Ciguli'nin kaseti olcaktı versene onu."

"Baba bırak şimdi kaseti maseti 20 dakkaya havalimanında olmamız lazım bizim."

"20 dakka mı? Zor ama imkânsız diyil. Hadi bakalım Sarı, sana işimiz düştü. Sıkı tutunun beyler uçuyoruz..."

Tabii ki uçamadık. 500 metre gidemeden durdu namussuz. Ben kullanırken hiç sorun çıkarmayan araba babam kullandığı zaman teklemeden gitmiyor. Nazı bir babama geçiyor. Ya da babam şoförlüğü eskisi kadar beceremiyor.

"Senin o fındık kadar olan beynini ezerim lan."

"N'oluyo ya?"

"O düşünceleri sil çabuk kafandan, yoksa kırarım bak o kafanı."

"Ne düşündüğümü ne biliyosun ya?"

"Babam şoförlüğü beceremiyo diye düşünüyosun şu an. O şekil geçiriyosun içinden fark ettim onu."

Yuh! Nasıl anladı bunu ya?

"Bakışlarından."

Bak hâlâ. Beynimi mi okuyo bu adam benim? Olabilir mi böyle bi' şey? Yok canım artık daha neler. E ne düşündüğümü nasıl bilebilir ki? Adam ne bok olduğunu biliyo oğlunun. Ondandır ya.

"Biliyorum tabii."

"Baba ben korkmaya başladım, vurduralım mı artık şu arabayı."

"İnin yüklenin. Şu yokuşun oraya kadar vurdurduk mu gelir kendine."

Gelmedi. Erdal Bakkal'a kadar kendine gelmedi namussuz. Tam çalıştı deyip taksiye atlarken Erdal Abi kesti bu sefer de önümüzü.

"Mecnun n'oluyo niye toplandınız, olay mı var? Geliyim mi ben de?"

"Çok acelemiz var Erdal Abi tutma bizi. Havalimanına yetişmeye çalışıyoruz, Leyla gidiyo."

"Ammaaan! Ben de bi' aksiyon var sandım heveslendim ya. Romantik bi'takım hareketlermiş. Gidicen şimdi uçak kalkmadan yetişcen, öpüşceniz filan. Hiç bana göre şeyler diyil."

"Erdaaal Erdaaal! İzlediğin dizi 150 dakkaya çıksın da gecenin bi' vakitlerine kadar başından kalkama e mi Erdal!"

"150 dakka dizi mi olur ya? İzlemem ki, ne izlicem öyle diziyi?"

"Çekilsene, çocuk acelemiz var diyo duymuyo musun?"

"Aman iyi hadi gidin. Gitsin de öpüşsün ne geçcekse eline? O öpüştüğün kadın evlendiğin zaman klozetin kapağını kaldır dediğinde görürüm seni."

Ara sokaklardan, alternatif yollardan, trafikten kaçarak ulaşmaya çalışıyorduk havalimanına. Acil bir durum olduğunu anlamış ama hiçbir şey sormamıştı babam. Babalar böyledir işte. Halden anlar, düşüncelidir. Ne kadar merak etse de sormaz. Senin anlatmanı bekler. Bir babanın sessizliği, yıkılmaz duvarları olan kale gibidir. Güven verir insana. Yavuz Abi muhabbet açma girişiminde bulunana kadar gayet güzel sessiz sakin devam ediyorduk yolumuza.

"Senin meslek nedir abi?"

"Bana mı soruyosun? Taksiciyim işte görmüyo musun?"

"Bırak şimdi, başka bi' mesleğin yok muydu eskiden?"

"Ne gibi?"

"Ne bileyim işte tekstille uğraşmışsındır da sektör öldükten sonra taksiciliğe başlamışsındır filan gibi."

"Mecnun, kim oğlum bu adam?"

"Arkadaşım."

"Ekonomik kriz çok kötü vurmuştur tabii sizin sektörü."

"Birader, ilk defa mı taksiye biniyon sen?"

"Çok mu belli oluyo?"

"Taksici geyiği yapcam diye debelenip duruyon arkada.

Öyle bi' şey diyil lan o. Gelmiyosa zorlama."

"Ahmet Necdet Sezer o anayasa kitapçığını fırlatmıycaktı abi ya."

"Ohooo dinlemiyo ki bu beni."

Yol boyunca siyasetten futbola, ekonomiden televizyona kadar her konuyu denedi ama bir türlü beklediği geyik muhabbetini başlatamadı Yavuz Abi. Onun canhıraş uğraşlarıyla birlikte ulaştık sonunda havalimanına. Daha durmadan atladım arabadan. Koşarak girdim binaya.

"E taksimetre? Mecnun! Gelsene oğlum buraya."

"BBG Tarık mesela bak nasıl kayboldu bi' anda..."

"Senin de geyiğin hiç çekilmiyomuş be birader."

Ben önde, babam arkamda, Yavuz Abi ikimizin de arkasında güvenlik kontrolüne kadar koşturduk. Kapıya gelince o telaşlı, koşturan halimizden eser kalmamış vaziyette kuyruğa girdik. Babam arkamda söylenmeye devam ediyordu.

"Oğlum, o kadar yol getirdin bizi versene şu taksi parasını."

"Baba oğlunum ben senin oğlun oğlun. İnsanın oğluna kurcağı cümle mi şu ya? Yok ki ben de o kadar para."

"Bari bir sakal at da siftahımız olsun."

"N'apıyosun baba Allah aşkına o hareketler nedir? Param olmadığını biliyosun daha neyini zorluyosun? Mevzuyu merak ettiğin için peşimden gelmiş olabilir misin acaba?"

"Köpek gibi merak ediyorum ya. Yüz göz olmiyim diye sormadım da ama n'oluyo oğlum ne işin var senin havalimanında?"

Bazı babaların sessizliği de Fevzi Tuncay'ın koruduğu Beşiktaş kalesi gibidir. En güvendiğin anda bile yedirebilir golü sana.

"Evladıyla yüz göz olmamak için vakur bir tavır takınmak nedir ama ya? Vakur nedir ayrıca, niçin cümle içinde kullanmaya çalıştıysam?"

Sıra bize geldi. Yüzünde açan gülleri anında solduran güvenlik görevlisinin işaretiyle kapıdan geçtim. Tabii ki öttü. Cebimdeki bozuk para, anahtar gibi metal eşyaları çıkarmamı söyledi, yok zaten dediysem de dinletemedim. Kemeri çıkardım. Ben kemeri çıkarırken babam cebindeki anahtarları ve bozuk paraları çıkarmış hazır vaziyette bekliyordu. Geçti kapıdan. O geçince de öterek rahatsızlığını belli etti kapı. Babam güvenlik görevlisine dönüp kibarca "Çok pardon, bi' saniye," dedi ve gömleğinin altından pantolonunun kenarına sıkıştırdığı levyeyi çıkarıp, adamın eline tutuşturdu.

"Baba?"

"Ne vakit lazım olucağı belli olmuyo ki be oğlum."

Üstündeki tüm metallerden kurtulmuş olmanın verdiği huzurla geçti kapıdan. Kapı durumu sakin karşıladı herhangi bir tepki vermedi. Ardından ben geçtim ve kapı yine rahatsız oldu bu durumdan. Belli ki beni içeri almak istemiyorlar. Başka bir açıklaması olamaz bunun. Sanırsın bütün kapıları beni içeri almamak için yapmışlar. Üzerimde hiçbir şey kalmadığını anlatmaya çalıştıysam da dinletemedim yüzünde gül solduran güvenlik görevlisine. Tekrar geçmemi istedi. Tekrar geçtim. Kapı yine ötünce ayakkabılarımı çıkarmamı istedi. Çıkardım öyle geçtim. Yine öttü. Güvenlik görevlisi daha ağzını bile açmadan soyunmaya başladım. Bu sırada Yavuz Abi de kapıdan geçtiği sırada ötünce güvelik görevlisi dayanamadı.

"Ya arkadaşlar inadına mı yapıyosunuz? Üzerinizdeki metalleri çıkarın demedik mi size?"

"Aaa duymamışım ya onu pardon. Gerçi üstümde me... Hee bu vardı doğru," deyip de bu sıcakta üstünden çıkarmadığı o deri yeleğinin içinden araba teybi çıkardı. Bu teyp?

"Benim arabanın teybi diyil mi o?"

"Yuh! Hâlâ üstünde mi taşıyon onu Yavuz Abi?"
"Amirim o levyeyi alabilir miyim bi' saniyeliğine."
"Ya tamam geçin hadi geçin. Sizin yüzünüzden kuyruk uzadı. Amirim dedi herif bana ya."
"Madem geçiricektin ne soyundurdun o kadar arkadaş ya? Götümde don, ayağımda çorapla havalimanının ortasında duruyorum şu an. Çıkaram mı donu da?"
"Tamam Mecnun yürü hadi millet bize bakıyo rezil olduk senin yüzünden."
"Taktı abi kapı bana."
İçeri girdikten sonra Leyla'yı aramaya koyulduk. Yüzlerce uçak arasında hangi uçağa bineceğini bilmiyordum. Binlerce insanın içinde Leyla'yı nasıl bulabileceğime dair hiçbir fikrim yoktu. Ve saat 5'i geçiyordu.
"Bu kalabalığın içinde nasıl bulucaz abi Leyla'yı?"
"E arasana."
"Nasıl aricam abi telefonum yo... Anaaa çorabımın içindeydi telefon doğru ya."

SAHİBİNDEN AZ KULLANILMIŞ İKİNCİ EL BEYİN!

Bazen kendimi çok şanslı hissediyorum. Gerekmedikçe kullanmadığım pırıl pırıl bir beynim var. İleride çok para eder bence bu. Çorabımdan telefonumu çıkardım ve Leyla'yı aradım.
"Cep telefonuna sigara muamelesi yapan bi' çocuk yetiştirmeyi nasıl becermiş olabiliriz ki biz ya? Hayır anası sutyenine para sıkıştıran bi' kadın olsa yine anlarım."
Leyla'nın telefonu kapalıydı. Tek tek tüm havayolu şirketlerini dolaştım. Hepsine Leyla'yı sordum. Hangi uçakta olduğunu öğrenmeye çalıştım. Tüm çabalarımın karşılığı koca

bir sıfır oldu. Alışkın olduğum için yadırgamadım, gittim bir köşeye çöktüm. Artık hiç umudum kalmamıştı. İnsanın umudunu yitirmesi, güzel şeylerin olmasına engel değildi. Mucize dediğin tam da bu anlar için vardı zaten. Babam geldi, omzumdan destek alıp oturdu yanıma.

"Şşş! Sallandırma suratını hadi. Buldum Leyla'yı."

"Nasıl ya? Nasıl buldun? Ben de baktım sordum aradım o kadar."

"Eee aramasını bilcen oğlum."

Böyle anlarda çıkıp "Ey zalım hayat; sen mi büyüksün ben mi? Vur ulan! Az daha vur hadi. Ben kolay ölmem!" diye bağırası geliyor insanın.

"Eee nerde Leyla?"

"Uçakta."

"Hangi uçakta?"

"Şu kalkmak üzere olan uçak var ya, onun içinde."

Ve böyle anlarda da hayat seni tek yumrukta yere serip "Git akranına dalaş," diyerek tepende sırıtıyor. Uçağı durdurmak için aprona girmek istedim ama izin vermediler.

"Leyla uçakta ama ya, o uçağı durdurmak zorundayım lütfen."

"İmkânsız beyfendi. Uçak kalkmak üzere. Ayrıca aprona girmeniz yasak."

Yavuz Abi elinin tersiyle kenara itti beni. Kendinden emin ve havalı bir şekilde yanaştı kapıdaki görevli kadına.

"Bi' saniye Mecnuncum. Ben hallederim… Hanımefendi, siz hiç âşık oldunuz mu?"

"Olmadım."

"Yok beni aşar bu. Ben de halledemem Mecnun kusura bakma. Âşık olsaydı kolaydı da işte."

"Benim çevremde niçin hiç normal insan yok acaba?"

"Mecnuuuun!"
"Hoooop! İsmail Abi?"
"Ne yaptın?"
"Hadi buyrun bakalım biri daha geldi. Neyi ne yaptım İsmail Abi?"
"Genel diyorum yani ne yaptın, ne işiniz var burda mânâsında?"
"İsmail! Ordan bağırmasan da yanımıza gelsen azcık be gülüm?"
"Doğru diyon İskender Abi geldim… Çok heyecanlıyım da İskender Abi ilk iş günüm bugün."
"Belli belli nasıl da şık olmuşun, hayırdır ne işi bu?"
"Host oldum İskender Abi."
"Host mu?"
"Ay host ulan."
Herkes ölüm sessizliğine büründü. Tüm havalimanı durdu ve Yavuz Abi'ye "Sebebi neydi ki?" diye sorarcasına baktı. Kendisi "ehe ehe" diye yalandan gülerek üstündeki bakışları savuşturmaya çalıştıysa da güvenliğin kendisini havalimanından çıkarmasına engel olamadı. Yavuz Abi havalimanından çıkınca hayat normal seyrine döndü.
"İsmail Abi. Leyla şu uçağın içinde ve uçak kalkmak üzere. Bi' şeyler yapabilir misin abi?"
"Ayıpsın Mecnun. İsmail Abin var burda senin."
"Vallaha mı?"
"Gelin benimle."
Takıldık İsmail Abi'nin peşine. Açtırdı tüm kapıları. Aponda koşturmaya başladık. Yalnız ufak bir terslik vardı. Uçağa doğru değil de tam tersi yöne doğru gidiyordu İsmail Abi. Uçak hareket aldı.
"İsmail Abi?"

"Tamam geldik Mecnun. Binin."
"Neye binin?"
"Uçağa."
"Sormaya da korkuyorum abi ama, niçin?"
"E işte Leyla'yı yakalıycaz Mecnun. Ben kullanırım uçağı. Leyla'nın uçağının üstünden geçerken de atlarsın sen laaaaps diye gider Leyla'nın camına yapıştırırsın suratını. Şşş Mecnun bana bak, Tarık Akan'la Gülşen Bubikoğlu'nun filmindeki gibi olur ha. Otobüsün camından sarkıp öpüyodu ya Tarık Akan. Ne diyon hacı?"
"Ne diyim abi? Ne diyebilirim ki? İnan dilim tutuldu şu an. Yok böyle bi' plan ya. Bu fikir benim aklıma nasıl gelmez diye hayıflanıyorum inanır mısın? İnanılmaz ya."
"Huffhh huhhh. Ayhhh! Lan ne koşturdunuz o kadar be. Yaşlı başlı adamım ben oğlum. Evet İsmail, n'apıyoruz?"
"Uçağa atlıyoruz İskender Abi."
"Yok ben kullanmasını bilmem bunu İsmail."
"Ben kullancam zaten İskender Abi."
"Heeğ. Sen uçak kullanmasını biliyo musun ki İsmail?"
"Al işte. Senin ben o konuştuğun lafa spin atıyım İskender Abi. Küban 8 yapayım senin o lafına. Ya hiç mi beni tanıyamadın sen, şu İsmail'i hiç mi bilemedin yani kim olduğunu? Benim dedelerim, atalarım hep uçmuş. Çok uçan bir aileyiz biz İskender Abi. Benim dedem Hezarfen Ahmet Çelebi'ydi be."

1632/*Galata Kulesi*
"Hezarfen!"
"Hoop!"
"Ne yaptın?"
"Neyi ne yaptım?"
"Kanatları diyorum, ne yaptın? Uçuş yok mu bugün?"

"Var var geç şöyle."
"Nasıl alışabildin mi bari?"
"E hâlâ bi' yükselince gönlüm bulanır gibi oluyo ama daha iyiyim."
"Oh zamanla daha da alışırsın bakalım hayırlısı. Ne zaman kalkar?"
"Dolunca kalkar amma da sabırsızsın ya sen de. Haydiii Üsküdar Üsküdar Üsküdar. Üsküdar kalkıyoooo! Kalmasın Üsküdar... Üsküdar Üsküdar Üsküdar..."
"Yavrum Beşiktaş'tan geçer mi?"
"Hee geçer teyze geçer, 3. Köprü'yü dolanıp öyle geççem karşıya. Üsküdar diyoruz sabah beri teyzem duymuyon mu beni?"
"E iniyim madem ben."
"Ya gel buraya tonton teyzem gel. Nereye iniyon 35 bin merdiven var. Buraya çıkana kadar Beşiktaş'a yürürdün ya. Neyse atlayın bakalım. Takam da şu kanatları. Teyzeyi sıkı tut, Beşiktaş'tan geçicem, hafif alçalınca salarsın sen teyzeyi. Haydi bakalım... Dear passengers, uçağımız kalkmak üzeredir. Lütfen kemerlerinizi bağlayınız. Koltuğunuzu dik, güneşliğinizi açık, masanızı kapalı konuma getiriniz."

21. Yüzyıl Başları / *Atatürk Havalimanı*

"Anlıycağnız hep genlerimden gelir bendeki bu uçma sevdası... E hadi Mecnun binsene."
Bindim. Çaresizlik insana neler yaptırır konulu deneyin kobayı bendim muhtemelen. Leyla'nın uçağı yavaşça yükseldi. Havalanırken arkasından bakmaktan başka bir şey gelmiyordu elimden. İsmail Abi uçağın düğmelerine rastgele basıyor, orasını burasını kurcalamaya devam ediyordu.
"Fitesi nerde ya bunun, fitesi bulsam kolay da aslında gerisi.

Heh tamam, buldum."

Aşağı sarkıp babama bağırdı.

"Boşta şu an İskender Abi."

"Tamam gerisi bende İsmail. Apronun sonuna kadar vurdurduk mu tamamdır. Mecnun! Gel lan yardım et sen de."

Leyla'yla birlikte hayallerim de uçup giderken ben apronda babamla birlikte uçak vurduruyorum. Tamam ulan zalım hayat. Anladık sen büyüksün. Yaptık işte bir hata. Gelme artık üstüme.

"Mecnun."

Durdum. Arkamı döndüğümde havalimanı güvenliği ve polislerle beraber Leyla'yı gördüm. Aralarında durmuş bana sesleniyordu.

"Leyla?"

"Leyla mı?"

Babam da durdu. Leyla yanımıza koştu.

"Sen uçakta değil miydin?"

"Yoo."

"Babacım?"

"Ya ben Leyla Yılmaz hangi uçakta diye sorunca... Tabii koca memlekette kimbilir kaç tane Leyla Yılmaz vardır. Yılmaz soyadı çok ya. Öztürk soyadı da çok bak."

"Baba. Müsaadenle."

"He buyrun ya buyrun rahat rahat konuşun siz. Ben yokmuşum gibi takılabilirsiniz."

"Gitmemişsin Leyla."

"Sensiz bir yere gidemem ki. Seni bekledim."

"Bekledim derken? Hayırdır Mecnun, sen nereye gidiyosun?"

"Baba bu mevzuyu evde konuşsak olur mu?"

"Olur tabii olur. O da olur. Neyse polisler filan da gelmiş, ben gidiyim onlarla ilgileniyim."

Babam polislerin yanına gitti. Suratıma bile bakmadı. Gideceğimi öğrenince fena bozuldu.

"İskender Amca'nın haberi yoktu galiba?"

"Yani. İşler çok karıştı Leyla. Vaktinde gelemeyince çok korktum gittin diye. Seni yakalayabilmek için düştük biz de peşine."

"E bi' sonraki uçağa binseydin de olurdu. Niye büyüttün olayı bu kadar?"

"İşte insan sağlıklı düşünemiyo o an. Hele yanında İsmail Abi gibi biri olunca… İsmail Abi?"

"Aaaa havalanmış uçak."

"İsmail Abiii? Yuh uçtu gitti adam resmen."

altıncı bölüm

İşlerin ters gitme ihtimali varsa, mutlaka ters gider. Kaan buna "Murphy Kanunları" diyor. Annemse "Besmelesiz çıkıyon evden ondan oluyo, sağ ayağınla çık şu evden" diyor. Babam da "Genze kadar çekçeğin suyu, geniz önemli" şeklinde yaklaşıyor meseleye. Erdal Abi "İşlerin ters gitme ihtimali mi varmış? Olmaz! Gidemez! İşler ters giderse n'aparım ben? Batarım yauğ. Kimden duydun? İşimi baltalayacak adamın ben ta..." şeklinde uzatıyor. Yavuz Abi "İşler ters giderse yapacağın tek şey var: Topuk topuk topuk" diye akıl veriyor. İsmail Abi de "İş mi? Ne İşi? Yol-yemek-sigorta varsa çalışırım hacı" diye baştan aşağı yanlış anlıyor meseleyi. Bense kısaca "İşte hayatım" diyorum.

Bundan sonra her şey çok farklı olacak. Çünkü artık Leyla var. İşlerin ters gitme ihtimaline karşı "Ben hep senin yanındayım" diyor bana. Gerçek olamayacak kadar güzel şeyler vardır bu hayatta. İşte onların hepsini sende toplamışlar Leyla. Aşk acısı çekenleri, kahrından ölenleri, sevip de söyleyemeyenleri, vakitsiz terk edilenleri hep bir araya toplamak ve onlara dönüp şöyle demek istiyorum: "Ahahahahahahahahahaha! Ben Leyla'ya kavuştuuum, ben Leyla'ya kavuştuuum lalla lalla laa laa!" Ama bunu yapamam. Öyle düşünceli ya da duyarlı biri olduğumdan filan değil. Önümdeki tek engel, dünyanın sonunun geliyor oluşu. Leyla'yla her buluşmamız ayrı bir felaketle sonuçlandı. Ben burada Leyla'nın elini tutuyorum, dünyanın öbür ucunda volkanik patlamalar gerçekleşiyor. Leyla başını omzuma koyunca beklenmedik bir fırtına kopuyor dünyanın herhangi bir yerinde. Göz göze gelmemiz bile yetiyor gökyüzünden yıldırımlar indirmeye. Başta pek oralı olmadım ama bir araya gelmemizin dünyanın dengesini bozduğuna inanmaya başladım zamanla. Leyla'yla beraberken ne yapacağımı, nasıl davranacağımı şaşırır oldum artık. Hani tek tarafı bozuk kulaklıkla müzik dinlemeye çalışırsın da o bozuk olan tarafın kablosunu kıvırırsın olmaz, sıkıştırırsın olmaz, çekiştirirsin, eğersin, bükersin ve sonunda ses gelmeye başlar ya, sen de aman bozulmasın tekrar diye kımıldamadan dinlersin müziğini. Gönül şarkıya eşlik etmek ister, sesini çıkarmadan avaz avaz bağırmak ister, klip çekermişçesine hareketler sergilemek ister ama nafile. Put gibi durup dinlersin sadece. Heh işte, Leyla'yla ilişkimiz tam olarak bu şekilde ilerliyor bizim de. Dilden dile dolaşan efsane âşıklar olacağız derken bozuk kulaklık olduk resmen.

Akşam haberlerinde dünyanın dört bir yanındaki felaketlerden bahsediliyordu artık sadece. Telefonla dolandırılan teyzeler, evlilik vaadiyle kandırılan amcalar, zam şampiyonu sebzeler ve komikli videoların pabucu dama atılmıştı. Herkes gergindi. Uzmanlar olası Marmara depremi konusunda vatandaşları uyarıyordu. Bilim insanları dünyanın ekseninin kaydığından bahsediyordu. Din adamları kıyametin yaklaştığına dikkat çekiyordu. Büyük resmi gördüklerini iddia edenler Amerika'nın oyunu olduğunu, hayal dünyası daha geniş olanlarsa dünyadışı varlıkların kurbanı olduğumuzu söylüyorlardı. İşin iyi yanı, kimse Leyla ve benden şüphelenmiyordu. Binlerce yıldır savaşan, dövüşen, ortada hiçbir şey yokken bile didişen insanlığın sonunu bizim sevgimiz getirecekti. Tüm bu felaketlere bir çare düşünmekten sabaha kadar uyuyamadım. Yani tüm gece boyu bunu düşünmedim de yatağa girdiğimde bir ara düşündüm en azından. Sonra Leyla'yı düşündüm. Sonra bozuk kulaklığımı takıp Leyla'yı düşünmeye devam ettim. Sonra mutfağa gittim ve buzdolabını açıp uzun uzun içine baktım. Niye kalkıp mutfağa geldiğimi bile unutmuştum. Dolabı kapatıp tekrar yatağıma döndüm. Gün doğana kadar birbirinden alakasız yüzlerce düşünce geçti kafamın içinden. Erken yatayım dediğim bir gece daha sabaha kadar uyumadan bitti böylece. Günün ilk ışıklarıyla beraber gözlerim kapanırken annemin çığlıklarıyla sıçradım yerimden.

"Felaket! Felaket ki ne felaket! Yetişin a komşular!"

Tüm dünyayı saran felaketler zinciri sonunda bizi de vurmuştu. Üstelik Leyla'yla yan yana bile gelmiş değilken. Sadece Leyla'yı düşünmem bile yetiyor demek ki bu tür şeylerin olmasına. Hızla aşağı indim. Annem mutfağın önünde durmuş dövünüyordu.

"Anne, n'oldu bi' şey mi var?"

"Var ya var, baksana şu mutfağın haline."

"Ne var ki anne mutfağın halinde?"

"Görmüyo musun oğlum yerleri? Her taraf su içinde. Lavabonun altından akıtmış hep. Ah İskender ah! Dedim bi' tesisatçı çağıralım sen beceremezsin diye ama dinleyen kim?"

"Bunun için mi feryat figan bağırdın ya sen sabah sabah? Millet korkusundan evinden çıkamıyo. Başımıza meteor mu düşcek, sokakları atlar mı bascak belli diyil. Sen kalkmış mutfakta bi' parmak su var diye ortalığı ayağa kaldırıyosun anne."

"Halım malım hep mahvoldu ama."

"N'oluyo Pakize sabah sabah ne bu gürültü?"

"Bi' şey yok baba ya, mutfağı su basmış. Su basmış dediğim de bu işte. Abartıyo yine annem her zamanki gibi."

"N'oluyo Pakize sabah sabah ne bu gürültü?"

Babam hâlâ görmezden geliyor beni. Aynı evin içinde yaşıyoruz ama yüzüme bile bakmıyor. Olur da karşılaşırız diye yürürken kafasını yerden kaldırmıyor adam. Mutfağı toparladı, lavaboyu tamir etti, kahvaltı masasını hazırladı. Benimle yalnız kalmamak adına ne gerekiyorsa yaptı. Çatalı, bardağı, tabağı ne varsa ikişer tane getirip koydu masaya. Beni kahvaltı masasında istemediğini alenen belli etse de kendi bardağımı, çatalımı, tabağımı getirip oturdum yanına. Koskoca Baba İskender'i küstürmüştüm kendime. Leyla'yla beraber gitmeye çalıştığım için çok içerlemiş belli ki. Kolay değil tabii. Evlat ne de olsa. Belki de veda bile etmeden gidecektim buralardan. Ne kadar kızsa, bağırsa, çağırsa gece gündüz fırça atsa haklıydı. Ama o öyle yapmak yerine sessizliğe büründü. Anneme de hiçbir şey söylemedi. "Bu yaşananlar aramızda bir sır olarak kalacak ama bundan sonra yüzüne bakmıycam," diye bir şey söyledi de ben mi kaçırdım acaba? Gitmemden korktuğu için benimle hiç konuşmuyordur belki de. Vay be! Baba İskender dedikleri koca cüsseli şu adamın içinde meğer bir serçenin yüreği varmış. Annem mutfağa gittiğinde daha fazla dayanamayıp babamın elini tuttum.

"N'apıyosun lan sen?"

"Kırılgan, ürkek, serçe yürekli aslan babam benim."

"Ne biçim konuşuyosun oğlum sen benimle?"

"Merak etme. Hiçbir yere gitmiycem. Her zaman senin yanında olucam."

"Allah aşkına git Mecnun. N'olur git. Bak yalvarıyorum sana git. Ben seni evden atamıyorum bari sen kendi rızanla git."

"İskender! Ne bağırıyosun yine çocuğa?"

"Bırak anne bırak. Ben onun neden böyle davrandığının farkındayım."

"Nedenmiş?"

"E sizi bırakıp gidiceğimi düşündüğün için böylesin. Doğru söyle, çok mu kırıldın bana?"

"Ne diyo bu Pakize? Ulan ben seni evden atıyodum da anan sütümü helal etmem dediği için atamadım."

"İskender! Yeri mi şimdi özelimizi döküyosun kahvaltı masasında?"

"Bunun yeri tam olarak neresi anne onu öğrenebilir miyim acaba? Psikolojim yerlerde şu an. Anlatılcak şey mi bu ya? E sen niye küssün peki bana?"

"Küs mü? Akranın mıyım oğlum ben senin? Niye küseyim sana?"

"Suratıma bile bakmıyosun?"

"Yediğin haltı fark edersin de bi' özür dilersin, düzeltmek için bi' şeyler yaparsın, ben size artık çok yük oldum babacım en iyisi gidiyim dersin diye bekledim ama umduğumu bulamadım. Serçe yürekli dedi bana Pakize."

"Aaa ne ayıp şey."

"N'aptım ki ben ya?"

"Daha napıcan? Senin yüzünden havalimanının ortasında bıraktık diye çektiler taksiyi. Ehliyetime de el koydular. Aprona girdik diye aldığımız cezayı saymıyorum bile bak."

"Ceza almadık ki onun için. Bi' daha aprona girmeyin dediler sadece."

"Ayrıca senin yüzünden tüm gün evde pinekliyorum."

"Emekli olmak istiyodun zaten bak ne güzel işte. Otur evinde ya."

"Aman oturmasın. Evde oturdukça kafayı yedi adam. Orayı

burayı tamir edeyim derken evi başımıza yıkacak sonunda. Televizyonun başından kalktığı da yok. Müge Anlı'nın müptelası oldu. Katili bulcam diye kapıya pencereye şemalar çizmeye başladı oğlum. Hayır benim korkum Esra Erol'un müptelası olursa n'aparız? Kalkıp "Everin beni," diye gitmesin programa?"

"Merak etme Pakize, bende bu oğlan varken kimse almaz beni zaten."

"Olay nasıl bana döndü ya öyle bi' anda? Dinleyici olarak katıldığım konuşmada bile hakaret yedim."

"Ben de 1985 yılına girerken bir bok yedim, 9 ay 12 gün sonra seni verdiler kucağıma. Yeni bi' yıla giriyoruz diye de bu kadar coşulmaz ki. Kuruyemişini portakalını ye, dansözü izledikten sonra yat uyu halbuki. Ah kafam ah."

"Ama İskender bütün özelimiz kahvaltı masasında yani."

"Hakkaten baba resmen donattın masayı. Bırak gerilme bu kadar otur evinde, dışarısı karışık zaten. Bi' gün kar fırtınası varken ertesi gün güneş kavuruyo her yeri. Seller, heyelanlar, trafik kazaları aldı başını gidiyo valla."

"Allah bilir bunlar da senin yüzündendir."

"Yuh nerden bildin ya? Yani... Ne alakası var ya benle? N'aptım ki ben? Niye benle alakalı olsun?"

Babam malını biliyordu tabii. Hemen konuyu değiştirmeliydim.

"Emlak vergisini yatırdık mı ya biz?"

Geri zekâlı! Neyse ki kapı çaldı da daha fazla debelenmeme gerek kalmadı. Erdal Abi elinde eski ve kalın bir defterle geldi masanın başına oturdu.

"Hayırlı günler sayın Çınar ailesi."

"N'oldu, yine neyin peşindesin Erdal?"

"Malum ahir zamandayız İskender. Her gün ayrı bir afet

yaşanıyor. Daha bu sabah Eyjafjallajökull Yanardağı patladı."

"Ne yanardağı?"

"Eyjafjallajökull Yanardağı."

"Yuh! Nası söyleyebildin onu tek seferde ya."

"Neyse demem o ki her geçen gün bu fani dünyanın sonuna daha da yaklaşıyoruz."

"Sen de elinde veresiye defteriyle kapı kapı gezip alacaklarını mı topluyosun?"

"Veresiye değil, helallik defteri bu İskender."

"Helallik defteri ne be?"

"Şimdi bak sizin sayfanızı açıyorum, buraya kimin kime ne kadar hakkı geçmiş hep not almışım. Mesela bugüne kadar 37 kere bana evin anahtarını bırakmışsınız. Bi' nevi evinizi bana emanet etmişsiniz. Ve ben emanete hıyanet etmemişim. Göz kulak olmuşum sizin malınıza. Sizin için mesai yapmışım resmen. Bu da demek oluyor ki benim size tam 37 kere hakkım geçmiş."

"Erdal, kafayı mı yedin sen?"

"Dur İskender daha bitmedi. Siz bize 32 defa bayram oturmasına gelmişsiniz ve bunların 30'unda çikileta getirmişsiniz. Bu 30 çikiletanın yarısı bayattı. Muhtemelen bir önceki bayram size gelen çikiletaları bize itelediniz. Bizse size 22 defa bayram oturmasına gelmişiz ve bunların 15'inde çikileta getirmişiz. Hepsi de yeni alınmış taze çikiletalardı. Yani burda bir alacak verecek durumu yok. Haklar eşit."

"Erdal..."

"Bi' saniye İskender, tamamlamama izin ver. Mecnun'un sünnetinde kendisine çeyrek takmışız. Bizimse çocuğumuz olmadığı için o çeyreğin karşılığını henüz alabilmiş diyiliz."

"İyi de sen Mecnun'a sünnetinde çeyrek takmadın ki."

"Nasıl takmadım?"

"Basbayağı takmadın Erdal."
"Olur mu yau öyle şey? Çeyrekle geldim çok iyi hatırlıyorum."
"Geldin de takmadın ki, elindeki çeyreği bozdurdun."
"Yapma yau."
"İskender doğru söylüyor Erdal, altın takmadınız siz. Bi' kutu bisküvi getirdiniz."
"Bisküvi mi? Allah Allah! Mecnun?"
"Efendim abi?"
"Ben sana takmamışım."
"Canın sağ olsun abi. Hiç mühim diyil."
"Amaaan canım. Tamam şimdi hatırladım. Püsküvit diyil yau erzak kolisi getirdim ben."
"Kolinin içinde sadece bisküvi vardı Erdal."
"E tamam o da erzak işte. Bebe püsküvüsü bile vardı onun içinde be. Neyse konumuza dönelim..."
"Dönmeyelim Erdal, tamam sadede gel ne istiyosun sen? Hakkımızı helal mi edelim istiyosun? Tamam benden yana hakkım varsa helal olsun. Yeter ki sus."
"Olmaz öyle İskender. Hesaba bi' bakalım. Belki benim daha çok hakkım geçmiştir size. Eğer öyleyse ben hakkımı helal etmem. Benim hakkımı verin arkadaş. Kul hakkı önemli bak."
"Erdaaal Erdaaal! Misafirlikte kakan gelsin de eve dönene kadar kıvran dur Erdal."
"Niye kıvranıyım yau tuvalet nerde diye sorar gider kakamı yaparım. N'apıyım altıma mı sıçıyim İskender?"
"Erdal git hesabını mı yapıyosun ne yapıyosan yap bana faturasını yolla. Uğraştırma beni hadi."
Birden kapı çalmaya başladı. Daha doğrusu birileri kapıyı yumruklamaya başladı.
"Ay hayırdır inşallah bu kim şimdi?"
"N'oluyo ya alacaklı gibi?"

"Artık kimlerin hakkına girdiyseniz İskender?"
"Sen hâlâ burda mısın Erdal?"
Annem kapıyı açtı. Metin Amca ve Sevim Teyze sinirli bir şekilde daldılar salona. Ve bu hareketleri annemi kahretmeye yetmişti.
"Ay hep ayakkaplarıyla girdiler içeri."
"Nerde o serseri?"
"Burdayım."
"Sana demiyo Erdal Abi. Bana diyo."
"Niye canım, biz de az serserilik yapmadık gençliğimizde. Hippi Erdal derlerdi bana mahallede. Gazozun su gibi aktığı bi' gece..."
"Erdal!"
"Efendim İskender."
"Sus!"
"Peki."
"N'oldu Metin hayırdır ne bağırıyosun?"
"Bu serseri oğlun kızımı kaçırmış."
"Kızı mı kaçırmış? Hangi kızı kaçırmış?"
"Hangi kızı olacak, benim kızımı, Leyla'yı kaçırmış."
"Valla Metin bak evladımdır diye söylemiyorum, her haltı beklerim ben bundan. Yapar yani. Şaşırmam artık. Ama Leyla'yı kaçırmak bizimkinin yiyeceği halta benzemiyor pek."
"Bence de bu konuda İskender haklı. Hayır beceremez her şeyden önce. Leyla kızımızı da tanıyoruz, bunu da. Şunun tipine bi' baksanıza, kız kaçırabilcek tip var mı bunda?"
"Sen kimsin be?"
"Bakkalım ben. Erdal Bakkal. Siz tanımazsınız tabii Metin Bey. Hiç bakkala uğramadığınız için. Aynı mahallede yaşıyoruz ama birbirimizin yüzünü göremiyoruz. Komşu sayılırız şunun şurasında. Ve bilin ki komşuluk hakkı da önemlidir. Musallaya

yatırdıklarında sorcaklar elbet 'Rahmetliyi nasıl bilirdiniz?' diye. O zaman görürsünüz işte benim kim olduğumu."

"Erdal bi' dur bi' şey konuşuyoruz şurda."

"İmam sorduğunda ben de tanımıyorum diycem İskender. İnsan mahalle bakkalını nasıl tanımaz çok ağrıma gidiyo vallahi."

"Ya kusura bakma Metin Amca. Bi' hışım daldın içeri, hayallerini yıkmak gibi olcak ama ben kaçırmadım ki Leyla'yı."

"E nerde o zaman bu kız?"

"Okuldadır Metin Amca nerde olcak ki?"

"Dün gece de gelmedi eve."

"Üstelik telefonu da kapalı."

İnsanın bilinci yerinde olup da idrak etme yetisini tümüyle kaybettiği anlar vardır. Hiçbir şey bilmediğin dersten sözlüye kalktığın an gibi. Bütün sınıfın karşısında dikilip hocanın soracağı soruyu beklersin. O an değil cevabı, soruyu bile anlamazsın. Birtakım kelimeler çalınır kulağına fakat onları bir araya getirip de anlamlandıramazsın. Biçare gözlerle arkadaşlarına bakarsın, onlardan bir yardım eli beklersin ama nafile. Senin o perişan haline sırıtmaktan başka bir şey yapmaz şerefsizler. Sevim Teyze ve Metin Amca'nın söyledikleri de şu an aynı etkiyi yapmış durumda bende. Boş gözlerle kendilerine baktığımı görünce ikna oldular Leyla'yı kaçırmadığıma. İşler o andan itibaren iyice kontrolden çıkmaya başladı.

Metin Amca delirdi.

"Nerde peki bu kız? Yer yarıldı da içine girmedi ya."

Sevim Teyze ağlamaya başladı.

"Hastanelere karakollara bakalım Metin. Sorup soruşturalım her yeri."

Annem onu sakinleştirmeye çalıştı.

"Aklına hemen kötü şeyler getirme Sevim. Çıkar illa bi' yerden."

Ve tabii ki Erdal Abi her zamanki gibi farkını ortaya koydu.

"Yau çıksa şimdiye kadar çoktan çıkardı ortaya. Baksana dün gece de eve gitmemiş. Kesin kaçırdılar o kızı. Devir kötü tabii. Artık kötü yola mı düşürürler, pavyona mı satarlar, uyuşturucuya mı alıştırırlar kimbilir?"

"Erdal Abi!"

"Efendim Mecnun?"

"Boynuma dola abi."

"Neyi?"

"Dilini abi. O dilini dolasana boynuma. Dilinle boğ abi beni. Öylesi daha acısız olur, valla."

Babam, "Tamam sakin olun. Etraflıca bi' düşünelim hele. Arkadaşlarını aradınız mı bu kızın?" diyerek olaya dâhil olmakla kalmayıp, Müge Anlı gibi olayı en ince ayrıntısına kadar incelemek istiyordu. Tüm bu karmaşanın içinde telefonum acı acı çalmaya başladı.

♫♩♪ *Hadi gel köyümüze geri dönelim, Fadime'nin düğününde halay çekelim...* ♩♪♫

O kadar da acı çalmamış olabilir, evet. Arayanın Leyla olduğunu görünce hemen açtım telefonu.

"Alo... Leyla?"

"Leyla mı? Metin duydun mu Leyla arıyo Metin?"

"Duydum duydum da bu serseriyi niye arıyo ki şimdi?"

"Ne? Kaza mı?"

"Kaza mı? Ne kazası?"

"Bi' saniye ben de anlamaya çalışıyorum yalnız şu an... Yok Leyla, sana demedim... Evet... Önemli bi' şeyin yok di mi? Tamam... Hangi hastane? Tamam, hemen geliyorum telaşlanma sakın. Her şey yoluna giricek... Leyla! Bak kim var yanımda, kimi veriyorum bak, verdim hadi bay bay..."

Leyla'nın kaza geçirdiğini öğrenmenin şoku ve hemen ardından da durumunun iyi olduğunu öğrenmenin verdiği rahatlamayla ambale olmuştum. Bayram tebriği için aranan akrabaya döndüğümü fark edemeden telefonu Metin Amca'ya verdim. Metin Amca Leyla'ya nasıl olduğunu, nerede olduğunu ve babası dururken niçin bir serseriyi aradığını sordu. Erdal Abi pis pis sırıtıp beni işaret etmese benden bahsettiğini anlayamayabilirdim. Telefonu kapattı Metin Amca ve hep birlikte hızlıca çıktık evden. Yoldan taksi çevirip sığıştık içine. Hastaneyi tarif ettik ve acele etmesini söyledik taksiciye. Babamla göz göze geldim. Acı içinde baktı bana. Bir taksiye yolcu olarak binmek ona biraz koymuş olmalı diye düşünürken babam haykırdı.

"Oğlum az öte git üstüme çıktın nefes alamıyorum."

Babam, Metin Amca, Sevim Teyze ve ben arka koltukta yaşam mücadelesi verirken, Erdal Abi ön koltuğa kurulmuştu.

"Erdal Abi sen niçin geliyosun acaba? Geçtin bi' de önde oturuyosun rahat rahat."

"Yau öyle hep birden çıkınca telaş yaptım atlayıverdim ben de taksiye. Bakkalın oradan geçince inerim dedim ama arkadaş tersten girince kaldım ben de takside."

"Döniyim hemen abi."

"Lüzum yok arkadaşım lüzum yok. Hastaneye sür sen çabuk. Kızım bekliyo, kızıma yetişmemiz lazım devam et."

Babam, Metin Amca'ya bakıp gülümsedi.

"Sen ne gülüyosun efendi?"

"Yıllar evvelki halin geldi de aklıma. Yine böyle telaşlı telaşlı bağırıp çağırıyodun. 'Karım doğruyo çabuk kızım geliyo kızım!' deyip elini kolunu sallıyodun. Ben de sana 'Önce o eli bi' indir, bizim de karımız doğuruyo ama kimseye el kol yapmıyoruz' demiştim. Hâlâ aynısın be Metin. Hiç değişmemişsin. Bak Leyla doğdu, kocaman kız oldu. Endişe etme, bunu da atlatıcaktır."

Metin Amca bir an durdu. Gülümsedi. Yani sanırım gülümsedi. Dudağının kıvrımı hafif yukarı doğru bir meyletti ama galiba bu Metin Amca'nın standartlarında kahkahaya eşdeğerdi. O an bir sıcaklık oldu Metin Amca'yla aramızda. Gerçi olmamasına pek imkân ihtimal yoktu. Zira adamın kucağında oturuyordum.

Hastaneye vardığımızda taksiden inip Leyla'nın odasını aramaya koyulduk. Odayı bulduğumuzda kapıdaki hastabakıcı bizi durdurdu.

"Hop! Nereye böyle?"

"Çekilsene be adam kızım içerde."

"Böyle cümbür cemaat giremezsiniz yalnız. Hastanın birinci derece yakını olanlar girsinler. Sonra doktordan biz fırça yiyoruz."

"İyi çekil o zaman şöyle kenara, ben babasıyım."

"Ben de annesiyim."

"Ben amcası sayılırım."

"Ben bakkalıyım."

"Ben sevgilisiyim."

"Hop! Sen giremezsin."

"Niçin?"

"Sadece birinci derece yakınlar girebilir dedim çünkü."

"Adam bakkalıyım diyip girdi içeri ya. Bakkal adam ya bakkal bakkal. Erdal Bakkal adam."

"Bakkal diyip geçme. Yeri geliyo ailenden bile yakın oluyo. Ne yiyip içtiğini anandan babandan daha iyi biliyo. Bakkal önemli."

"Ne pis bi' adammışın sen ya?"

"Mecnun, n'apıyosun oğlum kapıda? Gelsene içeri."

"E almıyo ki bu."

Babam dağları bile eriten o keskin ve sert bakışlarıyla baktı kapıdaki hastabakıcıya. Adam ne yapacağını bilemedi eli ayağına dolandı. "Ben gidip biraz hasta bakayım," diyerek uzaklaştı yanımızdan. İçeri girdim. Leyla'yı hasta yatağında kafası bandajlı, ayağı alçıda görünce bir sendeledim. Düşecek gibi oldum babam tuttu kolumdan.

"Oğlum, iyi misin?"

"Yer oynamadı mı? Yer oynadı gibi geldi de? Leyla? N'oldu sana böyle?"

"Bi' şeyim yok ya iyiyim ben."

"Yapma Leyla kızım, neren iyi? Şu haline bi' bak, ayağın kırılmış, her yanın yara bere içinde, kafayı da sarmışlar ki maazallah en tehlikelisi o. İyiyim sanırsın da gece uyurken gidersin öte tarafa haberin olmaz."

"Erdal, hazır hastanedeyken senin de bi' içini açtıralım. Hiçbir şey çıkmasa bile en azından havalanmış olur biraz, leş gibi için var. İçin geçmiş resmen. Bi' sus be adam."

"Allah Allah. Konuşmak da kabahat oldu yau."

"Leyla, nasıl oldu kızım bu kaza?"

"Akşam eve dönerken... Karşıdan karşıya geçiyodum ki birden korna sesi duydum. Hafriyat kamyonuydu galiba. O kadar hızlı geliyodu ki kaçamadım. Tam çarpacağı sırada bi' şey oldu ve düştüm. Yolun karşına doğru yuvarlandım. Yerdeyken son gördüğüm elinde asasıyla durmuş bana bakan aksakallı bi' adamdı. Sanki kamyon üzerime doğru gelirken o itti beni yolun karşısına. Ya da hayal gördüm kafamı yere vurunca bilemiyorum."

Leyla bilmiyor olsa da ben o aksakallının kim olduğunu gayet iyi biliyordum.

"Leyla, o Aksakallı..."

"Hızır. Vallahi Hızır Aleyhisselam yetişmiş. Daha alıcak nefesin, yiyicek ekmeğin, içicek suyun var senin demiş. Ecel işte bak. Gelmedim mi de gelmiyo. Bu kafa meselesi mühim yalnız ona dikkat edin Metin Bey. Sert vurduysa şimdi iç kanama olabilir Sevim Hanım. Mahallede bi' oğlan vardı öyle. Neydi o İskender hani manifaturacının oğlu düştüydü de kafasını vurduydu, bi' şeyim yok diye iki gün dolandıydı da oğlan üçüncü gün cenazesi çıktıydı evden. Neydi onun adı yau?"

"Ahh Erdal ahh."

"Yok Erdal değildi yau başka bi' şeydi sanki."

Metin Amca ve Sevim Teyze odada olduğu için Leyla'nın yanına bile yaklaşamıyordum. Gönül sarılmak öpmek koklamak ister ama beden çaresiz. Göz göze olmak bile yeter bize, varsın ten tene olamayalım ne çıkar? Leyla'nın gözlerine baktığımda kendi ömrümü görüyorum. Dünüm, bugünüm, yarınım. Hepsi Leyla'nın gözlerinde. Zaten ömür dediğin, sevdiğinin gözlerine bakarken geçen en kısa zaman dilimidir. Doktor girdi içeri.

"N'oluyo burda, bi' mahalle insan toplanmışsınız hastanın başına. Çekilin şöyle çekilin, boğmayın hastayı."

"Kusura bakmayın Doktor Bey. Haberi alınca korktuk da biraz."

"Kızımın durumu nasıl Doktor? Kötü bir şey yok di mi?"

"Canım olsa da söyler mi şimdi kızın yanında?"

"Endişelenicek bi' şey yok, merak etmeyin. Durumu gayet iyi ş... Beyefendi siz niye kaş göz yapıyosunuz bana?"

"Anla işte Doktor, şimdi hastanın yanında konuşamıyosundur sen, dışarı çıkalım öyle anlat."

"Lüzum yok, hastanın durumu iyi. Sağ ayak bileğinde ufak bir kırık vardı sadece, hemen müdahale ettik."

"Peki çarpmaya bağlı kafa travmasına karşı beyin emarı çekildi mi?"

"Pardon sizin meslek neydi?"

"Bakkal. Bakkalım ben. Erdal Bakkalım."

"Anlıyorum. Gerekli tüm tetkikler yapıldı. Şimdi müsaade edersiniz hastayı muayene etmemiz gerekiyor. Buyurun çıkabilirsiniz."

"Samet!"

"Samet de kim?"

"Manifaturacının oğlu Samet. Hatırladım İskender. Bizim bi' manifaturacının oğlu vardı da rahmetli top oynarken..."

Doktor daha fazla katlanamadı Erdal Abi'ye ve apar topar odadan çıkardı hepimizi. Çıkarken kapı aralığından da olsa son bir kez baktım Leyla'ya. O an içimi bir korku sardı. Leyla'yı kaybetme korkusu. Bu dünyadaki en büyük korkuymuş meğer sevdiğini kaybetme korkusu. Çığlık atmaya çalışıp da sesini bile çıkaramadığın bir kâbus sanki. Hiçbir tehlikenin olmadığı, kötülüklerden uzak, iyilerin kazandığı, kötülerinse cezasız kalmadığı bir dünyada sevmek, hem de masal gibi sevmek isterdim seni. Ama ne yapalım, bizim de payımıza bu düştü işte.

Hastane koridorlarında boş boş dolanamazdım. Leyla'yı kaybetmeden önce bu felaketlere bir son vermeliydim. Bu konuda bana yardım edebilecek tek kişi Aksakallı Dede'ydi ve o da ortalıkta yoktu. En azından durumdan haberdar olan başka biri daha vardı ve ben de gidip onunla konuşmaya karar verdim.

***

"Hoş geldin delikanlı, geç otur şöyle."

"Aksakallı Dede nerde?"

"Kim?"

"Birbirinizi tanıdığınızı biliyorum. Ona senden bahsettiğimde 'Karabasan gibi insanın üstüne çöker,' demişti. Tek derdin kaos yaratmakmış."

"Bunları Aksakallı mı söyledi?"

"Evet."

"Vay canına. Kimse insanı kardeşinden daha iyi tanıyamaz tabii."

"Siz... Siz kardeş misiniz?"

"Maalesef. Senin Aksakallı biraz inatçıdır. Ve biliyo musun delikanlı, sen onun en büyük inadısın."

"Nasıl yani?"

"Sana söylemedi mi?"

"Neyi?"

Uzun uzun güldü. Gülmek bir insana en fazla bu kadar yakışmazdı sanırım.

"Aksakallı'yla konuşacak çok şeyiniz var delikanlı."

"Ne gibi şeyler bunlar?"

"Yo yo bu zevki onun elinden alamam. Görüştüğünüz zaman ona sadece bu kez işe yarayıp yaramayacağını sor."

"Peki tüm bu felaketler? Onlara nasıl engel olcam?"

"Büyük felaketler, büyük fedakarlıklar gerektirir delikanlı."

"Bu fedakarlık da Leyla'dan vazgeçmem mi?"

"Bir bakıma evet."

"Peki sen neden bizi bir araya getirmek istedin? Neden dünyanın sonu gelsin istiyosun?"

"Bak delikanlı, hayat sandığımızdan daha karmaşıktır. Her kaos kendi düzenini yaratır. Ve inan bana son diye bi' şey yoktur. Sadece başlangıç vardır. Her son başka bi' başlangıcı doğurur. Ben yeni başlangıçlara inanıyorum. Bi' kızı sevdin diye dünyanın sonu geldiyse bundan sana ne. Unutma, sen kimseye bi' şey borçlu değilsin delikanlı. İnsanlık kurtarılmayı hak etmiyo. Herkes kendi başının çaresine bakmalı. O yüzden dünyayı kurtarma işini boktan çizgi roman kahramanlarına bırak ve git aşkını doya doya yaşa. Yapacağın son şey bu olsa bile."

"Örümcek Adam o kadar da boktan diyil ama ya."

"Efendim?"

"Boktan çizgi roman kahramanları dedin ya. Örümcek Adam'ı seviyorum ben yani. Hatta çocukken kapı pervazlarına tırmanıp ordan aşağı atlardım Örümcek Adam gibi."

"Sevmediğin bi' tane bulsak peki? Mesela Betmen?"

"O da iyiydi ya şimdi Betmen demeyelim. Zengin mengin ama iyi insan yani sonuçta."

"Hulk?"

"Oha o en iyisi."

"Süpermen?"

"Süpermen şey ya... Süpermen olur ya aslında evet. Sevemedim ben onu bi' türlü. İnsan desen insan da diyil zaten. Taytın üstüne don mu giyilir hem? Pis be."

"Aksakallı'nın işi gerçekten çok zormuş."

"Niçin?"

"Odaklanamıyorsun. Şurada önemli bi' şey anlatıyorum sen en olmadık yere takılıyorsun. Ve o kadar boş bakıyorsun ki, şu an bambaşka şeyler düşündüğüne eminim."

"Şey ya, Betmen dedik ya hani. Onu ilk Star'da izlemiştim ben. Parliament Pazar Gecesi Sineması vardı o zaman. Onun müziği çalıyo şu an kafamın içinde. Biraz müsaade edin hemen geçer ama merak etmeyin..."

"..."

"♪♫...andyuartıonlivanaykensii...endheeyayhevlukıdalmaylayfgoryuuuu...parlamentsinemakulübü sunar...pazargecesisineması! ♩♪♪"

"..."

"Tamam döndüm evet ne diyoduk?"

"Senin karşında bu dünyanın hiçbir şansı yok delikanlı. Kafanın içi Big Bang'ten önceki boşluk gibi."

Konuşma boyunca hakaret mi yoksa iltifat mı ettiğini anlayamadığım şeyler söyledi Arda'nın babası, Aksakallı'nın kardeşi. İhtiyacım olan cevapları alamamıştım kendisinden. Kafamı daha da karıştırmaktan başka bir işe yaramamıştı onunla konuşmak. Giderken beni oğluyla ilgili uyardı. "Gururu kırılmış bir erkekten daha tehlikeli bi' şey yoktur delikanlı dikkatli ol," dedi. Bunca belanın arasında bir o eksikti zaten. Varsın o da gelsin be.

***

Gece yarısına kadar hastanenin çevresinde dolandım durdum. Metin Amca ve Sevim Teyze'nin yanında olmadığı bir an Leyla'nın odasına girer ve baş başa zaman geçiririz diye düşündüm. Vakit epey ilerledi. Dışarıda hava ayaza kesince hastaneye girdim. Âdettendir bir demet çiçekle bir de limon kolonyası aldım. Leyla'nın kaldığı kata çıktım. Metin Amca ve Sevim Teyze koridorda el ele uyuyup kalmışlar. Onları uyandırmadan Leyla'nın odasına girdim. Leyla da uyuyordu. Gerçi buna uyumak denemezdi. Çünkü anamı, babamı da uyurken gördüm, birtakım tuhaf sesler çıkarmalarına şahit oldum. Hatta kendi horlamama uyandığım bile oldu. Eğer bizimkisi uyumaksa şu an Leyla'nın yaptığı ne? Eğer Leyla şu an uyuyorsa biz niye uyumasını beceremiyoruz? Niye uyurken içimizden bir hayvan çıkıyor? Ya uyumuyorsa? Ya bir şey olduysa Leyla'ya? Kalbini dinlemek için eğildim, başımı göğsüne dayadım. Rüzgâr sesi geldi kulağıma. Derinden, sert esen bir rüzgâr sesi sadece. Dudaklarına yaklaştım. Dudaklarım dudaklarına değeceği anda gelen sesle irkildim.

"Öhöö öhöö!"

"Valla öpmüyodum Metin Amca. Uyuyo mu diye bakmak istedim sadece."

"Bırak evlat bırak. Ses etmesem yapışıyodun valla."

"Dede? Odaya gizlendin de beni mi izliyodun sen?"

"Leyla'ya bakmaya geldim de sızmışım şu köşede."

"Leyla'yı sen kurtarmışsın dede?"

"Ben mi? Yok canım."

"Görmüş işte kız seni. Niye gizli gizli Leyla'yı takip ediyosun ki sen?"

"Niye takip ediyim evlat? Yok öyle bi' şey. Yanlış görmüş herhalde. Birine benzettiys..."

"Bırak dede. Her şeyi biliyorum. Daha doğrusu pek çok şey biliyorum ama aslında hiçbir şey bilmiyorum. Kafam olmuş Ortadoğu. Yok yok kafamın içinde... Bu kez işe yarayacak mı dede?"

"Ne işe yarayacak mı?"

"Onu sen söyliycen artık. Kardeşinle konuştum ve sana bunu sormamı istedi. Konuşacak çok şeyimiz varmış."

Aksakallı'nın yüzü düştü. Ayakta durmakta zorlandı. Yanındaki sandalyeye oturmadı âdeta çöktü. Ben de geçtim karşısına oturdum. Belki şaşkınlıktan belki de Leyla uyanmasın diye gayet kısık bir sesle konuştu. Benimle değil de kendi kendine konuştu sanki.

"Demek her şeyi anlattı sana."

"Her şeyi diyil. Kardeş olduğunuzu söyledi sadece."

"Kardeşiz evet. Ama o karanlığı seçti. İnsanların düşlerini gerçekleştirmelerine yardım etmektense onların üstüne karabasan gibi çökerek en büyük kâbusları yaşattı. Karanlığın kimseye faydası olmaz ki. Işık olmadan insanlar aydınlığa kavuşamaz."

"İyi de tüm bunların Leyla ve benimle ne ilgisi var dede?"

"Her şey sizinle ilgili. Bak evlat, şimdi anlatıcaklarım kafanı biraz karıştırabilir. O yüzden dikkatlice dinle beni. Zaman döngüseldir. Ve..."

"Bi' saniye dede bi' saniye. Kafam karıştı benim."

"Daha anlatmaya başlamadım bile ne ara karıştı kafan?"

"Zaman döngüseldir dedin ya hani, heh işte orda koptum ben."

"Offf! Yani tüm bunları daha önce de yaşadın. Hem de defalarca. Ve her defasında Leyla'yla birbirinizi buldunuz. Ne kadar engel olmaya çalışsam da başaramadım. Doğduğunuz gün hastanenin yeni doğan ünitesinde boş yatak olmadığı için sizi yan yana yatırmışlardı. Daha doğduğunuz gün bir araya gelmiştiniz yani. Ben de bu sefer yaşanacaklara engel olmak için Leyla'yı senin yanından aldım ve başka bir bebeğin yanına yatırdım. Sizi ayırdım ama babalarınız birbirini buldu bu sefer de. Leyla'nın ailesini aldı mahallede bi' eve yerleştirdi. Ben sizi ayırmaya çalıştıkça siz iyice yakınlaşıyodunuz. Sırf başka bir yere taşınabilsinler diye Metin'e yardım ettim. Rüyalarına girdim, yatırım tavsiyesi verdim, hisse senedi önerdim, yetmedi haftalık kur tahminlerini serdim önüne. Rüyaların uhrevi dedesiyken Bloomberg TV ekonomistine döndüm. Zengin ettim Metin'i ama yine de ayrılmadılar o mahalleden."

"Leyla yüzünden. O gitmek istemedi. Hissedebiliyodu demek."

"Ben de karşılaşamamanız için elimden geleni yaptım. Hep bir engel koydum aranıza ama n'aptın ettin yine o çöle düşmeyi becerdin be evlat."

"Peki neden engel olmaya çalışıyodun bize? Ayrıca tüm bu felaketlerin bizimle ilgisi ne?"

"İkinizin sonu hep hüsran oldu be evlat. Dünyanın dengesi bozuldu çünkü..."

Konuşamadı. Konuşmaya çalıştı ama yapamadı. Kelimeler diken olup battı diline. Her halinden belliydi canının yandığı. Ama ne olursa olsun öğrenmeliydim bu felaketlerin sebebini.

"Evet dede, çünkü?"

"Çünkü dediğim gibi zaman döngüseldir ve farklı seçimler yapsan da aynı hayatı yaşarsın. Sana verilmiş bir ömür vardır. Bu dünyadaki zamanın bellidir. Ve her şey bir denge içindedir. Biz... Daha doğrusu ben o dengeyi bozdum evlat."

"Yani her şeyin normale dönmesi için Leyla'yla bir araya gelmememiz gerekiyor öyle mi?"

"Tam olarak öyle değil."

"Ne gerekiyo peki dede?"

"Leyla'nın ölmesi gerekiyo."

Konuşamadım. Konuşmaya çalıştım ama yapamadım. Kelimeler diken olup battı göğsüme.

"Sana anlatmaya çalıştığım şey işte buydu evlat. Belki hiç tanışmasanız bunlar yaşanmaz diye düşündüm. Ayrı ayrı da olsanız kendi hayatlarınıza devam edebilirdiniz belki. Ama olmadı. Leyla hayatta oldukça bu felaketler devam edicek. Ve bu yüzden siz asla bir araya gelemiyceksiniz."

Leyla'ya baktım. Her şeyden habersiz uyumaya devam ediyordu. Beynim durmuştu artık. Ne demek Leyla'nın ölmesi gerekiyor? Söylenecek söz mü bu şimdi? İnsan öleceğini bilen ama hiç ölmeyecekmişçesine adım adım kendi sonuna doğru koşar adım ilerleyen bir varlıktır. Leyla da böyle mi yaptı yani? İşin daha da kötüsü tüm bunlar daha önce de yaşandı ve Leyla öldü mü? Şu an düşüncesine bile dayanamazken, daha önce nasıl dayandım Leyla'nın ölümüne? Ayağa kalkmak istedim beceremedim. Aksakallı tuttu beni düşmek üzereyken.

"Evlat? İyi misin?"

"Diyilim dede. Hiç iyi diyilim."

Derinlik sarhoşluğu dedikleri şeyi yaşıyorum sanki şu an. Suyun altında nefes almaya çalışıyorum çaresizce. Önce başın döner, sonra gözlerin kararır ve ardından bilincini yitirirsin. İşler bir kere kötü gitmeye başladığında durduramazsın. Ardı arkası kesilmez. Dibe battıkça batarsın. Bir noktadan sonra her şeyin normale dönmesi için değil de işlerin bundan daha kötüye gitmemesi için dua edersin. İşte ben de tam o noktadayım. Duvarlar üzerime üzerime geliyor, zemin ayağımın altından kayıp gidiyordu sanki. Daha fazla duramadım hastanede, yollara vurdum kendimi. Bir çare, bir çıkış yolu aradım ama nafile. Leyla'yla beraber sıkışıp kalmışız aynı döngünün içinde. Sahile indim. Gündoğumunu izledim. Ne tuhaf, mutlu insanların böylesi bir güzelliği görememesi. Yalnız mutsuz olanlar bilirler gün doğmadan hemen önce denizin aldığı rengi. Bu serinlik, bu koku, çimlere düşen çiğler, kuşların cümbüşü ve sabahı müjdeleyen bu kızıllık. Böylesi bir mucizeye ihtiyacım vardı işte benim de. Ne sesimi duyan biri var etrafımda ne de çaresizliğimi gören. En azından İsmail Abi olsaydı yanımda. Ne olursa olsun asla kaybetmediği umuduyla el sallasaydı denize doğru. Tıpkı şu an yaptığı gibi. İsmail Abi? Vallaha o!

"İsmail Abiiii!"

"Hooooop!"

"Ne yaptın?"

"Neyi ne yaptım?"

"Abi aldın uçağı gittin, günlerdir yoksun ortalıkta. Nerelerdeydin?"

"Valla anlatsam da inanmazsın Mecnun."

"Nasıl?"

"Anlatsam da inanmazsın diyorum."

"Bence o kadar emin olma abi. Öyle bir haldeyim ki şu an, ne anlatsan inanırım artık. Ne oldu?"

"Uçak bozuldu düştüm çölün ortasına Mecnun. Tam tamir ettim uçağı, az dinleniyim de giderim derken Bıdık Prens'le tanıştım."

"Bıdık mı prens? O kim ya?"

Çöl

"Bana bir koyun çiz."

"Koyun mu?"

"Evet. Çizebilir misin?"

"Al işte. Ağzından çıkanla kulağının duyduğunun tutmamasını o küçük kulaklarına veriyorum Bıdık. Benim halam aşkın, acının ve devrimin kadınıydı be."

1949/*Meksika*

"Hayatımda iki büyük kaza geçirdim Diego. Tramvay ve sen. En kötüsü de sendin..."

"Şey... Bunu yazmasak mı acaba Frida?"

"Dediklerimi yaz sen... Evet en kötüsü de sendin. Seni sevmeye başladığım o günden beri acı çeken bir yüreğim var. Beni anlamadın demeyeceğim, beni anladın. Zaten en dayanılmaz acı buydu. Sen beni anladın ve anlamana rağmen canımı yaktın. Başıma gelen en iyi şeyse, acı çekmeye alışmaya başladım..."

"Frida! Mektubu sonraya bırakalım istersen he? Biraz kafanı topla. Belli ki Diego'yu hâlâ unutamamışsın sen."

"Ya sabah beri vir vir vir vir vir vir konuştun durdun tepemde. Veda mektubu bu, veda. Ver ben yazarım."

"Tamam yazıyorum tamam, devam et sen."

"Evet, ne diyorduk; alışmaya başladım... Heh, tıkadın tüm yollarımı, sana verdiğim yıllarımı, biriken tüm imkânlarımı alıp çek git. Sana verdiğim son hediye, beni bir daha görme diye, gezegendeki son gemiye binip çek git... Ya da yok tamam bu son kısmı sil. Mahsus selam eder, o bal yanaklarından öperi... Aman yok ne öpücem pisliği? Pis bee! Ver imzamı atayım altına... Al koy zarfa mektubu. Şunu da paket yaptır, ver postaya yanında."

"Ne ki o?"

"Son eserim. Diego ve ben. Alttaki ben."

"Diego'yu kendi alnına mı çizdin?"

"Eveet. Alın yazımsın manasında. Göndermesek mi acaba, çok mu olur bu? Oooof Diego. Ömrümü yedin, mafettin beni Diego. Allah tependen baksın senin Diego... Kız, aç şurdan bi' atarlı giderli Demet Akalın şarkısı da dinleyelim."

21.Yüzyıl Başları/*Çöl*

"Senin anlıycağın yaşarken çok acı çekti rahmetli."

"Sonra n'oldu?"

"İkon oldu. Dergiye kapak oldu, tişört oldu, telefon kabı oldu. Kendine dikkat et Bıdık, farklısın valla hiç acımazlar ikon ederler seni de yakaladıkları yerde. Daha n'olduğunu anlayamadan telefon kabı olarak bulursun kendini ona göre."

"Peki bana koyun çizicek misin?"

"Ya Bıdık sen de ne inatçıymışın. Koyun da koyun koyun da koyun. Al çizdim sana koyun."

"Koyun mu bu şimdi?"

"Yok, at o. Safkan İngiliz, çimci. Hayret bi' şey ya, koyun işte görmüyo musun bak kulakları var, kuyruğu var."

"Beğenmedim. Başka bi' tane çiz."

"Hıııhhhh haspam. Daha iyisini çizebiliyosan al çiz. Koyun da beğenmiyo. Havalara bak şunun havalara. Sanırsın prens. Bıdık Prens. Bırak şimdi koyunu moyunu da gel uçağa binelim. Hava kararır birazdan, kaybolur kalırız valla buralarda."

"Ben gelemem."
"Niden?"
"Gezegenime dönmem gerek benim."
"Başka bi' gezegenden mi geliyosun sen?"
"Evet. Bizim oralarda her şey çok küçüktür. O kadar küçüktür ki, gözünün alabildiğine de gitsen pek uzaklaşmış sayılmazsın."
"Nohut oda bakla sofa diyon yani?"
"Ne?"
"Gel benimle uygun bi' stüdyo daire buluruz diyorum senin için. Yabancılık çekmezsin."
"Olmaz, gelemem. Gezegenime gitmem lazım benim. Orada gülüm var çünkü."
"Gülün mü? Dünyada gülden çok ne var? Demet demet alırız Bıdık."
"Benim gülüm dünyadaki tüm güllerden daha değerlidir. Onu daha değerli yapan şeyse, ona ayırdığım vakittir. Evcilleştirdiğin şeye karşı her zaman sorumlusun İsmail. Gülüme karşı sorumluyum. O yüzden gezegenime dönmeliyim. İstersen sen de benimle gel."
"Ben hiç gelemem Bıdık."
"Neden?"
"E mahalleden beklerler. Arkadaşlarım var orda. Üzülürler şimdi ben geri dönmezsem. Hem sonra..."
"Sonra?"
"Gemi gelebilir. Ben yokken gelirse beni almadan gider diye korkuyorum."
"Ne gemisi?"
"Kuru yük gemisi."
"Niye bu kadar önemli peki o gemi?"
"Babam var çünkü içinde. Ben küçükken annem bizi bırakıp

gitti. Daha renkli bir hayatı olsun diye gitti. Babam benimle ilgilenebilmek için işini bıraktı. Sonra, her gün iş aradı. Beni de yanında götürebileceği bir iş. Yol-yemek-sigorta olsa yeter bize be İsmail derdi. Ama bulamadı. Sonra bi' gün hastalandı. Bi' daha kalkamadı yatağından. Beni almaya geldi birileri. Gitmek istemedim ama babam dedi ki, ben iş buldum İsmail, gitmem gerek. Gemide olcam, her gün el sallıycam sana o gemiden. Sonra bi' sabah gelcem seni de alcam, beraber çekip gitcez buralardan."

"O günden beri o geminin gelmesini mi bekliyorsun?"

"Evet. Gelcem dedi çünkü. Gelmem deseydi beklemezdim. Niye gelcem desin ki gelmiycek olsa... Neyse lafa tutma İsmail Abi'ni Bıdık. Yolum uzun."

"Gezegenimdeki gülüm. Sence koyun o gülü yemiş midir?"

"Koyun hiç gül yer mi Bıdık? Asma yüzünü. Geri döndüğünde gülün seni bekliyo olucak merak etme. Çünkü gelcem demişsin. Demesen beklemez solardı belki ama bıraktığın gibi seni bekliyodur şimdi. Hadi yolun açık olsun Bıdık Prens."

"İsmail Abi!"

"Hooop!"

"Beklemekten vazgeçme sakın. O gemi bir gün gelecek."

***

"O ne saçma şeymiş ya. Bıdık diye prens mi olur? Hem de başka gezegenden geli... Başka gezegen? Gezegen?"

O an hem Leyla'yı hem dünyayı kurtarmanın, üstelik Leyla'yla birlikte olmanın yolunu bulmuştum. Bu coşku dolu anı İsmail Abi ile paylaşmak istedim. Kollarımı açarak ona doğru koştum. Amacım ona sarılmaktı ama bu ani hareketim onu ürkütmüş olacak ki kaçmaya başladı. Mahalleye kadar kovaladım. Çıkmaz sokakta kıstırdım. Başladım kelini öpmeye.

"Mecnun n'apıyosun? Hayır n'apıyosun amacın ne senin neyin peşindesin oğlum sen?"

"Gidiyoruz abi gidiyoruz. Leyla'yı da alıp gidiyorum buralardan."

"Nereye?"

"İşte başka bi' gezene."

"Hee. Hangisi mesela?"

"Neptün?"

"İyi sen neptün?"

"Gezegen diyorum abi gezegen olan Neptün."

"Anlıyorum da ciddiye alamıyorum Mecnun. Hem nasıl gitcen Neptün'e?"

"Canım illa Neptün olması şart değil. Mars olur, Uranüs olur, Pluton olur."

"Pluton olmaz, gezegenlikten çıkarmışlar onu."

"Niçin?"

"Aidatını ödememişse demek ki."

"Dalga mı geçiyon sen benimle acaba?"

"Evet. Başka gezegene gidecekmiş. Oldu. Esenler'den otobüs kalkıyodu zaten gezegenler arası. Hem ne işin var senin başka gezegende Mecnun?"

Anlattım. Neden gitmemiz gerektiğini anlattım. Duyduğumdan beri içime dert olan ne varsa anlattım. Rüzgârlı havada oradan oraya uçuşan poşet kadar rahatladım. Böylece İsmail Abi de olaya dâhil oldu ve bize başka bir gezegene ulaşmamız konusunda yardım edebilecek kişiye gittik.

***

"Niye başka bi' gezegene gitmek istiyosunuz ki?"

"Kuzenim Elroy'un sünneti var ona gidicez. Bayramda gitmedik diye Jane Halam çok bozulmuştu şimdi gitmesek ayıp olur."

"İsmail Abi, sakin abi."

"E baksana bi' işe yarıycak bin tane soru soruyo."

"Kaan, sen bu mahallenin kafası çalışan, kendini geliştiren, okumuş yazmış tek insanısın."

"Abi ben daha ilkokuldayım."

"Tamam işte öğrendiğin tüm bilgiler taze şu an. Başka bi' gezegene nasıl gideriz anlat bakalım bize."

"Yani... İşe uzay mekiği bularak başlayabilirsiniz."

"Oh süper. Yolu yarıladık bak. Nerden bulcaz peki o uzay mekiğini?"

"Uzay bilimleri merkezinden."

"TÜBİTAK'a git diyon yani."

"TÜBİTAK'ta olacağını zannetmiyorum abi anca NASA'dan bulursun öyle bi' mekiği."

"Yapma ya. NASA'ya nası gideceğiz ki?"

"Taam Mecnun taaam moral bozmak yok. Bu NASA'ya bi' mektup yazalım. Anlatalım derdimizi güzel güzel. Onlar da sonuçta insan yani. Hayırlı bi' iş için yardım ediceklerini düşünüyorum ben açıkçası."

"Çok da güzel düşünüyosun İsmail Abi. Tamamdır yazıyoruz mektubu. Başla bakalım Kaan: Dear NASA..."

"Abi yalnız dersteyiz şu an daha sonra halletsek, hoca da buraya bakıp duruyo zaten."

"Şşşşş! Arka taraf sessiz!"

"Taam taam hocam demedik bi' şey."

"Yürü İsmail Abi gidelim bundan fayda yok bize."

"Artiz be. Okumuş ya tabii havalı. Pis gözlüklü çocuk."

"Hocam ödev vermiştiniz!"

Pislik yapmadan çıkacak değildim tabii o sınıftan. Okulun bahçesinde derdimizi anlatan bir mektup yazmaya çalıştık NASA'ya. Ama fark ettik ki dert dediğin İngilizce anlatılamıyor.

Derdimi anlatacak kadar İngilizce bilsem, sular seller gibi İngilizce konuşuyor olurdum. Kraliçe, nişanı bizzat takar ve Sör unvanı verirdi bana. Öyle de dertli insanım işte. Biraz zorlansak da, tamamladık mektubu.

Dear NASA

How are you? We OK! But we have a problem. We have a big problem. We have a very very big problem. Me and Leyla (she is a my ~~girl~~ love) we can not come together. No together. So, impossible love. Love story. Giant's love. Like Shrek. Do you know Shrek? Anyway, if Leyla and I can together, it will be the end of World. I can hear that you say "oh my god!" We are the main causes of naturel disasters. Ups! Sorry :(But mukadderat (I can not translate it) I think that you have to help us. And if you save us, you save the World. Yes, it's weird. We want to buy spaceship from you. Leyla and I go to another planet by this spaceship. We will be happy there. If we have a child we will give your name to him or her: NASA! You happy? This spaceship is our bride car. I look forward to hearing from you soon.

And İsmail Abi says that you don't work hard. Because sıyırırsın.

Best regards

Mecnun Ç. and İsmail A.

Mektubu gönderdik. Ardından beklemeye başladık. Günler, haftalara, haftalar aylara, aylar yıllara dönmeden cevap geldi. Tam da umudumu kesmiş ve yeni çareler aramaya başlayacakken NASA'dan gelen bu mektup yeniden hayata tutunmamı sağladı. Büyük bir heyecanla zarfı yırttım. Mektubu açtım ve NASA'dan gelen cevabı okudum.

"No!"

Bu kadar. Ne bir hâl hatır sorma ne selam ne sabah, hiçbir şey yok. Arkadaş alt tarafı bir mekiğini istedik. Vermiyorum kardeşim ama Allah işini rast getirsin de. Geçmiş olsun de. Mutluluklar dile. Allah kavuştursun de. Hayır cevap yazmasan daha iyiydi. Bir de ilimle bilimle uğraşan insanlarsınız. Uzaya çıkmışınız ama adam olamamışınız adam! O sinirle kalemi kaptığım gibi oturdum masaya. Elim titreye titreye bunları yazdım ama "Allah işini rast getirsin"i İngilizceye çeviremeyince vazgeçtim yazmaktan. Yırtıp attım mektubu. Oysa şu mektubu gönderdiğim gün ne kadar da mutluydum. Hemen Leyla'ya koşup sana sürprizim olacak demiştim. Her şeyin çok güzel olacağını söylemiştim. Boş bir hayaldi belki evet. Ama insanı ayakta tutan genelde bu boş hayaller oluyor.

Taburcu olduğu günden beri Leyla'nın etrafında pervane oldum. Başına bir şey gelmesin diye uğraştım durdum. İçimde onu kurtarabileceğime dair bir umut vardı çünkü. Ama şimdi ne yapacağımı gerçekten bilmiyordum. Her şeyin düzelmesi için Leyla'dan ayrılmam gerekse dahi hazırdım. Yeter ki Leyla ölmesin. Leyla ölmemeli. "Her ölüm erken ölümdür," demeli arkasından torunları. Kabrine su dökmeli, toprağının üstünde biten yaban otlarını yolmalı çocukları. Ve mezarı benim mezarımın yanında olmalı. Birini hem kendi ölümünden korumaya çalışıp hem de her şeyin yolunda olduğunu hissetmesini sağlamak gerçekten de çok zormuş.

Leyla'nın yanında olmalıyım çünkü ölümüne engel olmam gerek.

Leyla'dan uzak durmalıyım çünkü ona yaklaştıkça dünyanın sonu daha da yaklaşıyor.

Her gece Leyla'nın kapısında bekledim. Gündüzleri dışarı çıkarsa takip ettim. Yalnız kalmasına izin veremezdim. Beraberken de hep güzel şeylerden bahsettim. Çirkinlikleri görmesin istedim. Şunu kabul etmek gerekir ki, dünya çok boktan bir yer. Sana bu dünyayı sevdiren, hayatı çekilir kılan sevdiklerinin bu boktan şeye maruz kalması büyük haksızlık. Sadece güzel olanı görsünler istiyorsun ama yapacak bir şey yok. Herkes bu çirkinliğe maruz kalmak zorunda. Leyla'yı tüm bunlardan uzak tutmaya çalıştım, gerekirse ömür boyu bunu yapmaya hazırdım. Ta ki NASA'dan beklediğim cevabı alamayana kadar.

Hayaller, Leyla'yla beraber uzaya çıkmak.

Gerçekler, Leyla'yla beraber sahildeki spor aletleri üzerinde uzay yürüyüşü yapmak.

"Mecnun, ne o dalgınsın?"

"NASA'ya kafam bozuldu ya."

"Nasa ya? Uydu yayının mı gitti n'oldu? Çanak antenle oynasaydın, kablosuna filan bakaydın temassızlık vardır belki."

"Geç bakalım dalganı. Sana da eğlence çıktı."

"Hayatımda yeteri kadar eğlence var sayende Mecnun. Bu ne, n'apıyoruz biz bu aletin üstünde?"

"Fizik tedavi."

"Böyle fizik tedavi mi olur ya? Ayağımı kırdım ben, ayağımı. Neden basen eritmeye çalışıyorum şimdi? İyileşme sürecinde yata yata bir taraflarım mı büyüdü? Bunu mu demeye çalışıyosun sen bana?"

"Tamam istemiyosan yapmayalım Leyla, niçin yükseliyosun bu kadar?"

"Hayır spor dediğin gençleştirir, dinç tutar insanı. Ama ben bu aletler yüzünden daha hızlı yaşlanıyorum. Saçlarım beyazladı bunlar yüzünden. Vücudum çöktü, cildim kırıştı, memelerim sarktı şu an... Kusura bakma teyzecim senlik bi' durum yok. Sen devam et o tuttuğun şeyi çevirmeye. Direksiyon mu o?"

"Halka."

"Ohh hadi maşallah teyzeme."

Spor aletlerini teyzelere bırakıp ayrıldık oradan. Sahilde yürüyüş yapmayı denedik ama ne mümkün.

"Arkadaşım yavaş sürsene şu bisikleti. Üstüne üstüne çıkıyorsun insanın. Bas git bas hadi."

"Mecnun..."

"O ne ya? Tüfek mi o?"

"Üç atış 10 lira. Buyur."

"Bi' de uzatıyo tüfeği utanmadan. Ayıp değil mi insanların içinde tüfekle ateş ettiriyosun, ya birine gelse?"

"Abi havalı tüfek bu."

"Silahın havalısı olmaz. At bakıyım onu kenara."

Leyla dişlerini sıkarak, hiç de ricacı olmayan bir tonda "Mecnun! Gelir misin sen biraz şöyle!" deyip kenara çekti beni ve banka oturduk.

"N'apıyosun sen?"

"Sosyal mesaj veriyorum. Bireysel silahlanmaya hayır Leyla."

"Adam havalı tüfekle balon patlattırıyo alt tarafı ya."

"Olsun. Çocuk görür özenir. Hem o patlayan balonlar denizi kirletebilir. Ayrıca o tüfekten çıkan saçma sana gelebilir."

"Hehh senin asıl derdin de bu zaten. Aman bana bi' şey olmasın. Mecnun, üstüme düşme bu kadar. Ben başımın çaresine bakabilirim. Alt tarafı bir kazaydı geçti gitti. Ömür boyu beni koruyamazsın ya."

İnan yaparım be Leyla. Yapmak zorundayım. Seni kendi kaderinden bile korumalıyım. Tek sorun şu ki; bunu nasıl yapacağımı bilmiyorum.

Leyla'yı evine bıraktıktan sonra, daha doğrusu o tek başına dönmek istemesine rağmen onu gizlice evine kadar takip ettikten sonra, boş arsada top oynayan çocukları ve başlarındaki

Kamil Abi'yi gördüm.

"Kamil Abi hayırdır antrenman yok mu bugün?"

"Yok be Mecnun. Bıraktım ben takımı."

"Nasıl ya? Neden bıraktın ki be abi?"

"E baktım olmuyo, zorlamanın da bi' mânâsı yok be Kamil dedim kendi kendime. Yaş otuzu geçti. Bu saatten sonra oyuna girsem n'olcak sanki? Ben de gittim hocanın yanına. Dedim hocam benden bu kadar. Futbol beni bırakmadan ben futbolu bırakıyorum dedim."

"O ne dedi?"

"Sen kimsin lan dedi."

"Ah be abi. E son 5 dakka?"

"5 diyil 1 dakka bile yerim yokmuş bu oyunda. Kendi yalanıma inanıp bi' ömrü heba etmişim yedek kulübesinde."

"Kendimi bildim bileli top peşinde koşarsın abi sen. Tsubasa misali ayağında topla mahallede dolanır dururdun. Bu kadar çok severken vazgeçmek zor diyil mi Kamil Abi? İnsan sevdiğini nasıl bırakır?"

"Zor tabii çok zor. Ama ya onların oyununda yedek kalıcaktım ya da kendi oyunumun peşinde koşucaktım."

"Kendi oyunum derken?"

"Mahallenin çocuklarını eğitmeye karar verdim. Madem yapamıyorum ben de eğitimini veririm dedim. Yapamayan ya eleştirir ya da öğretir biliyosun. Aslında önce spor kanallarına girmeyi zorladım. Futbolu bıraktım, yorumcu olarak tekliflere açığım dedim ama ciddiye almadılar beni. Evlilik programına çıkarmaya filan çalıştılar. Neyse işte ben de şimdilik bu boş arsada kendi oyunumu kurdum be Mecnun."

"Yalnız çok uzun ömürlü olmaz burası da onu diyim de ben sana. Yarın öbür gün dikerler buraya binayı boş bırakmazlar."

"Biz de başka bi' yer buluruz kendimize. Olmadı ufak bi'

dükkân açıp damacana su satarım."

"Tam bir hayalperestsin abi."

"Yapıcak bi' şey yok Mecnun. Ağlayıp sızlamakla geçmez bi' ömür. Babam öldüğünde orta sona gidiyodum. Okulun ikinci dönemi babası olmayanları müdür yardımcısının odasına çağırıp ayakkabı vermişlerdi. Bu ne şimdi demiştim kendi kendime. Hayır ayakkabıya ihtiyacım da yoktu ve bunu müdür yardımcısına anlatmaya çalıştım ama dinlemedi bile beni. Babası olmayan tüm çocuklara veriyolarmış. Al dedi, elime tutuşturdu ayakkabı kutusunu, gönderdi sınıfıma. O gün anladım ki senin dertlerin kimsenin umrunda diyil. Bu hayatta tek başınasın ve başkalarından medet ummanın bi' mânâsı yok. Kendi sorunlarını yalnız kendin çözersin. Kimseye ihtiyacın yok."

Kamil Abi yine yüzümü güldürdü. Yeşil sahada atamadığı golleri benim gönlümde atıyordu her seferinde. Beni yeniden oyuna döndürdü bu sözleri. Aklıma gelen muhteşem fikirle yeniden oyundaydım. Ve bu fikri hayata geçirmek için acilen ekibi toplamalıydım.

"Nereye Mecnun?"

"Bizimkileri toplamam lazım acilen. Her şey için çok sağ ol abi. Sayende dünyayı kurtarıcaz."

"Ben de geliyim?"

"Yok ya sen çocuklarla takıl oyununu bozmayalım şimdi."

"Yok yok geliyim ihtiyacınız olur belki bi' yardımım dokunur he?"

"Mahalledeki çocukların bizden daha çok ihtiyacı var sana Kamil Abi. Yarı yolda bırakma onları."

"Almıyolar ki beni aralarına ya. Adım atıştılar, kurdular takımlarını. Beni istemedi iki takım da. Hocalık yapiyim dedim istemediler, hakemlik yapmaya çalıştım gönderdiler. Bu yeni nesil çok fena Mecnun. Biz böyle davranamazdık valla abilerimize. At bakalım abinin kıllı göğsüne dediklerinde gönderirdik hemen topu."

"Abi sen şu damacana su olayını ciddi ciddi bi' düşün bence. Hadi ben kaçtım."

***

"Yavuz Abi, İsmail Abi,"

"Hooop!"

"Yok sana seslenmedim, konuşmaya giriş yapıyorum abi."

"Hee taam."

"Yavuz Abi, İsmail Abi,"

"Abim."

"Abi izin verirsen etkileyici bi' giriş yapmaya çalışıyorum burda."

"E yap oğlum tutan mı var seni?"

"Yavuz Abi, İsmail Abi,"

"Eveeet"

"Abi mahsus mu yapıyosun? Ağız tadıyla bir giriş yaptırmadın ya."

"Oğlum burda biz bize oturuyoruz işte. Neye giriş yapmaya çalışıyosun, havan kime senin? Yavuz Abi, İsmail Abi, gözlüklü çocuk. Heh söyle şimdi ne söyleyeceksen."

"İsmail haklı. Sadede gel bi' an evvel, niye topladın bizi buraya?"

"Yavuz Abi haklı. Kütüphaneye gidiyorum diye izin aldım okuldan. Anlat da gidelim artık..."

"Kaan bak burda benden küçük olan bi' sen varsın, elimin ayasıyla ittiririm o çeneni içeri doğru. Bi' sus. Ayrıca kütüphaneye geldin işte. Teknik olarak yalan söylemiş diyilsin kimseye. Neyse, çok önemli bir mevzu için çağırdım sizi. Durum şu ki, kendi uzay mekiğimizi yapıcaz."

"..."

"Hadi bana müsaade. İsmail bırakıyım mı seni de?"

"Ne tarafa gidiyon?"

"Zeynep'i hastaneye götürcem kontrol için."

"Sahile incem ben ya, ters kalır size."

"Gel canım olsun n'olcak ya, atarız seni sahile."

"Beni de okula atabilir misin Yavuz Abi?"

"Atarız koç yolumuzun üstü sıkıntı yok gel."

"Abi n'apıyonuz siz ya? Yavuz Abi, araban var mı senin?"

"Yok."

"Olmayan arabanla mı götürcen milleti gidiceği yere?"

"İşte hep beraber sahile incez, İsmail'i bıraktıktan sonra Kaan'la okula yürüyüp, sonra Zeynep'le hastaneye devam etcem ben."

"Eee Mecnun araba oldu mu herkes bırakır, arabasız da yapabiliyo musun asıl önemli olan o."

"Nasıl mantıksız konuştuğunuzun farkında mısınız acaba şu an?"

"Az önce kendi uzay mekiğimizi yapcaz diyen adam mantıksız konuştuğumuzu söylüyo ya hani, işte en çok o koyuyo be İsmail."

"Gerçekten yapabiliriz abi. Bi' oturun, izin verin de anlatıyım... Kaan ver bakıyım telefonunu."

"Arama yapcaksan dakkam yok yalnız abi."

"Aramıycam bi' yeri tamam ver. Yutub var mı bunda?"

"Abi internetim yok ya wayfaya bağlansan?"

"Kaan sen de var ya o yok bu yok, niye taşıyon oğlum bu telefonu? Neydi kütüphanenin wayfay şifresi?"

"Kireçburnu'nun kuruluş tarihi."

"Oha. Malazgirt Meydan Muharebesi'nin tarihi yapsalardı

bari. Ne biçim şifre oğlum bu."

Girişteki masasında uyuklayan Sezai Amca'yı uyandırıp şifreyi öğrendik. Girdim Yutub'a. Moğollar'dan Pullu Tepe'yi fon müziği yapıp başladım anlatmaya.

"Leyla ölüyo beyler. Evet, ölüyo. Yo hayır hasta diyil. Keşke hasta olsaydı. En azından bi' tedavisi olur umuduyla doktor doktor gezerdik. Ama bu öylesi değil. Bi' hayat birden fazla kez yaşanabilirmiş. Bunu öğrendim. Ama ne olursa olsun kaderi değiştiremezmişsin, bunu da acı bir şekilde öğrendim. Ve asıl öğrendiğim şey, çaresizlik insana her şeyi yaptırırmış. Leyla'nın kaderine müdahale ederek hayatın akışına müdahale ettik. Ve dünyanın dengesi bozuldu. Leyla nefes aldığı her an tehlike altında. Ve Leyla nefes aldıkça dünya da tehlike altında demektir. O yüzden çekip gitmek istedik buralardan. NASA'ya mektup bile yazdık İsmail Abi'yle beraber. Ama onlar bi' uzay mekiğini sevenlere çok gördüler. Gelin el ele verip şunlara dünya nasıl kurtarılırmış gösterelim. Leyla'yı yaşatalım ki insanlık yaşasın. Bu dünya bizi istemiyorsa biz de istenmediğimiz yerde durmayız. Kendimize yeni bi' gezegen buluruz. İşte o kadar! Benimle misiniz beyler?"

"Tabii ki seninleyiz Mecnun. O uzay mekiğini yapıcaz ulan. Ne pahasına olursa olsun yapıcaz o mekiği."

"Bu savaşçı ruh bizim genlerimizde var. Orta Asya'dan gelip Anadolu'nun kapısına dayanmış millete gezegen mi dayanır be? Hey yavrum hey."

"Abiler iyi güzel gaza geldiniz de uzay mekiğini nasıl yapıcağımız konusunda en ufak bir fikriniz var mı peki?"

"Ya gözlüklü çocuk, sen ne kadan heves kıran, ne kadan moral bozan, ne kadan olumsuz düşünen bi' çocuk olduğunun farkında mısın acaba? Gaza gelmek bitirmenin yarısıdır bizim için."

"Abi başlamak, bitirmenin yarısıdır. Gaza gelmek, batırmanın yarısıdır. Niye öğrenemediniz bunu hâlâ?"

"Tamam Kaan uzatma. Arkadaşın gelip de sana var mısın dediğinde, yokum denmez. Dostun senden bi' şey istediğinde ona neden sorulmaz."

"Arkadaş ne müzikmiş be! Hepinizi hipnoz etti resmen. Abi bi' de müziği kapatıp anlatır mısın aynı şeyleri. Ne kadar saçmaladığının sen de farkında diyilsin çünkü."

"Ben saçmalamak için doğmuşum Kaan. Benim de olayım bu. Bizimle misin diyil misin onu söyle sen."

"Abi mahalle kavgasına çağırır gibi çağırıyosun ama bilimsel bi' hadise bu. En arabesk duygularla varım dedim hadi. N'olcak sonra, nasıl yapıcaz uzay mekiğini?"

"Boşuna kütüphaneye gelmedik Kaan. Bundan sonra merkezimiz burası. Uzay ve gezegenlerle ilgili ne bulursak okuyoruz."

"Okumak yetmez. Ben güzel bi' plazma da çakarım duvara. Uzayla ilgili filmler, belgeseller artık ne varsa izleriz geceleri."

"Ben zaten doğuştan astronotum. Hep genlerimde var benim."

"Astronotluk?"

"Eveeet."

"İsmail Abi Allah aşkına yapma. Astronotluk diyosun ya. Uzay diyoruz burda uzay uzay. Sen ne anlarsın astronotluktan."

"Al işte, konuştuğun lafa bak. O ağzından çıkan lafın ayrodinamiğiyle kulağının gravitisinin hiç aynı olmadığının farkına varabildiğini ben görmedim daha. Aya ilk basan adam yok mu o aya ilk ayak basan adam..."

"Neil Armstrong."

"Heh işte. Benim halam o Neyil Armstrong'un eski çıktığıydı bi' kere."

16 Temmuz 1969/*Samatya*

"Hehh gel gel şura güzel şuraya oturalım. Çocuum bi' bakıver buraya. Bize iki muhallebi iki de sarı gazoz getir çocuum. Hadi canım... Neyil, babamla konuştum bu iş artık çok uzadı, eğer niyeti ciddiyse bir an evvel anasını babasını alsın gelsin istesin artık şu kızı dedi. Şu kızı dediği ben oluyorum tabii. Siz akşama... Ay yok akşam olmaz komşuya gidicez akşam. Siz iyisi mi yarın gelin isteyin beni. Öyle bi' ananı babanı da alıp gelme ha. Cümbür cemaat gelin. Çikolata alma sakın lokum al. Sen şimdi beceremezsin gider bayatından alırsın. İyi yerden alın ha lokumu da. Yüzük de mi yaptırsaydık ya zaten babam vercek belli ki. Gelmişken de yüzükler takılırdı. Ama neyse dursun şimdi, yüzükleri dedem takmalı. Haftaya köyden gelir dedem, yüzükleri takarız. Neyil! Dinliyon mu sen beni? Ohooo aklın hep başka yerlerde. Birine mi bakıyon yoksa sen? Valla gözlerini oyarım bak senin. Düğün arefesinde vallahi affetmem bak ona göre. He düğün demişken Çırağan'da olacak düğün ona göre. Aksaray'da Yıldız Düğün Salonu'nda evlencek diyilim herhalde. Neyse daha düğüne var. Önce şu nişanı bi' halledelim de. Annene söyle haftaya nişan bohçası için çarşıya çıkmamız lazım. Sengelmesendeolurbizhallederiz.Annenesöyledenişandaçeyrektakmasındoğrudüzgünbibilezikneyimalasınha.Aybugazozlarnerekaldıdilimdamağımkuruduvallahanesıcakböyleayol..."

20 Temmuz 1969/*Ay*

"Bu benim için küçük, insanlık için büyük bir adımdır."

21. Yüzyıl Başları/*Kireçburnu Kütüphanesi*

"O gün n'olduysa işte artık adama, dört gün sonra aya çıkmış. Anlıycağınız, genler yalan söylemez, kalbin aynasıdır onlar."

"Süper o zaman. Tamam işte ruh budur."

"Abi, müzik değişti."

"Değişsin Kaan. Bırak keyifli şeyler çalsın. Biraz da biz eğlenelim. Zafere giden ilk adımımızı kutlayalım bu şarkıyla."

♪♫*O sen olsan bağri, sen olsan baağriii ooğğğ sen olsan bağriii sen olsan baağriii...* ♩♪♪

Biz böyleyiz işte. Daha maça başlamadan galibiyet turu atarız. Kazanacağımızdan emin olduğumuz için değil. Olur da yenilirsek hevesimiz kursağımızda kalmasın diye. Kaybettikten sonra üzülmek yerine daha kazanmadan sevinmeyi tercih edenlerdeniz biz. Oynadık, hopladık, zıpladık, efkarlandık, hüzünlendik, bir daha oynadık. Bu Yutub, teyp kasetinden daha beter bir şey. Orada en azından A yüzünde kaç hareketli kaç slow şarkı var bilirdin. Ona göre hazırlardın kendini. Buradaysa tamamen hazırlıksız yakalıyor seni namussuz. Daldan dala geçiyor maymun ediyor insanı. Arif'in Manchester'a attığı gole gelmeden şarjı bitti de telefonun rahatladık. Ertesi gün buluşmak üzere dağıldık. Hemen eve geldim ve planımı Aksakallı Dede'ye anlattım. Çok heyecanlandı ve yerinde duramadı, kalktı karşıma geçti ve meraklı gözlerle sordu:

"Evladım sen mal mısın? Bak hakaret etmek için söylemiyorum. Geçekten soruyorum. Var mı hafif bir alıklık?"

"Niçin ya?"

"Uzay mekiği yapıp başka bi' gezegene gitmeye çalışmak nedir evlat? Böyle bi' şey olabilir mi?"

"Daha önce Leyla'yı kurtarmak için böyle bi' şey denedim mi?"

"Pek çok saçma şey yapmıştın ama böylesini ilk defa duyuyorum. Uzaya çıkmıştınız gerçi. Hatta ilk defa uzayda öpmüştün Leyla'yı."

"Uzayda mı öpmüştüm?"

"Tam olarak öpmek demeyelim de. Uzay boşluğunda salınırken

nefessiz kalmıştınız. Ve sen son nefesini Leyla'ya vermeye çalışmıştın."

"Oha. Of be. Adamım ya. Yemin ediyorum adamım. Adamlığa bak be. Adamın dibiyim. Âlem adam görsün, n'apmışım be. Adamlıkta dünya markasıyım yemin ediyorum. Adamoğluadamlarda bugün..."

"Ehh tamam yeter be. Ne o öyle yediği her boku adamlık kisvesi altında temizlemeye çalışanlar gibi tutturdun bi' adam da adam diye. İnsan ol önce, insan. Ayrıca uzay mekiği dediğin şeyin parçalarını Aksaray'daki yedek parçacılardan mı bulucaksın? Kaldı ki sen daha İkea mobilyalarını bile birleştirmeyi beceremezsin. Şu dolap diye kullandığın şey var ya mesela, koltuk o aslında. Nasıl becerdin de dolap haline getirdin çok merak ediyorum valla."

"N'apıyım peki dede? Elim kolum bağlı hiçbir şey yapmadan oturıyım mı? Ömrümün geri kalanını her an Leyla'ya bi' şey olacak korkusuyla mı yaşıyım? Göz göre göre felaketlerin yaşanmasına seyirci mi kalıyım? Sen olsan n'apardın dede? Madem her şeyi akışına bırakıcaz, o halde neden kurtardın Leyla'yı?"

Cevap veremedi. Öyle güzel laflar soktum ki ağzını açamadı. İçin için sakalıyla oynamak, kalkıp karşısında dans ederek "Oh oh cevap veremedi, oh oh söz söyleyemedi!" demek istiyordum. Ortamın ağırlığı bozulmasın diye ağzımı açmadım. Gittikçe uzayan sessizlik sinirlerimi bozdu, gülmemek için kendimi zor tuttum. Sonunda Aksakallı da bana hak verdi. Uzay mekiği yapmak için yardım edebileceğini söyledi. Artık o da planın bir parçasıydı. Hem de en önemli parçası. Çünkü Leyla bundan sonra ona emanetti. Biz mekiğin yapımıyla uğraşırken o Leyla'ya göz kulak olacaktı. Peşinden ayrılmayacak, biz projeyi tamamlayana kadar Leyla'yı hayatta tutacaktı.

***

Gecemiz gündüzümüze karıştı. Hayatı boyunca okuduğu kitap sayısı beşi geçmeyen adamlar olarak kütüphanede yatıp kalkar olmuştuk. Sezai Amca da anahtarı bize teslim etmiş, kütüphaneye gidip gelmeyi de bırakmıştı artık. Okunmadık kitap, izlenmedik film bırakmadık. İşimize yarayabileceğini düşündüğümüz her şeyi not aldık. Motor ustasına gidip ihtiyacımız olan motoru anlattık uzun uzun. Kaportacıya gidip nasıl bir şey yapması gerektiğini çizip eline verdik. Kimseye uzay mekiği yapmaya çalışıyoruz diyemezdik, sessiz ve derinden sürdürmeliydik bu projeyi. Sabah erken saatlerde çalışmaya başlıyor, gecenin bir yarısı evlerimize dönüyorduk. Hatta bir süre sonra kütüphanede yatıp kalkmaya başlamıştık. Bu kadar sürede en azından kabaca bir şeyler çıkmış olmalıydı. Elimizdekileri ortaya döktük ve ne durumda olduğumuzu konuşmaya başladık.

"Evet Kaan nedir haberler anlat bakalım."

"Önce iyi olanlardan mı başlıyım yoksa kötü olanlardan mı?"

"İyileri anlat boşver şimdi kötüleri anlatıp da canını sıkma adamın."

"..."

"Evet?"

"..."

"Dinliyoruz."

"..."

"Kaan?"

"..."

"Oğlum konuşsana."

"Abi ya, iyi haber yok ki. Ben öyle bir an boş bulundum sordum ama düşünüyorum düşünüyorum yok. Vaziyetimiz içler acısı."

"Yapma ya. O kadar kötü durumda mıyız harbiden?"

"Valla abi mekiğin iç aksamları yok. Yani elimizde şekil olarak mekiğe benzer bi' şey var ama içi boş."

"Niye öyle diyosun ya gözlüklü çocuk, otomatik kapı yaptı adam o kadar."

"Hopallör de taktı."

"Hopallör mü? Eyvah eyvah bu adamlar uzay mekiği yapacak he mi? Abi siz niçin beni uyarmadınız? Boş hayallere kapılma Mecnun demediniz."

"Ben demeye çalıştım aslında ama hiçbiriniz beni dinlemediniz ki abi."

"Al bak çocuk uyarmış. Hadi bu cücük gibi bi' şey olduğu için ciddiye almadım diyelim. Siz niye araya girip cücük haklı demiyosunuz abi? Baktınız hâlâ vazgeçmedim iki tokat ataydınız. Olmadı döveydiniz ama böyle boş hayallere kapılmama engel olaydınız."

"Sen bakma Kaan'a Mecnun. O kadar da kötü durumda diyiliz. Bu kalkış için iki roket hazırlandı mesela. Onlar gayet çalışır durumda şu an."

"Evet ama yakıtı fullesek bile başka bir gezegene ulaşabilicek kadar yol alamazlar."

"Ne kadar yol alabilirler peki?"

"Stratosferi geçemiyecek kadar."

"Strafor derken?"

"Yani bulutlara kadar çıkabilir belki."

"Sonra?"

"Sonrası gerisin geri tam yol aşağı."

"Vay arkadaş ya. Haftalardır uğraşıyoruz ama daha bulutlara bile çıkabilicek durumda değil miyiz yani? Millet sevinçten çıkıyo lan o bulutlara. Biz teknolojiyle bile beceremiyoruz."

"Abi teknoloji dediğin Cemal Usta'yla Sabahattin Usta'nın

malzemeleri. Kaportacıyla motorcuyla olucak iş değil bu. Mühendis lazım bize."

"Mühendis adam niye ciddiye alsın oğlum bizi? Uzay ve uçak mühendisliği bölümündeki öğrenciler bile ciddiye almadı bizi. Bölümün hayli kel ve yeterince gözlüklü öğrencisini bulup ekibe dâhil etmeye çalıştık, o da kalkıp 'Film çekçem ben yeağ!' dedi. Resmen dalga geçti, ciddiye almadı herif bizi. Bittik ya, baya bildiğin mahvolduk biz."

"Teoride olur gibi duruyodu ama işte. Tahtaya çizildiği gibi olmuyomuş demek ki."

"Her tarafı da çizmişiz. Camlara varana kadar çizilmedik yer bırakmamışız. Anasını ağlatmışız kütüphanenin. E n'apıcaz şimdi vaz mı geççez her şeyden?"

"Gel Erdal gel burdalar. Ben dedim sana bunlar bi' iş çeviriyo diye."

"Baba?"

"Baba ya. Nasıl elimle koymuş gibi buldum ama?"

"Valla helal olsun İskender. Kırk yıl düşünsem kütüphanede olcakları aklıma gelmezdi. Mahallede kütüphane olduğunu bile yeni öğrendim zaten."

"Nereye buldun baba ya? Kaçıyo muyduk sanki? Dedim ya ben sana kütüphaneye gidiyorum diye."

"Dedin mi? İskender? Demiş ya sana ben kütüphaneye gidiyorum diye. Sabah beri boşuna mı dolanıp durduk biz?"

"Ya baba ben kütüphaneye gidiyorum diyince kesin yanlış yönlendirmeye çalışıyo beni diye düşündüm. Ne işi olur yoksa Mecnun'un kütüphanede?"

"Siz niye peşimize düştünüz ki ya bu kadar?"

"Biz de pay isteriz Mecnun?"

"Neyden pay istersin Erdal Abi?"

"Defineden."

"Define mi? N'oluyo ya, ne definesi?"

"Salağa yatma Mecnun. Her şeyin farkındayız. Kaç gündür ortalarda yoksunuz hiçbiriniz. Kendine arkeolog manitu yapıp define haritasına ulaştın. İsmail'i kas gücü olarak kullandın ve kazı işlerini ona yaptırdın. Defineyi bulunca altınları elden çıkarma işini de Yaviz yapacaktı. Malum illegal çevresi geniştir onun. Kaan'ı da yanına aldın ki hesap kitap tutsun. Kazıklamasınlar seni. Dikkat çekmemek için de kütüphanede hallediyodunuz işleri."

"Oha!"

"Senin o bıyıklarına gölge attıriyim ben e mi? Sen ne kadan fesat, ne kadan kötü ruhlu, ne kadar fırsatçı bi şimbilliymişin be."

"Harbiden yuh ama artık Erdal Abi neler kurmuşun kafanda."

"Ben kurmadım ki. Baban kurdu."

"Baba?"

"Tam o şekil olmasa da buna yakın şeyler söylemiş olabilirim evet."

"Baba sen evde otura otura kafayı yedin sonunda. Nerden çıktı define mefine, ne işimiz olur bizim öyle şeylerle?"

"E n'apıyorsunuz peki bunca zamandır? Bi' gizemli hareketler hepinizde, ortadan kaybolmalar filan, eve uğradığın ettiğin yok zaten doğru düzgün."

"Valla ne kadar ikna edici olucak bilmiyorum ama mekik yapmaya çalışıyoduk biz."

"Mekik mi? Ne mekiği?"

"Uzay mekiği."

"Define yok mu yani ortada?"

"Yok Erdal Abi."

"Ahh ama ya. Çok da müşkül durumdaydım. Hay Allah."

"Kusura bakma Erdal Abi hayal kırıklığına uğrattık seni de."

"Neyse canım önemli diyil de pek bi' umutlanmıştım Mecnun. Neyse gidelim artık o zaman. Kaan, düş bakıyım sen de önüme. Ne biçim çıraksın sen? Yürü."

"Erdal dur bi' saniye. Çocuklar uzay mekiği yapmaya çalışıyoruz diyolar. Hiç mi dikkatini çekmiyo konu?"

"Çekmiyo İskender. Bana faydası olmayan uzayın mekiğini gondikliyim. Ortada altın olmadıktan sonra bana ne."

"Erdaaal Erdaaal, gökte ararken yerde bulsunlar seni e mi Erdal? Bi' sus da dinleyelim neymiş dertleri. Evet, anlatın bakalım nedir bu uzay mekiği meselesi?"

"Orası biraz karışık baba. Leyla burda güvende diyil."

"Sen de onu alıp başka bi' gezegene gitmek istiyosun. Uzay mekiği arandın durdun ama hiçbir yerde bulamayınca kendi mekiğini kendin yapmaya kalktın. Bunlar da sana yardım ediyo di mi?"

"Valla öyle."

"O kadar da karışık diyilmiş demek ki. Ne durumdasınız peki?"

"Yaniiğ."

"Yaniiğ diye cevap mı olur oğlum? Mekiği yapabildiniz mi yapamadınız mı?"

"Bi' şeyler yaptık ama pek mekik denemez galiba ona."

"Uçabiliyo mu bari?"

"Uçan balonla kapışır."

"Olmaz tabii. Ver bakiyim bi' şu çizimlere."

Babam çizimleri aldı. Uzun uzun inceledi. Erdal Abi de dikkatli bir şekilde baktı babamın elindeki kâğıtlara.

"Bunlar olmaz. Bu şekil bi' mekiği yapmaya bütçeniz el vermez her şeyden önce. Şimdiii, bi' defa burdan çıkmamız gerekiyo. Okuyarak diyil, deneyerek öğrenilir bazı şeyler. Bize

metal matrisli kompozit malzemeler lazım."
"Bor fiberleriyle güçlendirilmiş polimer reçineler de lazım İskender."
"Doğru diyosun Erdal. Bulması zor olur gerçi. Roketler için hangi yakıtı kullanıyosunuz?"
"Benzin."
"Oha. LPG taktıraydınız bari. Benzin olmaz. Katı yakıt lazım bize."
"N'apalım tezek mi bulalım baba?"
"Katı yakıt olmaz İskender. Yakıt bitene kadar durduramazsın o roketi. Sıvı yakıt kullanalım bence."
"Hımmm. Olabilir. Alkol, gazyağı, sıvılaştırılmış hidrojen ve sıvı oksijen bulalım diyosun yani?"
"Aynen."
"Güzel. Roket kısmını bu şekilde halledebiliriz. Peki mekiği nasıl yapmalı?"
"Mekik kısmı çok büyük problem İskender. O yüzden derim ki çift roket yapalım."
"Evet?"
"İki roketin ortasına bir araç yerleştirelim. Aracın etrafını da yalıtıcı seramikle kaplarız."
"Direksiyon aksamını da roketlere yön verebilecekleri şekilde yeniden düzenledik mi tamamdır bitti gitti."
"Baba?"
"Efendim Mecnun?"
"Siz tüm bunları nerden biliyosunuz?"
"Gördün mü Erdal bizi bi' şeye benzetemediler. Biz gençliğimizde var ya hey yavrum hey."
"Senin kamyon devirdiğin yaşlarda biz mekik kaldırıyorduk Mecnun efendi. Bakma şimdi bakkalda boş boş oturduğumuza."

"Peki Erdal Abi bi' şey sorcam, tezgâhın altında tartı var mı senin?"

"Var. Niye ki?"

"Tartıyo musun hakkaten?"

"Neyi?"

"Bırak Erdal muhatap olma. Yüz verince cıvıyo bunlar hemen. Neler lazım anlaşıldı mı?"

"Ben not aldım hepsini İskender Amca."

"Aferin len sana. Kaça geçtin bakiyim sen?"

"Dörde geçtim."

"Sünnet oldun mu sen?"

"Ohoo bilimsel bi' şey konuşuyoduk şurda muhabbet ne ara buraya geldi? Bu şartlar altında çalışamam ki ben."

"Tamam Kaan abartma. Ver o yazdıklarını. Ben bu gece nükleer tesis, laboratuvar, araştırma merkezi filan ne varsa bi' dolanırım. Bulabildiklerimi indirir gelirim."

"Hadi göriyim seni Yavuz."

"Yalnız İskender kıyafet de bulmak gerekir. Kafalarına akvaryum geçircek diyiller herhalde."

"Taam ben hallederim kıyafetleri bulurum ki ben. Sonuçta tarzıyla farkını ortaya koyan bi' insan olduğumu düşünüyorum açıkçası. He hacılar? Ne diyonuz?"

"Renkli pullu kıyafetlerden bahsetmiyolar İsmail Abi. Astronotların giydiği sıcağa ve soğuğa karşı dayanıklı, vücut ısısını koruyan ve kalp atışlarını kontrol etmesi gereken bi' kıyafet olması lazım."

"Valla mı ya, senin İsmail Abin de maldı zaten. Sığırdı senin İsmail Abin. İsmail Abin hiç anlamaz zaten bu işlerden."

"Estağfurullah abi o mânâda demedim."

"Yürü git! Tamamdır İskender Abi kıyafetleri ben hallediyorum. Bende o iş."

"Helal sana İsmail. Geriye bi' tek araç kalıyor. Mecnun, git sen de Sarı'yı yedieminden al gel."

"Nasıl ya? Taksiyi? Baba sen emin misin?"

"Başka nerden araç bulcaz oğlum al gel işte uzatma. Hadi bakalım hakkımızda hayırlısı."

Çocukken babam hakkında düşündüğüm iki şey vardı. Biri babamın her şeyi bildiği, diğeri de ölümsüz olduğu. Büyüdükçe bu düşüncem de kayboldu gitti. Zamanla babamdan daha çok şey bildiğimi, hatta babamın aslında hiçbir şey bilmediğini bile düşünmeye başladım. Ama bugün gördüm ki, babam gerçekten de her şeyi biliyor. Ve umarım ölümsüzdür de asla ölmez.

***

Yavuz Abi gerekli malzemelerin bir kısmını buldu, bulamadıklarının yerini babam kerpiçle doldurmaya çalıştı. Dünyanın ilk kerpiçten yapılan uzay mekiğine adım adım yaklaşıyorduk. İsmail Abi nasıl yaptı bilinmez ama astronot kıyafetlerini ayarladı. Her ne kadar cafcaflı renkleri ve üzerinde pullar olsa da işimizi hayli görürdü bu kıyafetler. Kireçburnu Tepesi'ne kurulmuş, gece gündüz demeden çalışıyorduk. "Hadi hayırlısı" ile başlayan süreç "yolu yarıladık beyler" oradan da "çoğu bitti azı kaldı dayanın" noktasına kadar gelmişti. İnsanlar el ele verirse başaramayacakları şey yoktur mesajı veriyorduk evrene. Ama kimse bizim farkımızda değildi. Hepimiz bir aradaydık. Herkes bir işin ucundan tutuyordu. Erdal Abi bile dükkânı kapatıp bizimle birlikte çalışır olmuştu, ki kendisi yaralı parmağa işemeyen biridir. Babam her fırsatta söyler bunu kendisine. Bir keresinde, bizim bahçede mangal yapmak için toplanmıştık ve babam aldığı tavuk kanatlarını kesip pirzola haline getirmeye çalışırken elini kesmişti. Erdal Abi de sırf babamın haksız olduğunu göstermek için parmağına işemeye çalışmıştı herkesin içinde. "Dost dediğin böyle günde belli olur İskender. Azıcık işiycem, bak ucunda zaten şu an bıraktım bırakcam, üstüne işerim bak," diye bahçede kovalayıp durmuştu babamı. İnsan çocukken bazı şeylerin farkına daha iyi varabiliyor. Çünkü yetişkinler, çocukları kendi dünyalarına dâhil etmek istemezler. Çocuk da kenardan onları izler. Bu yüzden de olan biteni onlardan daha iyi görür. Gel gelelim büyüdükçe daha çok dâhil olmaya başlar meseleye. Ardından öyle bir an gelir ki kargaşanın ortasında bulur kendini. Haliyle kimse olayları bir çocuk kadar iyi süzemez. İnsan bazen bir adım geri çekilmeli. Ve kenarda durup olan biteni izlemeli. Tıpkı benim şu an yaptığım gibi. Sırf benim için koşuşturan bu insanları belki de başka hiçbir şey bir araya getiremezdi. Ne kadar da güzel insanlar varmış meğer benim çevremde. Şu an bu tepenin ucunda durup, şehre doğru açıp kollarımı "İyi ki varsınız ulan!" diye bağırasım var. Siz olmasanız...

"Mecnuuun! Gelsene lan buraya, durdun izliyon bizi ordan."

"Hakkaten he Mecnun gel de bi' işin ucundan tut lan. Bu hep böyleydi İskender, küçükken de hiçbi' işin ucundan tutmazdı."

Fazla da kenarda durmamak lazım tabii. Yoksa böyle adı çıkıyor insanın. Her şey yolunda gidiyordu. Roketlerin yapımı neredeyse tamamlanmış, taksinin etrafı yalıtıcı seramikle kaplanmış ve Zeynep'in ameliyatı başarılı geçmişti. Bu süreçte Leyla'yı çok az görebilmek dışında hiçbir sıkıntım yoktu. Aksakallı Dede'den iyi olduğunu öğrenmek yetiyordu şimdilik. "Sabretmek en büyük erdemdir," diyordu Aksakallı "sabretmeye devam et evlat, az kaldı."

Gün düşene kadar hep beraber çalıştık. Herkes tek tek dağıldı, en son babam ve ben kaldık mekiğin başında. O an fark ettim ki, babamla hiç bu kadar yakın olmamıştık uzun zamandır. Beraber geçirdiğimiz özel zamanlarımız hiç olmamıştı zaten bizim. Baba-oğul balık tutmaya gitmemiştik mesela ya da o kömürlükte duran dört tekerlekli bisikletin arka tekerleklerini söküp de dengede durmama yardım etmemişti. Belki güzel sözler de söylememiş olabilir ama bunların hiçbiri babaların oğullarını sevmediğini göstermez. İmkânsız gibi görünen bir hayalin peşinden koşan oğluna yardım eden baba, dünyadaki tüm "canım oğlum" diye başlayan sözlere bedeldir zaten. Gözlerim doldu. Belli etmemek için gülümsedim.

"N'oldu ne güldün? Çatalım mı gözüküyo lan yoksa? Niye götüme bakıyosun oğlum?"

"Yok be baba... Her şey için çok sağ ol."

"N'aptım ki be oğlum?"

"Daha n'apıcan be baba? Kim uzay mekiği yapcam diyen oğluna yardım etmeye çalışır ki? Hem ayrıca taksinden... Yani Sarı'dan bile vazgeçtin benim için."

"Bin tane taksi feda olsun ulan senin için."

"Aslan babam be."

"Sen gidiyosun ya, yemişim taksisini artık. Evden bi' boğaz eksiliyo lan. Hem de en önemli boğaz. Anan gitse çok üzülürdüm bak. O senin kadar masraflı diyil çünkü. Sen çok yakıyodun. Senden kurtuluyorum ya gerisi kolay. Daha da çalışmama gerek kalmaz zaten."

"Ya arkadaş şu ağzından güzel bir söz çıkmıycak mı senin ya?"

***

Ertesi sabah Kireçburnu Tepesi'ne çıktığımızda Yavuz Abi çoktan gelmiş ve çalışmaya başlamıştı.

"Nerde kaldınız ya saat kaç oldu? Mecnun sen şu hidrojeni sıvılaştır, Kaan sen de şu alüminyum alaşımlarına bak bakiyim yeterince alaşmışlar mı? İsmail o elindekiler ne senin?"

"Tüp."

"O nasıl tüp İsmail?"

"Piknik tüp."

"Piknik tüp olur mu İsmail, bunlar başka bi' gezegene gidiyorlar, uzaya çıkıcaklar uzaya. Oksijen tüpü alcaktın. Off İsmail çıldırcam ya. İskender Abi şunun ucundan tut da bari roketleri taksiye bağlayalım."

"Dur hele dur dur, n'oluyo sana Yavuz kendine gel."

"Evet Yavuz Abi, hidrojeni nasıl sıvılaştırıyım ben ya? Manyak mısın sen?"

"Mecnun!"

"İstediği şeye baksana baba. Hangisi hidrojen onu bile bilmiyorum ki ben."

"Yavuz, tamam sakin ol. Gerginliğin mânâsı yok. Ayrıca sen çalışmıyosun bugün."

"Nasıl çalışmıyorum ya? Çalışmam lazım. Bitmez yoksa bu mekik. Daha bi' dünya iş var."

"İş dediğin bekler Yavuz. Hem pek bi' şey kalmadı iki güne hazır oluruz rahat ol."

"Ama İskender Abi..."

"Ne aması Yavuz? Zeynep'in ameliyat olabilmesi için o kadar uğraştın, gerekli parayı tek başına denkleştirdin. Ameliyat çok güzel geçti, Zeynep'in gözleri açıldı. Ve şimdi sen kızdan kaçıcak mısın yani?"

"Korkuyorum be abi."

"Neden korkuyorsun?"

"Ya gözleri gerçekten açıldıysa? Ya beni görünce... Yani bana baktığında o kafasında kurduğu adamı göremezse? Beni beğenmez diye çok korkuyorum abi."

"Bence beğenmez."

"Erdal!"

"E ne hemen Erdal? Bi' laf ediyoruz hemen iğneler gibi ordan Erdal diyosun İskender. Şunun haline baksana. Şu üstündekilere bak Allah aşkına İskender. Bah hele bah, şuna bah. Niye beğensin kız bunu? İsmail sen de Yavuz'la beraber git, üstüne başına doğru düzgün bi' şeyler alın şunun. Yazkış simsiyah o derilerin içinde dolanıp duruyo ya. Öncesinde hamama da uğrayın, kokuyo bu."

"Sen merak etme Erdal Abi. Göbek taşına yatırıp bi' de kese atarım ohhh pammıh gibi olur valla."

"İyi bakalım, al şu parayı da."

"..."

"Alsana İsmail ne bakıyosun yüzüme?"

"İskndrabi?"

"Hı?"

"Alıyım mı parayı?"

"Valla ben de bilemedim İsmail. Bi' şey çıkmasın altından?"

"Erdal Abi bak açık konuş nah yapmıycan di mi? Ona göre alcam bak, tam almaya yeltendiğim anda öyle çirkin hareketler yaparsan valla çok pis bozuşuruz söyliyim onu."

"Yau al işte şunu. Duyan da beni pinti, paragöz, bencil, çıkarcı bi' insan sanıcak ha?"

"E öylesin."

"Öyle miyim? Ah ya! Görüyor musun bak? Kendimi ifade edemedim ben burda. Baştan başlasana Mecnun."

"Nasıl abi?"

"Baştan al ya. Hadi n'olur hadi. Mecnuuun! Hadi annem kalk sofra hazır!

Yine aynı ses, yine aynı cümle. İlkokuldan beri hep aynı şekilde uyandırdı annem beni... Evet sen devam et şimdi. Önce..."

"Erdal ne saçmalıyosun sen?"

"Bi' saniye İskender, üzerime yapışan bu imajı silmem için son fırsatım olabilir. Erdal Bakkal'ı yanlış tanımasınlar. Ayrıca niye Mecnun anlatıyo her şeyi? Ben anlatıyım. Niye onun hikâyesini dinlemek zorundayız? Ne anlattın lan benim hakkımda doğru söyle?"

"Erdal tamam uzatma gözünü seviyim. Sen de kendi hikâyeni anlatırsın, onu da dinleriz. Bi' sakin dur şimdi, işimiz gücümüz var. Mecnun, sen de taksiyi al hastaneye git. Zeynep'i çıkarınca sahildeki restorana gelin."

"Tamam baba."

"Sen de heyecan yapma sakın. Telaşlanıcak bi' şey yok. Zeynep tipin için sevmedi ya seni."

"He tipsizsin diyon yani."

"Yaniiiğ o şekil düşünme tabii de. Anlatmaya çalıştığım şey başkaydı aslında ama..."

"Tamam İskender Abi anladım ben seni. Sağ ol be abi. Hakkaten baba adammışsın."

Yavuz Abi babama sarıldı. Babamın da ona öyle bir sarılışı vardı ki, bana o şekilde sarılmadı hayatı boyunca.

"Bak ya. Arkadaş eline parayı veren benim o hâlâ İskender'e sarılıyo. Bana da sarıl, ben de yardım ettim o kadar. Çok kral adamdır diye anlat beni kendi hikâyende. Baba Erdal diye bahset benden."

"Kim n'apsın benim hikâyemi Erdal Abi. Gel ama gel sen de gel."

"Abboov İsmailsiz mi kucaklaşıyosunuz siz orda bakiyim."

Kucaklaşma seremonisine İsmail Abi de katılmıştı. Ardından Kaan da gitti girdi aralarına.

"Mecnun gelsene sen de."

"Abi niçin altı adam sabahın bi' vakti Kireçburnu Tepesi'nde sarılıyoruz birbirimize? Şu hale bak, halka yapmışlar bi' de."

"Gel biraz halka karış sen de Mecnun. Durma uzakta yabancı gibi. Gel buraya gel."

Ben de halkaya dâhil oldum. Sanki bi' daha görüşmeyecekmişiz gibi mânâsızca sarıldık. Ama son sarılmanız olacak bu deseler, hepsini sımsıkı tutar, hiç bırakmadan sonsuza kadar sarılmak isterdim.

***

Yavuz Abi hayli gergin çünkü Zeynep bugün taburcu oluyor. Zeynep'in gözlerinin açılması Yavuz Abi'nin tek hayaliydi. Ve şimdi bu hayali gerçekleştiği için ne yapacağını bilmiyor. Hayatta hiçbir isteği olmamış, duaları bile kabul görmemiş insanlar için gerçekleşen hayaller hayli korkutucudur. Nereden duydum bilmiyorum ama 'Hayallerin ne kadar büyükse, hayal kırıklığın da o kadar gürültü olur,' demiş biri.

"Ben dedim onu."

"Dede? Senin ne işin var hastanede?"

"Leyla burda."

"Leyla mı burda? Bi' şeyi yok di mi?"

"Yok yok merak etme. Zeynep'i ziyaret etmek için geldi."

"Oh iyi bari. Senin bu halin nedir peki? Üstün başın perişan."

"Sorma evlat. Leyla'yı korumak düşündüğümden de zormuş. Mekik ne âlemde?"

"Bitti bitiyo. Yarın öbür gün çalışır duruma gelir herhalde."

"Hadi inşallah."

"Müsaadenle dede Zeynep'in yanına çıkmam lazım."

"Git tabii evlat git. Ben de gelmişken bi' serum taktırıyim. Kendime gelirim biraz, sonra da peşinizden gelirim."

"Yok ya sen dinlen bugün dede. Yorma kendini daha fazla."

Zeynep'in odasına çıktım. İçeri girince bana baktı. Gözlerimin içine içine baktı. Gülümsedi. Kim olduğumu anlamaya çalıştı. Dönüp Leyla'ya baktı. Tekrar bana baktı ve "Hoş geldin Mecnun," dedi kendinden emin bir sesle.

"Yuh nasıl tanıdın ya hemen?"

"Kokudan."

"O kadar mı kötü kokuyorum ya?"

"Yok be şaka yapıyorum. Leyla'nın gözlerinden tanıdım seni."

"Leyla'nın mı gözlerinden?"

"Onun gözlerinin içinde sen varsın. Senin gözlerinin içinde de Leyla var. O yüzden seni tanımak hiç de zor olmadı."

Leyla'yla birbirimize baktık. Gözlerinin içinde kendimi görmeye çalıştım. Ama sonsuzluktan başka bir şey göremedim. Çünkü Leyla'nın gözleri gökyüzü kadar sonsuz. O sonsuzlukta kaybolmuş olmalıyım ki Zeynep'in "Ben çıkıyım isterseniz," demesiyle kendime geldim.

"Olur."

"Mecnun!"

"Yaniii hep beraber çıkalım hadi. Hem Yavuz Abi bizi bekliyo."

Yavuz Abi deyince de Zeynep kayboldu. Uzaklara dalıp gitti, dudağının kenarına bir gülümseme iliştirdi. Yüzü kızardı. Kendi kendine gülümsemeye başladı. Bir şeyi itiraf etmek gerekir ki; sevip de kavuşamayanın kahrı ne kadar çekilmezse, kavuşanların da keyfi bir o kadar çekilmezdir. Bu ikisinden de bir süre uzak durmakta fayda var. Hadi kavuşamayan tek başına gelir, dert yanar, ağlar sızlar, kafa ütüler. Ama kavuşan dediğin tek de değil ki arkadaş, iki kişi birden üşüşürler başına. Misal yeni sevgili olmuş tüm çiftleri alıp Bilecik'e doldursan, bir süre sonra Bilecik'in bitki örtüsü değişir. Mevsimler ilkbahar ve yaz olmak üzere ikiye düşer. Yalnızca tüketime dayalı, romantik filmlerin gişe rekorları kırdığı, Mustafa Ceceli'nin vali olarak atandığı bir yer haline gelir Bilecik. Zaten bir süre sonra adı da Mıncıristan olarak değiştirilir muhtemelen.

Zeynep'i hastaneden çıkardık. Taksinin yanına geldiğimizde Zeynep hayatında ilk defa araba görmenin şaşkınlığını yaşayarak "Araba dediğiniz böyle bi' şey mi yani?" diye sordu. Ve hayatında pek çok kez araba görmüş olan Leyla da aynı şaşkınlığı yaşayarak cevapladı Zeynep'i.

"Aslında tam olarak böyle diyil Zeynepcim. Mecnun? N'aptınız bu arabaya?"

"Seramikle kapladık."

"Neden?"

"E inorganik. Güzel olmamış mı ya?"

Sebebini sorma şu an açıklayamam Leyla dercesine baktım gözlerine. Leyla da acaba taksi mi çevirsek dercesine bakındı etrafına. Başka çare olmadığını görünce atladı o da arabaya. Zeynep camı açtı, yol boyu kafasını çıkarıp yüzünde hissetti rüzgârı. Gördüğü her şeyi sordu bize. "Bu ne?" "Peki ya bu?" "Ya bu?" "Bu acayipmiş ne ki bu?" şeklinde başımızın etini yedi. Ve ardından "Önce sahile inebilir miyiz?" diye sordu. Sormaktan ziyade yalvaran bir hali vardı. Belli ki gerçekleşen hayallerin korkuttuğu tek kişi Yavuz Abi değildi. Yavuz Abi'yi görmek için cesarete ihtiyacı vardı Zeynep'in. Sahile indik. Her zaman oturduğu banka doğru koştu. "O diyil ki her zaman oturduğun bank," diyecek oldum ama Leyla beni susturdu. Zeynep banka oturdu uzun uzun denize baktı. Leyla da oturacaktı ki durdurdum. "Ayakkabılarıyla basmışlar, hep pis oralar oturma," dedim kulağına. Zeynep'in gözleri doldu denize doğru bakarken. "Düşündüğümden çok daha güzelmiş," dedi. Tam olarak nereye baktığını anlamaya çalıştım. "Neye diyo bu düşündüğümden daha güzel diye, bildiğin deniz işte," diye fısıldadım Leyla'ya.

"Kız ilk defa görüyo denizi, biraz anlayışlı olur musun?"

"Olurum tabii de geç kalıcaz. Yavuz Abi bizi bekliyo."

Bir an evvel ikisini bir araya getirmek istiyordum. Üstümdeki bu gereksiz sorumluluk duygusundan kurtulamıyordum. Sevenlerin arasındaki tek engel benmişim gibi hissediyordum. Zeynep bir süre daha baktı denize. Ardından bize döndü ve "Hadi gidelim artık," dedi. Gereken cesareti toplamıştı Zeynep. Restoranın karşı kaldırımına park ettik. Arabadan indiğimizi gören İsmail Abi hemen yanımıza koştu.

"İsmail?"

"Aaa nasıl da bildin kız?"

"Göremediğim zaman da bu kadar renkliydin sen İsmail."

İsmail Abi ile sarıldılar birbirlerine. Ve restoranın kapısından Yavuz Abi çıktı. Daha doğrusu biri çıktı ve "Bu kim lan?" dedim önce ama iyice bakınca Yavuz Abi olduğunu anladım. Baştan aşağı beyazlar içindeydi Yavuz Abi. Her şeyiyle beyaz ama. Ayakkabısından kravatına, ceketinden eldivenine kadar bembeyaz olmuştu herif.

"İsmail Abi?"

"Hoop?"

"Ne yaptın abi?"

"Neyi ne yaptım?"

"Yavuz Abi diyorum, ne yapmışın abi herifi öyle?"

"E stil sahibi insanım Mecnun. Durduramıyorum kendimi. Farklı bi' tarz ortaya çıkarmak istedim. Hatta o kombinin altına stiletto daha iyi giderdi ama işte Yavuz topukluyla yürüyemem dedi."

"Beyaz mıydı o da?"

"E tabii."

"Keşke giyseymiş o zaman yakışırmış."

"İşte yürüyemem diyince adam n'apıcan?"

"Anladım abi."

Yavuz Abi ve Zeynep göz göze geldiğinde her şey yavaşladı. Bu anın tadını çıkarabilsinler diye zaman bile işleri ağırdan alıyor gibiydi. Yavuz Abi bekledi bekledi bekledi bekledi. Bir ömür gibi geldi ona bu beklemek. Ve sonunda Zeynep ona gülümsedi. Onun gülüşünü görünce sırıtmaya başladı Yavuz Abi. Üstünden büyük bir yük kalkmıştı. Zeynep'e doğru koşmak, onu kucaklamak istedi. Daha ilk adımını atmıştı ki iki ayrı araba geçti aramızdan. İki arabadan da eli silahlı adamlar ateş etmeye başladı. Ben Leyla'nın üstüne atladım, İsmail Abi Zeynep'i çekti kendine doğru ama kurşunların tek adresi Yavuz Abi'ydi. Üst üste ateş etmeye devam ettiler Yavuz Abi'ye doğru. "Yavuuuuuz!" diye bağırdı Zeynep. Yavuz Abi ona baktı. Bembeyaz kıyafetleri kıpkırmızı olmuştu. Ve Zeynep'in gözlerine bakarak yavaşça yere yığıldı. Zaman bile acıdı onların bu haline ve olağan seyrine döndü. Arabalar bastı gitti. İsmail Abi peşlerinden koştu ama yetişemedi. Biz hemen Yavuz Abi'nin yanına koştuk. Zeynep, Yavuz Abi'nin kafasını kaldırıp dizlerinin üstüne koydu. Yanaklarından tuttu iki eliyle. Ağlamaya başladı.

"Yavuz... Yavuz gitme... Bana bak Yavuz. Ölemezsin sen. Şimdi olmaz. Yavuuuz. Gitme sakın. Gitme!"

Yavuz Abi gözlerini ilk ve son kez Zeynep'in gören gözlerine iliştirdi. Gülümsedi. Ardından güçlükle de olsa son sözlerini söyledi.

"Aşk olsun, ben öyle bi' insan mıyım?"

yedinci bölüm

"Unutma, hepsi sadece bir rüya.
Hatırla, daha önce yaşadıklarını hatırla..."

Kavurucu sıcağın altında, ıssız ve sonsuz bir çölün ortasında yürüyorum. Bu yetmezmiş gibi bir de kafamın içinde hep aynı ses yankılanıp duruyor.

"Unutma, hepsi sadece bir rüya.
Hatırla, daha önce yaşadıklarını hatırla.
Uyuma, yoksa kabul olmayacak ettiğin dua..."

Sesin peşinden gittim. Bu sefer kararlıydım nereden geldiğini bulmaya. Tüm bu yaşadıklarım sonunda rüya çıkarsa Aksakallı'yı asasıyla kovalayabilirim. Bir yandan da yaşananları hatırlayınca her şeyin bir rüya olması için dua ediyor insan. Uykuyla uyanıklık arasında neyin gerçek neyin rüya olduğunu tam anlayamadığı kısa bir an vardır insanın. Uzun süredir o anı yaşıyor gibiyim. Bir saniye mi geçti yoksa bir ömür mü bilemiyorum ama sonunda bir bedevi gördüm. Çölün ortasında kendi kendine konuşarak ilerliyordu. Kalan son gücümle koştum peşinden. Kolundan tutup çevirdim.

"Bi' baksana birader."

Yüzünü peçeyle kapamış olan adam aynı şeyleri söylemeye devam etti.

"Unutma, hepsi sadece bir rüya.
Hatırla, daha önce yaşadıklarını hatırla..."

"Neyi unutmıyım, sen kimsin ya?"

"Unutma, hepsi sadece..."

Kafam şişmişti artık aynı şeyleri duymaktan. Yüzündeki peçeyi çektim çıkardım.

"Sen? Nasıl olur ya? Ben?"

Peçenin altında ben vardım. Karşımda durmuş kendime bakıyordum.

"Mecnun?"

"Ben Mecnun değilim. Leyla'yım ben."

"Nasıl?"

"Ger ben ben isem nesin sen ey yar
Ver sen sen isen neyim ben-i zar..."

"Neemiş?"

"Demin yürürken namaz kılan, yaşlıca bir adamın önünden geçtim. Adam namazını bozup 'Koskoca çölde neden önümden geçersin be hey gafil!' dedi bana. Ben de dönüp dedim ki 'Ben Leyla'yı düşünürken seni görmedim de sen Mevla'yı düşünürken beni nasıl gördün?'"

"Eee yani?"

"Unutma, hepsi sadece bir rüya..."

"Haydi bakalım, döndük mü başa? Çok mu kaldın sen güneşte? Beynin mi eridi acık? Yok Leyla'yı düşündüğü için adamı görmemiş de bilmem ne? Adam haklı, sen niye namaz kılan insanın önünden geçiyosun ki? Bi' de ayar vermiş yaşlı başlı adama. Pisim bee. Amaan yani. Pis bee."

"Yok hayır orda şeyi anlatmaya çalıştım yani Leyla'nın aşkıyla demek istedim ben hiçbir şey göremezken, sen Mevla'nın aşkıyla nasıl olur da beni görebilirsin mânâsında anladın mı?"

"Yooğ."

"Off! Bu nasıl bi' serap ya? Çok yürüdüm şu çölde, çok acılar çektim de insanın karşısına kendisinin çıkması nasıl bi' işkencedir ama ya?"

"Ne serabı ya? Sensin serap? Sen şu diğer Mecnun olmayasın sakın?"

"Hangi diğer Mecnun?"

"Aksakallı zaman döngüseldir demişti. Şu an yaşadıklarını daha önce de yaşadın dedi. Aynı şeyleri yaşamış olabiliriz yani. Yalnız bu sefer Leyla ölmedi."

"Ne? Leyla... Leyla yaşıyo mu?"

"Aksakallı kurtardı onu. Hem de pek çok kez."

Dizlerimin üstüne çöküp kaldım. Daha doğrusu o dizlerinin üstüne çöküp kaldı. Diğer Mecnun. Ben olmayan ben. Leyla'nın adı bile yetti mutlu olmasına. Ağladı. Gözyaşları çölün kızgın kumlarını eritti. Kafasını kaldırıp bana baktı ve güçlükle konuştu.

"Ne olursa olsun ölmesine izin verme Leyla'nın. Sonra işler çok sarpa sarıyo."

"Peki sen? Sen niye burdasın, n'oldu Leyla'ya?"

"Boşver beni. Beni bi' rüya say. Benim başıma gelenler senin de başına gelmek zorunda diyil. Unutma, bunların hepsi sadece bir rüya sonuçta. Şimdi uyan ve bir daha buraya gelme. Fırsatın varken Leyla'dan asla vazgeçme."

Ayağa kalktı ve yanımdan uzaklaştı. Arkasından "Mecnuuun!" diye bağırdıysam da dönüp bakmadı. Tekrar seslendim ama hiçbir tepki vermedi. Birkaç adım daha atmıştı ki döndü. Bana yani aslında kendine baktı ve şöyle dedi: "Ben Mecnun diyilim. Ben Leyla'nın mezar taşıyım."

Kan ter içinde uyandım. Nefesimi kesecek kadar keskin bir koku vardı burnumda. Öksürmeye başladım. Güçlükle nefes alıyordum. Annem yanıma koştu ve alnımdaki bezi aldı.

"Geçti oğlum geçti, sakin ol. Kâbus mu gördün annecim?"

"Anne? Bu koku nedir ya?"

"Sirkeli su. Ateşin vardı, iyi gelir diye koydum çocuğum."

"Leğeni de burnumun dibine koymuş, gözünü seviyim çek şunu anne."

"Ah oğlum ya, biz de n'apcağımızı şaşırdık. Ne zamandır kendinde değilsin öyle baygın yatıyosun."

"Ne zamandır?"

Leyla'yı ilk gördüğüm an düşüp bayıldığımı ve o zamandan beri baygın yattığımı söylemesini bekledim. Baştan sonra her şeyin rüyadan ibaret olması için dua ettim.

"Şeyden beri işte."

"Neyden beri anne?"

"Arkadaşın vurulduğundan beri. Yavuz muydu adı?"

Kabul olmayan dualarıma bir yenisi daha eklendi. Çöldeki Mecnun'a yani kendime bir söz verdim. Leyla'yı da alıp buralardan gitmem gerek.

"Dur oğlum nereye? Daha iyileşmeden ayaklandın hemen."

"Gitmeliyim anne."

Anneme sarıldım. En son ne zaman anneme sarılmıştım hatırlamıyorum. O yüzden ilk kez sarılıyormuş gibi sarıldım.

"Mecnun! Sen hiç iyi diyilsin annecim. Yat biraz daha hadi. Sahanda yumurta da yaparım sana, sen seversin. He?"

"Anne bari baklava börek yaparım de, iki tane yumurta kırarak hasta nazlamak ne?"

"İste yaparım hemen oğlum."

"Yaparsın anne biliyorum. Ama inan gitmem lazım... Babam yok mu?"

"Kömürlüğe indiydi."

Annemle vedalaşıp babamın yanına indim. Kömürlükte oturmuş benim dört tekerlekli eski bisikletime bakıyordu.

"Baba?"

"Geldin mi kendine?"

"Geldim sayılır."

"Bu bisikleti hatırlıyo musun?"

"Hiç unutur muyum baba? Birinci sınıfın son günü almıştın bana."

"Ben mi almıştım? Yok be oğlum, yanlışın var. Sünnetinde dayın aldıydı bunu sana."

"Aaa harbiden mi?"

"Tabii canım. Sünnet olduktan hemen sonra binmek istemiştin de binemeyince ağlayıp durmuştun akşama kadar."

"Hiç hatırlamıyorum o kısımları ya. E birinci sınıfın son günü ne almıştın sen bana?"

"Dondurma."

"Dondurma mı? İlk karnemi dondurmayla mı geçiştirdin baba?"

"Öyle deme çok sıcaktı o gün çok. O dondurma sayesinde ferahlamıştık."

"He bi' de beraber yedik öyle mi?"

"İki yaladım ya alt tarafı ne abarttın sen de yani."

"Baba... Ben gidiyorum."

"Kaan'a mı versek bu bisikleti? Sen daha binemezsin buna."

"Baba!"

"Sünnet oldu muydu o? Sünnet hediyesi olur işte ne güzel. Hem var ya..."

"Babaaa! Dinlemiyon mu sen beni? Gidiyorum ben. Vedalaşmıycak mısın benimle?"

Babam derin bir iç çekti. Gözlerini ayıramadı önünde duran bisikletten.

"İnsan en büyük hatayı zaman konusunda yapıyo. Zamanın sahibi sanıyo kendini. Nasılsa yaparım, daha zamanım var diyo her seferinde. Oysa zaman akıp gidiyo ellerinden. Sonra kömürlükteki bisiklete bakıp yıllar ne çabuk geçmiş diye hayıflanıyo kendi kendine. Şu arkadaki iki tekeri neden sökmedin ulan İskender diyo. Oğlunun büyümesine yardım etmek varken neden dışardan izledin? Her şeyi ailen için yaptığını sanırken neden onlarla daha fazla zaman geçirmedin?"

Gözlerini bisikletten alıp bana çevirdi. Baba İskender ilk defa gözyaşlarını gizleyemedi. Kalktı yanıma geldi. Yanaklarıma koydu ellerini.

"Özür dilerim oğlum. Affet beni."

Sonra öyle bir sarıldı ki göğüs kafesinden geçirip kalbine sokmak ister gibiydi beni. Gözlerim doldu, yüzüm kızardı, nefes alamadım. Boğuluyordum evet.

"Babaaa, babaağ tamam baağ nefes almyrm..."

"N'oldu iyi misin Mecnun, bi' şeyin yok di mi oğlum?"

"Öhöööğ! Hohhhh! Tamam baba iyiyim ben merak etme."

"İyisin iyi. Aslan oğlum benim be. Şşş bana bak torpidoda Ferdi Tayfur kasetleri var. Atmosferden çıkar çıkmaz tak teybe birini. Uzayda yankılansın Ferdi Baba'nın sesi."

"Tamam baba."

"Bagajda da turşu bidonları var, dikkat et dökülmesin."

"Turşu mu bidonları? Yuh artık baba ya. Uzaya çıkıyoruz ya uzaya. Başka bi' gezegene giderken yanımızda turşu bidonu mu götürcez?"

"Canınız çeker yersiniz diye koydum oğlum. Sebze, meyve

tohumları da bıraktım bagaja. Kendine ve Leyla'ya çok iyi bak. Benim düştüğüm hataya düşme sakın. Nasılsa zamanım var deme, iyi ki ailem var de. Ve asla yalnız bırakma onları."

Babamla vedalaşmanın bu kadar zor olacağını tahmin etmezdim. "Sarı'ya dikkat et, meteor yağmuruna yakalanıp da orasını burasını çizdirme sakın," gibi şeyler söyler sanıyordum. Ama düşündüğüm gibi olmadı. Babamla vedalaşırken aynı zamanda da tanışmış gibiydim. Okul bahçesine geldim. Okuduğum eski sınıfın camına baktım. Benim oturduğum yerde Kaan oturuyordu. Pürdikkat hocanın anlattıklarını dinliyor bir yandan da defterine notlar alıyordu. Aferin be Kaan. Ben okul hayatım boyunca o pencereden dışarıyı izledim. Sense o pencereden içeri vuran ışığı izle. Görmese de el salladım ve ayrıldım okuldan.

Mezarlığa geldiğimde Zeynep'i gördüm. Yavuz Abi'nin mezarı başında oturmuş, sesli bir şekilde kitap okuyordu. Beni görünce sustu. Kitabı kapadı. Gözleri dolu dolu baktı yüzüme.

"Her şeyi senin için yaptı. Yine olsa yine yapardı. Etrafına bakıp da hiçbir şey göremeyenlerin, sadece çirkinliğin peşinde koşanların olduğu bi' dünyada senin karanlıkta kalmana gönlü razı olmadı."

"Çalmaması gereken insanlardan çalmış, tehlikeli adamlardan geri ödeyemiyceği paralar almış öyle mi?"

"Arkasından söylenenlere inanma sen boşver. O öyle bi' insan değildi... Ne okuyosun?"

"Çavdar Tarlasında Çocuklar. Pek severdi."

"Bari bi' güllü Yasin aç da arkasından bi' Yasin oku. Ruhuna gitsin rahmetlinin, sevaptır."

Zeynep'le ve Yavuz Abi'yle de vedalaştım böylece. Bakkala geldiğimde Erdal Abi tavuk döner koyuyordu kedilerin önüne. Kısa ve net bir vedalaşma oldu. Meseleyi hiç uzatmadı Erdal Abi.

"Arada yaz bize de bak, habersiz bırakma. Bayramdır, kandildir, dünya bakkallar günüdür filan ihmal etme sakın. Bir tebrik mesajı atıver," deyip yolladı beni. Giderayak elime balya balya broşürü de tutuşturdu.

"Bunlar ne Erdal Abi?"

"Erdal Bakkal broşürü. Uzaya çıkınca dağıtırsın. Her gezene birer-ikişer bırakırsın. Olur da yarın öbür gün uzaylılar dünyaya gelirse önce buraya uğrasın. Çünkü neden?"

"Neden?"

"Çay Erdal Bakkal'da içilir."

"Ne yapıyorsun abi sen? O haller nedir, poz mu veriyosun sen?"

"Evet. Beni hep böyle hatırla diye."

Sahile indim. İsmail Abi yine uzaklara dalmış sessizce bekliyordu. Seslenmek istedim ama yapamadım. Ona veda etmek en zoruydu. Umudun ete kemiğe bürünmüş haliydi İsmail Abi. İnsan umutlarına nasıl veda edebilir ki? İçimden "İsmaiiil Abiiii!" diye seslendim. Dönüp baktı, sanki beni duymuş gibiydi. Gözlerine iyiden iyiye hüzün çökmüştü. Gideceğimi bildiği için hiçbir şey sormadı. Yalnız bir ara "Ben de geliyim," der gibi baktı. Olmaz da diyemedim, gel de diyemedim. Uzun uzun bakıştık. Derken denizden gelen bir ses böldü bu bakışmamızı. Heyecanla dönüp baktı denize. Beklediği gemi değildi. Yine de el salladı arkasından, bu değilse belki bir sonrakine umuduyla baktı denize. O denize bakarken dönüp arkamı gittim. Arkamdan baktığının farkındaydım. Hatta kesin el sallıyordur şimdi arkamdan. Ama dönüp bakmadım. Bakamazdım. Benimle gelmek isterse gelme diyemezdim. Oysa onun burada kalması gerek çünkü bir beklediği var. Benimse dönüp arkama bakmadan gitmem gerek çünkü bir bekleyenim var. Gözümdeki yaşı silmek için bile durmadım. Hızlı adımlarla uzaklaştım sahilden. İçimden tek bir şey söylüyordum sadece.

"O gemi gelecek İsmail abi, bir gün o gemi gelecek!"

Leyla'nın kapısını çaldığımda ne diyeceğimi bilmiyordum. Gelmemem gereken ilk yere en son gelmek de tam bana göre bir hareketti. Benimle gelmek istemezse ne yapardım bilmiyorum. O yüzden bu ihtimali düşünmek bile istemiyordum. Leyla kapıyı açtı. "Benimle gelir misin?" diyebildim sadece. "Nereye olursa," deyince içim rahatladı. Elinden tuttum Leyla'nın ve ömrümüzün en uzun yolunu koşarak geçmeye çalıştık. İkimiz, el ele, karşımızda koca bir dünya, bastığımız asfalt çatlıyor, yanından geçtiğimiz binalar tek tek yıkılıyordu. Toz bulutlarının, kargaşanın, alevlerin ortasından geçtik. Kayan toprağı ardımızda bırakarak Kireçburnu Tepesi'ne ulaştık. El ele son kez baktık mezar taşları yani şu koca gökdelenleri yıkılan şehre. Kıyafetleri çıkardım taksiden bozma uzay mekiğimizin içinden. Leyla'ya uzatırken kıyafetini, bir kurşun geçti ikimizin arasından. Silah sesiyle irkildik. Kurşunun geldiği yere baktık.

"Leylaaaa!"

Arda elindeki silahı bize doğrultmuş bağırıyordu.

"Leylaaaa!"

"Ne bağırıyon lan? N'oldu?"

"Kimse beni bırakıp gidemez. Ben asla kaybetmem."

"Mecnun, dur gitme üstüne."

"Bırak Allah aşkına Leyla n'olcak ya? Ben dünyayı almışım karşıma, bu zibididen mi korkucam elinde silah var diye?"

Bir kurşun daha sıktı. Beklemiyordum, boşluğuma geldi sıçradım olduğum yerde.

"Sıkma lan şunu sıkma. Bi' yerimize gelicek manyak herif."

"Arda, tamam bırak o silahı da konuşalım. Böyle bitmek zorunda diyil. Ne yaptığının farkında diyilsin sen şu an."

"Oldukça farkındayım Leyla. Keşke sen de biraz ne yaptığının farkında olsaydın. O zaman işler bu noktaya gelmezdi. Artık her şey için çok geç."

Üzerimize doğrultulmuş bir silah ve o silahı tutan kibir budalası bir manyak. Birbirimize baktık. İkimiz de her şeyin farkındaydık. Leyla ile Mecnun. Sonumuz böyle olacaktı demek. El ele tutuştuk. Gülümsedik birbirimize.

"Leylaaa! Bırak şu adamın elini… Leylaaa! Gülmesenizeee. Kime diyorum ben? Vururum. İkinizi de vururuuum."

Bağırmaya devam ediyordu ama ne dediğini duymuyorduk ikimiz de. Birbirimize sarıldık. Tetiği çekmeden önce aslan gibi kükredi Arda. Yok. Arda kükremiş olamaz. Bu basbayağı aslan kükremesi. Dönüp baktığımızda Arda'nın üstünde uzun yeleleri rüzgârda salınan bir erkek aslan vardı.

"Yuh! Aslan mı o?"

Acele etmeliydik. Daha fazla duramazdık burada.

"Leyla, şunları giyin çabuk. Gidiyoruz bu dünyadan."

Ben alelacele astronot kıyafetlerini giymeye çalışırken Leyla ağlıyordu sadece.

"Ağlama Leyla. Korkma. Yolda her şeyi açıklıycam sana merak etme. Her şey çok güzel olacak inan bana."

"Ben… Gelemem Mecnun."

"Nasıl gelemem? Ama gelmen gerek, eğer gelmezsen…"

"Benim ölmem gerek Mecnun."

"Nasıl?"

"Her şeyi biliyorum. Hastanede Aksakallı ile konuşmalarınızı duydum. Başta rüya sandım ama öyle diyildi. İçten içe biliyordum ölmem gerektiğini. Tüm bu yaşananlar benim yüzümden."

"Boşver şimdi bunları düşünme Leyla. Yepyeni bir hayata başlıycaz beraber. Başka bir gezegene gidicez. Biz burda olmayınca dünya da eski çıldırmış haline geri döncek. Yine savaşlar, sevgisizlik, kin, nefret. Ama hep umut dolu bi' dünya kalcak geriye."

"Neyle gidicez peki, bununla mı?" diyerek uzay mekiğimizi gösterdi.

"Evet. Bizimkilerle beraber yaptık. Gece gündüz uğraştık bu mekiği yapmak için."

"Ne mekiği Mecnun? Şuraya baksana. Taksiyi folyoyla kaplamış, yanına da iki uzun boru koymuşsunuz. Her ne yaşadığını düşünüyorsan, emin ol gerçek değil. Bunu yapmasaydın, arabanın üstüne balonlar asıp uçarak dünyadan ayrılabileceğini de düşünürdün sen."

"Tabii ya. Bu niçin aklıma gelmedi ki daha önce? Çok daha kolay olmaz mıydı ya? Asardık dünyada ne kadar balon varsa. Sonra ver elini uzay."

"İşte busun sen. Hayalperestsin. İnandığın her şeyin gerçek olabileceğini sanıyosun."

"En azından denesek? Ne kaybederiz ki?"

"Canımızı? Benim için sorun diyil belki ama senin daha dünyada geçirmen gereken zamanın var. Belki biraz acı çekersin ama inan bi' süre sonra her şey yoluna girecektir."

"Niye acı çekiyorum ya?"

"Belki başka bi' zaman, başka bi' yerde. Sonuçta yarım kalan her şey tamamlanmaya muhtaçtır."

Birden arkasını döndü ve uçurumun kenarına doğru koşmaya başladı.

"Yo hayır, yapamazsın bunu."

Peşinden koştum. Yetişmeye çalıştım. Tam atlayacağı sırada elbisesinin arkasından yakaladım. Tüm ağırlığıyla uçurumdan sarkıyor ve elbisenin tuttuğum parçası yırtılıyordu. Son bir kez dönüp baktı bana.

"Leylaaaaa!"

Elbise yırtıldı. Kopan parçası elimde kaldı. Leyla uçurumdan düşerken birden kayboldu.

"Leyla?"

Yere düşmedi, göğe de çıkmadı. Sadece sert bir rüzgâr esti, elimdeki elbise parçasını savurdu. Sanki tüm ciğerlerim Leyla'yla doldu. Hücrelerime kadar hissediyordum Leyla'yı. Damarlarımdan kan değil Leyla'nın saçları uzanıyordu sanki kalbime doğru. Terlemeye başladım. Ateşler içinde yanıyordum. Ağlamaya başladım. Gözlerimden kumlar aktı. Mideme sert bir darbe yemiştim sanki. Kusmaya başladım. Ağzımdan kumlar boşaldı. Ellerime baktım. Parmak uçlarımdan başlayarak bileklerime kadar kum olup eridi ellerim. Önce ayakkabım kumla doldu, ardından dizlerime kadar kum içinde kaldım. Bacaklarım, kollarım, yüzüm, saçlarımın uçlarına kadar kum olup eridim. Kendi çölünde kaybolan bir Mecnun değil, kendisi çöl olan bir Mecnun oldum. Şimdi Leyla bir rüzgâr esintisi. Bense çölde bir kum tanesiyim. Belki şu koca çölde bir meltem eser diye bekliyorum. Eser de Leyla bir kez olsun bana dokunur diye bekliyorum.

-SON-